お蕎麦と天ぷらで、
山暮らし初の年越し！

前略。
山暮らしを
始めました。
5

前略、山暮らしを始めました。

5

浅葱

illustration しの

口絵・本文イラスト
しの

装丁
coil

CONTENTS

前略、山暮らしを始めました。5
005

書き下ろし
「リンは雪を駆逐する」
303

書き下ろし
「サワ山にいる其れの話」
308

書き下ろし
「ひよこたちのかわいい生活」
312

あとがき
319

俺は佐野昇平《さのしょうへい》。二十五歳、独身。

ワケあって故郷から遠く離れた山を二つ買い、そこで暮らし始めて約八か月が経《た》ったところだ。その山で隠棲《いんせい》生活を送ろうと考えた俺だったが、移住した頃はまだ寒さが残る三月下旬。三日で寂しくなって麓《ふもと》へ下りたら、ちょうどその日は村の春祭りの日だった。

屋台でカラーひよこを見かけ、今時珍しいなと思った。なんかいいなと思い、ぴよぴよ鳴いている元気でかわいい子たちを三羽購入した。

きっとひよこを育てているうちに寂しくなくなるだろう。

そう思って暮らしていたが、何故《なぜ》かひよこたちは一か月もしないうちに立派なニワトリになった。

普通ひよこは一か月でニワトリにならないはずだが、それ以外にも一般的なニワトリとは異なる部分があった。

最大の特徴はその尾だ。普通のニワトリだと尾羽がある部分に、恐竜みたいな鱗《うろこ》のついた尾がある。しかもそれが自在に動くのだ。

鉤爪《かぎづめ》も凶悪だし、ギザギザな歯もある。本気で噛《か》まれたら相当痛い。

でも三羽共ひよこの時から性格がはっきりしていて面白いしかわいい。

猪突猛進《ちょとつもうしん》、細かいことは気にしないオンドリのポチ。周りをよく見ていて苦労性、ツンデレで俺にはツン多めであるメンドリのタマ。ぽやぽやしているようで気遣いばっちり、俺に常に寄り添ってくれるメンドリのユマ。

俺はこんな三羽に苦笑しながらも振り回されている。（楽しさもいっぱいだ）

このニワトリたち、草や虫をつつくだけでなくマムシを捕まえるし、更にイノシシまで狩ってしまう。

しかも、

「イノシシー」

「カルー」

「イクー？」

「行かないし狩らないから！」

何故かカタコトだけどしゃべる。首をコキャッと傾《かし》げるところがかわいいんだけど俺はごまかされないぞ。

ニワトリってなんだっけ？　と遠い目をしそうになりながら、お世話になっている湯本《ゆもと》のおっちゃんちでイノシシを村の人たちに振舞った日、隣山（うちの山の東側）に住むお嬢さんと知り合った。

彼女は桂木実弥子《かつらぎみやこ》さんといって、俺より年下である。桂木さんはドラゴンと見紛《みまが》うようなでっかいトカゲと暮らしている。

反対側の隣山の人とは、ある夜山の麓の近くで知り合った。

そちら（うちの山の西側）の山の住人は男性で、こちらは相川克己《あいかわかつみ》さんといった。その人は大蛇二人と暮らしている。その片方は上半身が人間のキレイな女性の姿をしていて、ラミアかよと思っ

た。（相川さんちの大蛇は一人二人と数えたくなるのだ）

うちのニワトリたちも普通サイズのニワトリからどんどん巨大化していっているし、いったいこの村はなんなんだろうと考えてしまう。

でも山を買う時に親戚《しんせき》と共に仲介してくれた親戚の友人である湯本夫妻や、予防接種などでお世話になっている養鶏場のご夫婦、そして相川さんの狩猟関係の知り合いであるおじさんたちなど、この村の人たちは鷹揚《おうよう》でうちのニワトリのことも「こんなもんだろ」と思っている節がある。

そんなおおらかな人たちのおかげでどうにか暮らしている。

桂木さんと相川さんは俺と同じくワケありで、桂木さんは俺より約二年半前から、相川さんは約三年半前から山で暮らしているらしい。それらの件はなんとなく俺と関わっている間に解決した。そのせいかヘンに恩義を感じてしまっているらしく、二人ともすごく俺のことを気遣ってくれる。山暮らし仲間がいるのは嬉《うれ》しいので、お互い負担にならない程度に付き合っていけたらいいと思っている。

秋から冬にかけてもいろいろあった。

うちの山の、頂上には神様がいたらしいということを知った。その神様は山の元の持ち主である山倉《やまくら》さんの危機を俺に知らせる為《ため》に、「ここにいるよ」とアピールしてくれたのかもしれないと俺は勝手に思っている。

うちの山の空き家の処分を相川さんの狩猟仲間のおじさんたちに頼んだり、その間に桂木さんの妹に隣町で偶然出会ってピックアップしてきたりもした。それで桂木両親が村に挨拶《あいさつ》に来て、冷汗を掻《か》いた。大丈夫です、お宅のお嬢さん方に手を出したりはしておりません。

レンコンを買わせてもらいに行ったら自分で掘らされ、その際にまた掛川《かけがわ》さんのところのブッチャー（オンドリ）とポチがやり合っていた。あんまりうるさいからタマに飛《と》び蹴《げ》りを食らって二羽共レンコン池に落ちたりもしてたな。

狩猟の季節ということで相川さんと狩猟仲間のおじさんたちはおっちゃんちの山を巡り、イノシシを獲《と》ったりしていた。うちのニワトリたちも歓迎されておじさんたちと獲物を狩ってきていたから宴会三昧《ざんまい》だった。イノシシ料理を沢山食べられて幸せである。

初雪も降った。

桂木さん宅がとても寒いと桂木妹に訴えられて、余っているフロアマット等を持っていったりもした。寒さもそうだが雪が降ると山道はとても危険なので桂木姉妹は山を下りるらしい。

そうだよな、雪の問題もあるんだよなーと思いながら、冬毛でもっふもふのニワトリたちにくっついて暮らしていくのである。

1　そろそろ狩猟チームが参ります

桂木さん宅で寒さ対策の簡易リフォームをして帰ってきた日である。

タマは桂木さん宅から戻ってきてすぐにツッタカターと出かけていった。どこかでポチと合流するのだろう。元気なことだ。

すりすりとくっついてきてくれるユマの羽を撫《な》でていたら、

「佐野君、明日からお邪魔するが大丈夫かー？」

陸奥《むつ》さんから電話があった。おっちゃんちで宴会をした翌日に、明後日《あさって》か明々後日《しあさって》には狩猟をする為にうちの山へ来るようなこと言ってたもんな。

「はい、大丈夫です」

「明日は狩猟っつーより墓と山の神様に挨拶に行きたいんだが、それでもいいかい？」

こちらの空き家を解体する時に墓と山の上にも挨拶に行ってくれたのだが、また改めてした方がいいと思ったみたいだった。この辺りの人たちってけっこう信心深いよな。

いいことだと思う。

「はい、ありがとうございます」

明日は戸山《とやま》さん、相川さんと一緒にいらっしゃるそうだ。他のメンバーは週末に参加するんだろう。

とうとううちでも狩猟を、と思うと感慨深い。ポチとタマが喜んで案内するんだろうなと想像して苦笑した。

嬉しそうに尾をぶんぶん振り回すさまが目に浮かぶようだ。

夕方になって、ポチとタマが戻ってきた。それなりに汚れているのでタライにお湯を足しながらばっしゃばっしゃと洗う。

とても寒いから急いで洗わないといけない。少し離れたところでぶるぶるして水気を切ってもらってからバスタオルで拭《ふ》く。よく風邪を引かないものだ。そうして家の中に入れた。

かなり夜も冷えてくるようになったが玄関兼居間ではオイルヒーターが大活躍している。広い一軒家の玄関から通じる居間なのになんでこんなに暖かくなるのかというと、元庄屋《しょうや》さん家族が改築していたようだった。以前は台所もまんま土間だったらしいがそれでは冬は寒くていられないということと、主に暮らす部屋がここということもあり、壁にも大分断熱材を入れたそうだ。（玄関のガラス戸は断熱ガラスになっている）お風呂《ふろ》とトイレなどもそんなかんじで改築されているが、寝室に使っている座敷とそのまた奥の座敷に沿った入側縁《いりかわえん》の向こうのガラス窓も断熱ガラスになってはいるものの目に見えた改築はしていないと聞いた。おかげでとても寒い。寝室に使っている座敷はハロゲンヒーターでどうにか暖をとっている始末なので、本当に寝る為だけの部屋になりつつある。夏は涼しくて快適なんだけどな。

ちなみに、昔の構造の一軒家では、オイルヒーターを使っても電気代だけかかって全然暖かくならないそうだ。かえすがえすも元庄屋さんである山倉さんには感謝である。

その山倉さんだが、春の雪解けを待って直接山の神様に詣《もう》でたいと言われている。（腰がたいへんそうだから山登りはしない方がいいと思うけどどうなんだろう）その時に祠《ほこら》を息子さんの圭司《けいじ》さんと共に持ってこられるそうだ。もう祠の準備自体はいつでもできると圭司さんは言っていたが、今設置をしてもこれから雪が降るからお世話ができない。なので明日陸奥さんたちと登り、ご挨拶がてら祠はもう少し待ってほしいとお願いしてくるつもりである。

「俺の隠居生活どこいった……」

なんだかんだいって忙しい。

でもこれぐらい忙しい方があまり余計なことを考えなくていいと思う。

余計なことといえば……と嫌なことを思い出して首を振った。人間の脳ってのは嫌なことをどうにか解決させたいのか反復するらしいけど、山に来る前のことなんて思い出さなくてもいいんだよ。考えない、考えないと自分に言い聞かせていた時、ユマが身体《からだ》を揺らしながら近づいてきた。

「ユマ？」

ユマがコキャッと首を傾《かし》げる。うん、かわいい。ちょいちょいと手招きしてそっと抱き締めた。ああ、ユマは癒しだなぁ。

冬毛でもふもふになっているから暖かいし、優しい。

ポチとタマがこちらを窺《うかが》っている。そう、俺の気分が下がった時、いつもニワトリたちはこうして気にしてくれるのだ。

「ポチ、タマ、ユマ、大好きだぞー」

「スキー」

「エー」

「ダイスキー」

タマさん、今日もツンが強くてつらいっす。えー、はないと思う、えーは。

「タマー、えーってなんだよー」

「スキー？」

タマが首をコキャッと傾げる。疑問形だったけど胸にどきゅんときました。タマさんそれは反則だと思います。

うちの女子たちはとてもかわいくてあざとい。

いつのまにか嫌なことは忘れてしまった。またそれを思い出してしまうこともあるだろうけど、ニワトリたちがいれば大丈夫だ。頼むから長生きしてくれよ、俺のために。（自分の欲望に忠実で何が悪い）

ユマとまったりお風呂に浸《つ》かってぼーっとする。桂木姉妹の家での作業（寒さ対策の簡易リフォーム）はそれほど疲れるようなことではなかったけど、出かけたってだけで気疲れしたのかもしれない。

ユマがそっと寄り添ってくれるのが幸せだなと思った。

翌日の準備だけして寝た。悪い夢は見なかった。

陸奥さんたち狩猟チームが来る日である。今日から年末まで日帰りで来てくれることになっているのだ。

寒い。家のガラス戸を開けて、霜なのか雪なのか確認してほっとするのが日課になっている。家の前がまんま土だから霜でも真っ白になってしまって心臓に悪いのだ。きっとアスファルトだったら霜は降りないだろう。

「今日も寒いなぁ……」

毎朝布団から出るのがたいへんだ。廊下も寒いから最近ヒートショックの危険性が出てきたように思う。お風呂場と脱衣所はそれなりに暖かいのだが廊下に一歩出ると底冷えがする。

「廊下にヒーター置いといた方がいいかな……」

せめて風呂に入る時ぐらいは。あんまり温まらないかもしれないけど、置かないよりは置いといた方がいいような気がする。あとはユマが倒したりしないかどうかが心配だ。ユマの身体、けっこうでかくなってるしな。

お昼ご飯は各自持参となっているがみそ汁ぐらいはあった方がいいだろう。俺は大鍋《おおなべ》に豆腐とわかめ、そしてこんにゃくを入れたみそ汁を作ることにした。

切れ目を斜めに入れて、サイコロ状に切ったこんにゃくは何にでも使えると俺は思っている。炒《いた》め煮も含め煮もみそ汁の具にだって！

え？　カロリーゼロで栄養があるかどうかも不明だって？

別に大量に食わなければ害もないんだからいいだろ。ともかく俺は好きなんだ。

というわけのわからない主張をしたところで陸奥さんたちが到着した。

ニワトリたちには昨日のうちに今日陸奥さんたちが来ると伝えていたからか、朝からそわそわしていた。タマには起こしにこないように言っておいたから、今朝は平和だった。

「こんにちは～。今日からよろしくお願いします」

「ああ、よろしく」

陸奥さんが鷹揚に頷《うなず》いた。

今日のメンバーは陸奥さん、戸山さん、相川さんだ。それぞれ軽トラで来た。

「佐野君、さっそく墓参りと山の神様に挨拶に行きたいんだがいいか？」

「はい、行きましょう」

さっそく墓参りに行くことにした。各自準備済みである。俺は荷台に墓参り用の道具とポチとタマを乗せ、ユマはいつも通り助手席に乗せた。

みんな当たり前のように軽トラに乗って上の墓に向かった。墓の周りを掃除してみんなで手を合わせた。この墓にはこの山で暮らして亡くなった方々が入っている。俺の先祖ではないが、できるだけこうして挨拶にくるようにしている。

さて、墓参りが終われば次は山の神様への挨拶だ。

「タマ、先導よろしくな」

一番山の中を熟知しているだろうタマに先導を頼んだ。ユマは俺の側《そば》を陣取り、殿《しんがり》はポチである。ポチを一番前にしてもいいのだがポチは猪突猛進《ちょとつもうしん》なので先導させるにはあまり向かないのだ。個人プレーならいいんだけどな。ニワトリたちは不満そうな様子も見せず指示した位置に就き、そうしてみんなで山を登った。

道なき道である。それほど上がっている気はしないが歩みは確実にだ。そうして山頂に辿《たど》り着《つ》いた時には思ったより疲れていた。俺、いつになったら体力がつくんだろ？

これ以上は上がれないということを確認して、石を置いたところを見つけ周りを掃除してすでに空になっている器に水を入れてみんなで挨拶をした。これからこの山と裏の山で狩りをしますってね。俺はそれに祠は春までお待ちくださいと付け加えた。これで神様詣ではおしまいだ。

ニワトリたちはうろうろしながら木をつついたり草をつついたりしていた。付き合ってくれるのがありがたい。

みんなで各自休憩して水を飲んだり飴《あめ》を舐《な》めたりしてから下山した。相川さんがミ〇キーをみんなに配ってくれた。なんか懐かしい。

「この甘さがいいんですよ」

「甘いねー」

「甘《あめ》えな」

相川さんが笑う。これ、小さい頃すっごく好きだったなと思い出した。

墓のところから軽トラに乗ってうちまで戻る。これだけで都合二時間はかかった。

「お疲れ様です」

みなを家に招いてお茶を振舞う。今更な話だが食器はそれなりの数が揃《そろ》っている。ここを買う時に食器もそのままもらいうけたのだ。食器ってそれほど割れるものでもないからどんどんたまっていくが、意識して処分するものでもない。元庄屋さんの村の家でも食器が揃っていることから、捨てるのももったいないと古い食器棚ごと譲り受けたのである。

「大した距離じゃあないが、道がないっつーのは疲れるもんだな」

「そうだね。思ったより疲れたね〜」

陸奥さんと戸山さんが言い合う。

「墓からの参道も一応作るつもりではいますけど……」

「おお、そん時は呼べ呼べ。手伝ってやる」

陸奥さんがなんてことないように言う。ありがたい話だ。そうなったらまた日当を払うべきだろう。

「その時はまたよろしくお願いします」

素直に頭を下げた。

表からニワトリたちの顔が覗《のぞ》いた。今日はもう出かけないのー？　と言われているようだった。特にポチとタマが自分たちの姿をわざと見せるようにうろうろしている。狩りに行きたくてしょうがないらしい。

苦笑した。

「陸奥さん、今日はこれからどうされますか？」

「……今日は周辺の見回りだな。ニワトリたちに案内してもらえるか？」

「ええ、喜んで案内すると思いますよ。今日はこの山で、ですかね」

「ああ、この山で狩りはしねえが状況は見ておかねえとな」

というわけで午後の予定は決まった。

先にニワトリたちに餌を出してから、こたつで昼飯を食べる。なお、みそ汁と漬物は出した。

「これだけありゃあ上等じゃねえか！」

家から持参したおにぎりを頬張って陸奥さんはご機嫌だった。実際昼なんてこんなもんでいいんだよな。日曜日は人数が多くなるみたいだから、なんかおかずぐらい作ろうかなって思うけど、何がいいかな。つっても俺が用意するのはせいぜい肉野菜炒めぐらいだが。

お茶を飲んで落ち着いてから動き出した。

「ポチ、タマ、今日陸奥さんたちはこの山の中を見回ってくれるそうだ。狩りをするのによさそうな場所があったら重点的に案内してくれ」

コッ！　と二羽が返事をする。なんか俺難しいこと言った気がするけど本当にわかっているんだろうか。

「ポチさん、タマさん、よろしくお願いします。今日は狩りはしないで見回りのみです」

相川さんが改めて挨拶《あいさつ》をした。そうかそう言えばいいのか。わかりやすく言うって難しい。

「じゃあ行ってくる」

「よろしくお願いします」

ユマと共に陸奥さんたちを見送った。無事帰ってきてくれますように。

ガサガサと、みな北側から下りていくことにしたようだった。この山で迷ってる分にはいいけど裏の山なんか行ってしまおうものなら見つからなくなってしまうかもしれない。獲物を見つける分にはいいけど、行方不明者とか見つけてきたらやだなぁ。

「どーすっかな……」

さすがに今日は昼寝をするわけにもいかないし。とりあえず家の中の掃除を改めてすることにした。いつみんなが戻ってくるかわからないし。

というわけでユマには家の周りにいてもらうようにした。

誰かが来なければ来ないでぼへーっとしていたりするのに、誰かが来ていると思うと動かなければいけないような気になるなんて不思議だ。風呂場を掃除したり（トイレは昨日掃除した）、寝室に使っている部屋とその奥の座敷を掃いたりした。どうせなので外に出て倉庫の中も整理したりする。日中はまだ動けるけど、もう少ししたら寒くて出るのも億劫《おっくう》になるだろう。

そんなことをしていたら陸奥さんたちが帰ってきた。

「おかえりなさい。どうでしたか？」

「生き物は豊富だし、植生も悪くない。イノシシを見つけたら狩ってもいいか？」

陸奥さんに聞かれて頷いた。

「ええ、こちらの山でも見かけたら狩ってもらえると助かります」

うちに戻ってまたお茶を淹《い》れる。

「ポチ、タマ、ありがとうなー」

白菜の葉っぱを洗ってニワトリたちにおやつを出した。もちろんユマにもだ。ガツガツと食べている姿はそれほどかわいくは見えない。

「イノシシはこの山で見つけても狩っていいとなるとあとは……解体は基本あきもっちゃんに頼むんだろ？」

「ええ、そこらへんはお任せします。俺にはできないので」

「ニワトリ共が手伝ってくれるなら内臓のほとんどはニワトリたちの取り分だ。肉は三分の一を渡す。解体に関してはわしらが持つ、でいいな」

「えええ？」

そんな破格でいいのだろうか。すでにけっこうな量のイノシシの肉をもらっているからそれほどは必要ないと思う。

「あの、うちの肉の分量は減らしてくれてかまわないですよ？　狩るのは俺じゃないんで……うちの分は五分の一ぐらいでお願いします」

「欲がねえな。わかった、四分の一だ。それ以下にはしねえ」

「……ありがとうございます」

裏山の調査もしてもらうような形になるのにそんなにもらっていいのだろうか。まぁいろいろ料理を作って還元してもいいなとは思った。

「明日は改めてこの山を見て回る。イノシシがいたら狩ってくるぞ」

「その時はまたよろしくお願いします」

お礼を言って今日のところはお開きになった。本当にざっと見ただけらしい。

「ポチ、タマちゃん、また明日な～」

陸奥さんに言われて、ポチとタマは余程嬉《うれ》しかったのか尾をぶんぶん振ってコココッ！　と応えた。かなり凶悪な尾なんだけど、喜んで振ってるのを見るとかわいい。当たったらかなり痛いんだけど。だからどんなにかわいくても絶対に近寄ってはいけないのである。

陸奥さん、戸山さん、相川さんはそんなニワトリたちを見て、笑顔で帰っていく。

狩猟チームが帰宅した後もポチとタマは変にやる気を出していてまた出かけようとした。

「明日から一日回るんだろうから、今日はもうその辺にいてくれよ～」

と頼んだ。

「……ワカッター」

「……ワカッター」

しぶしぶ返事をする。タマとしては不本意この上なかったのか、軽く俺をつついた。軽く済んだのはユマがじーっと俺たちを見ていたからかもしれない。

そういえば、と思い出した。おっちゃんが十一月以降にスズメバチの巣を探して撤去するようなことを言っていた気がする。冬場のハチってどうしてるんだ？　越冬するものなのか？　気になっておっちゃんに電話をした。

「ハタラキバチは越冬はしねえよ。ただ、新しい女王バチは冬眠して越冬するんだ。下手すりゃ巣で越冬しようとするかもしれねえから巣を見つけたら処分した方がいい」

「そうなんですか」

それは確かに処分できるなら処分しておいた方がいいだろう。

「もし見つけたら言ってくれりゃあいつでも行くからな～」

「はい、ありがとうございます」

新女王バチも見つかればいいと思う。そうすれば翌年の危険が一つ減るだろう。

さすがにスズメバチの巣に関しては気軽に探してくださいとも言えないので相川さんにＬＩＮＥを入れた。

「そういえばそんな話をしていましたね。忘れていました、すみません」

「いえ、俺も忘れてたので」

スズメバチに関しては桂木さんの敷地での悪夢があったので、あまり思い出したくはなかった。

「冬の間は活動しないとは思いますが家の近くにあると危険ですから、見つけ次第撤去するようにします」

という返答があった。詳細は明日話しますと書いて一旦《いったん》そこで切った。なんというか、ＬＩＮＥなどで書く場合と、直接言う場合のニュアンスが違うのでうまく説明できる気がしないのだ。ようは口頭で伝えた方が早いのである。

翌日猟銃を持ってやってきた三人にスズメバチの巣があるかもしれないことを伝えた。中にハチが残っているかもしれない。それが別の種類のハチかもしれないし、新女王の可能性もあると言った。できれば巣を除去してほしいが無理であれば位置を知らせてほしいと伝えたら陸奥さんが笑った。

「スズメバチか。腕が鳴るな」

……なんでこの辺のおじさんとか年寄りって好戦的な人が多いんだろう。あ、猟師なんだから当然か。

「女王の唐揚げなんか食べたら寿命が延びそうだねえ」

戸山さんがにこにこしながら言う。

……これって新しい女王の取り合い？

この分だとおっちゃんに声をかけることにはならないかもしれない。

「丈夫なポリ袋あるか？」

「なんか黒のポリ袋なら倉庫に山ほどありましたよ」

さっそく出してきて使えるかどうか確認する。プラスチックも劣化するから置いておけばいいというものではない。それなりに引っ張ってもそう簡単に破れないから大丈夫そうだった。

「二〜三枚重ねを何組か作っておいてもらってもいいか？」

「わかりました」

ポチとタマがまだー？　と言うように足をタシタシさせている。今にも走り出しそうだ。どんだけ走りたいんだお前らは。タマが睨《にら》んでいる気がする。帰ってきたらまたつつかれるんだろうか。

タマさんが凶暴でこわいっす。

「じゃあ行ってくる。ポチ、タマちゃん、今日も先導よろしくな」

陸奥さんが笑顔で声をかけると二羽はコッと返事をした。そして三人と二羽はまた北側から山を下りていった。

俺はほっとして息をついた。

「……なぁ、ユマ。なんでタマはあんなに俺に厳しいんだ？」

「キビシイー？」

ユマがコキャッと首を傾げた。

「優しいの反対だよ」

たぶん。甘いとかも対義語になるのかな。

「タマ、ヤサシー」

「……うん、そうだな」

優しい時もあるよな。うちのニワトリはみんなかわいい。飼主バカと言われようともみんなかわいいのだ。どんなにつつかれたってそれは変わらない。

陸奥さんたちに空き家を解体してもらった廃屋跡を見に行く。もっときちんと石を積んで土台を作れるようにした方がいいかもしれない。そうすれば何を設置してもいいだろう。畑をここに作るのは諦《あきら》めた。それよりも薪《まき》等を作った方がいいと思った。（作るにかけただけである）

「薪割りのしかたもちゃんと教えてもらわないとなぁ」

下手なやり方をして腰を痛めたりしたらことだ。

家に戻って、黒いポリ袋を三枚重ねたセットを作ることにした。本当は透明の方が中が見えていいのかもしれないが……。なにか問題があれば教えてくれるだろうと思い、作れるだけ作ってからみそ汁を用意することにした。

今日はカブのみそ汁です。葉っぱと実の部分を使うと二種類の野菜を使ったみたいに見えるんだよな。彩りもキレイだし。葉っぱを一部ユマにあげたりしながら、俺は陸奥さんたちが帰ってくるのを待った。

陸奥さんたちが戻ってきた時にはみなご機嫌だった。

「お帰りなさい。いいことありました？」

「おう、あったぞ。イノシシの巣も見つけたし、スズメバチの巣も二つばかり見つけたな」

「えええ？　どこにあったんですか？」

そんなの全然知らなかったぞ。被害はなかったけど夏の間ぶんぶん飛んでいたということである。さすがにぞっとした。

「東側だ。あっちはあんま見ねえだろ？　炭焼き小屋の側の木にでっけえスズメバチの巣があったぜ」

「ああ……」

そういえば春頃に炭焼きをしたっきりで、つい先日確認に行っただけだ。その間に作られてしまっていたのだろう。恐ろしい話である。

「つーわけでこの袋もらっていくな」

「ええ、どうぞどうぞ」

イノシシは逃げないけど、スズメバチの巣を放置すると他の虫の巣になってしまう可能性もあるので、今日はスズメバチの巣を駆除することにしたらしい。陸奥さんたちがなんでうちの山に来たのかだんだんわからなくなってきたぞ。

昼食後陸奥さんたちを見送りながらそんなことを思った。

「いやー、でかい巣だったせいかハチがいてびっくりしたよー」

戻ってくるなり戸山さんが汗を拭《ふ》き拭《ふ》きとんでもないことを言った。どうも炭焼き小屋の近くの木についていた方の巣には、ハチが何匹かいたらしい。幸いポチとタマが飛び上がってぱくぱくと食べたので被害はなかったそうだが恐ろしい話である。

そのハチはスズメバチではなく、どうやら別のハチだったみたいだ。

「ポチ君とタマちゃんがぴょんぴょん飛んでたよ〜。すごいねー」

飛び上がる……？　ああまぁ鳥だしな。ニワトリって飛ぶんだっけ？（定期）

「でも最近こんなに寒いのによく生きてますね」

「でかい巣だったからな。スズメバチは越冬しないが、他のハチは越冬するのもいるんだぞ」

陸奥さんが答えた。越冬するハチもいるのかと感心した。しかしもう一つの巣の方は空だったようである。近くを探したが新女王は見つからなかったらしい。

「明日は殺虫剤を撒《ま》いてきた方がいいな。ハチ用のは買ってあるかい？」

「はい、あります」

「じゃあ明日撒いてくるから明日までに出しておいてくれ」

「ありがとうございます」

撤去しても似たようなところに巣を作る傾向があるらしいので殺虫剤の散布はしておいた方がいいそうだ。ようはそこの環境が暮らしやすいということなのだろう。とはいえ炭焼き小屋はうちからも近いので勘弁してほしいところだ。スズメバチは芋虫を食べたりもするから全くいなくなっても困るが、近くにいられては困るのである。

「このでっかい巣、もらってもいいか？」

「？　ええどうぞ？」

陸奥さんが持ち帰ることにしたようだった。なんに使うんだろう。飾るのかな。そういえばハチの巣は縁起物だなんて聞いたことがある。玄関に飾るなんて話も耳にしたことがあった。……俺はちょっと勘弁してほしいけど。

今日はそれで終わりだった。明日以降殺虫剤を撒いたり、イノシシを狩ったりする予定だと聞いた。

みんなが帰った後ポチとタマに聞いてみた。

「ポチー、タマー。ハチ、食べたのか？」

「タベター」

「タベター」

ご機嫌である。

「そっか、よかったな」

そう声をかけたらつんつんってユマにつつかれた。そっか、ユマもハチ食べたいのか。

「明日はハチよりもイノシシ狩りをするみたいだぞ」

と言ったらショックを受けたような顔をしていた。なんでイノシシ狩りでショックを受けるんだろう。好みの問題だろうか。今度からスズメバチの巣を取る機会があったらユマも連れて行っても

らおう。って、陸奥さんたちはうちのニワトリのお守りじゃないっての。

迷いながらも夜、相川さんに電話をした。

「佐野さん、どうしました？」

「うちのニワトリ、迷惑かけてないですか？」

「え？　いえ、一緒に行ってもらえて助かってますよ。さすがにうちの山はリンとテンの縄張りなので裏山も含めて狩りをしてもらうわけにはいきませんけど、佐野さんの山を熟知しているのはニワトリさんたちですからとても力になります。どうして迷惑だなんて……」

戸惑わせて申し訳ないとは思ったが、そう言ってもらえてほっとした。でもやはり心配でダメ押しのように聞いてしまった。

「社交辞令じゃないですよね……？」

「僕が佐野さんにおべっか使ってどうするんですか？」

「ごめんなさい」

素直に謝った。いいかげんしつこすぎたと思う。愛想をつかされても困る。

「えーと、その……もしまたスズメバチの巣とか、そういったハチの巣を見かけたらユマを連れてってもらってもいいですか……？」

「ああ、ユマさんもハチを食べたいんですね」

「そうみたいです……飼主バカで申し訳……」

「佐野さんにとっては大事な家族でしょう？　バカなんかじゃないですよ。僕もリンとテンを優先しますし、お互い様じゃないですか」

相川さんて実は天使なのかな。

「ありがとうございます」

「ですが、ハチの巣関係は陸奥さんたちと相談しますね。ニワトリさんたちにはお世話になってますから渋るということはないはずです」

ニワトリに世話になってるってなんだろう。うん、まぁ俺自身はなんかお世話されてる感が最近強いけど。ああ、なんか情けなくて埋まりたくなってきた。そこらへんに穴でも掘ろうかな。

「すみません。明日もよろしくお願いします」

そう言って電話を切った。明日は陸奥さんたちが回ってくれている間に買物に行こうと思う。

あれ、でも明日って。

何かあったような気がするとスマホを改めて見たらＬＩＮＥが入っていた。

「明日から妹とＮ町のウィークリーマンションに移ります。Ｎ町にいらっしゃる時は声かけてください」

そうか、桂木姉妹がＮ町に移るのはやっぱり明日からだったのか。

「手伝いとか必要なら声かけてくれ」

山の上ならともかく、町は危険でいっぱいのようなイメージがある。それは相川さんが町へ一人で行くことに怯《おび》えていたということもあるだろう。桂木妹もナンパされてたし。

町には人の目があるということがかえって俺にとっては不安なのかもしれない。別に誰からも逃げているつもりはないが、以前からの知り合いにはまだ会いたくないと思う。

「大丈夫です。ありがとうございます」

「……何もないならいいんだ」

桂木さんからの返信に呟《つぶや》いた。無事桂木妹が免許を取れますように。何もトラブルがありませんように。誰にともなく、祈った。


翌日、桂木姉妹が今日からN町のウィークリーマンションに移ることを陸奥さんたちに話したら、なんでもっと早く教えないのかと言われてしまった。

「佐野君、送っていかなきゃだめだろう」

「え？　手伝いとかも断られたので……」

なんでそんな真面目に怒られるのかわからなかった。

「彼女じゃねえのか？」

「違いますよ！」

なんで男女というと付き合っているとすぐ思われるのだろうか。解せぬ。

「なんだ、違うのか。マンションの場所は聞いてるか？」

「念の為住所は聞いてあります。近々どういうところか確認に行こうとは思ってますけど……」

「本当に彼女じゃねえのか？」

「だから違いますって」

陸奥さんとぎゃいぎゃい言い合っていたら相川さんが苦笑した。

「佐野さんは面倒見がいいんですよ」

「……忙しくないですし。N町に買物に行きがてら確認できたらってだけですから」

「今時奇特だよなぁ」

陸奥さんが言う。そうなんだろうか。俺は寝ざめの悪い思いをしたくないだけなんだが。

気を取り直してイノシシ狩りに向かってもらった。なんか今日は昨日と違い随分と大荷物を抱えている。猟銃もそうだが相川さんのザックがパンパンだった。そんなに張り切って狩りをするのだろうか。

今日もポチとタマが向かうらしい。ポチがキリッとした顔をしていた。心持ち、尾も立っていたかもしれない。タマはいつもキリッとしているから変化があったのかどうかはわからない。

イノシシ狩りについてユマはあまり興味がないようだった。ポチかタマが行かないなら代わりに行くかもしれない程度のようだ。

「ユマは、狩りにはあまり興味はないのか？」

つんつんと軽くつっつかれた。タマみたいな容赦ないかんじではなかったけど、違うと言われた気がした。

ならどうしてなんだろう。

「村の雑貨屋に行くけど、ユマも行くか？」

「イクー」

一緒に出かける相手がいるってなんか嬉《うれ》しい。相川さんのところのリンさんは最近は山を下りないみたいだ。寂しくないのだろうかと思ってしまった。寂しがり屋は俺なんだけど。

午前中に行ったからか、雑貨屋には客が誰もいなかった。調味料など不足している分を買った。

調味料は気が付くとなくなっていたりするから困る。砂糖はあんまり使わないから減らないんだけどな。醤油《しょうゆ》と酒の消費量が多い。母からＬＩＮＥでレシピを送ってもらったりしているせいかみりんも使うようになってきた。未《いま》だに使う理由はよくわからないがコクが出るのかな？　料理はやっぱり難しい。

とはいっても俺が昼間用意するのはみそ汁ぐらいだ。漬物は出すものだと思っているから出してるし、まぁあとはおにぎりでもあれば十分だろう。

買物だけして帰宅し畑を見たり、枯草を刈ったり、廃屋跡をどうしたものかと考えているうちに太陽が中天を回ったがみななかなか帰ってこない。

「……みんな遅いな……」

ユマがおなかをすかせたらかわいそうなので、先におやつ代わりの白菜をあげた。

「残りはみんなが帰ってきてからなー。わかった？」

「ワカッター」

いい子だ。

スマホを確認したら、相川さんからＬＩＮＥが入っていた。

「ビニールシートを出して広げておいてください」

「？」

もしかして、解体でもすんのかな。

家から少し離れたところにビニールシートを広げて敷いた。少し風が出てきたので石を四隅に置く。解体するとしたら水を汲《く》んでおいた方がいいんじゃないだろうか。またスマホを見てみたが何もきていない。

「解体するんですか？」

ズバリＬＩＮＥを入れてみたが全然既読にならない。忙しいのか電波が届かないところにいるかどちらかだろう。とりあえずよくわからないのでお湯を沸かしておくことにした。イノシシの毛を毟《むし》るのに、お湯をかけると毟りやすくなるなんて聞いたことがある。本当にそうかどうかはわからないけど、どちらにせよみんなが戻ってきたらすぐにお茶を淹れてあげたいしな。

でっかいタライに水を入れておく。

そんなことをしていたらみなが戻ってきた。

「おかえりなさい！」

あれ？　イノシシは持ってないぞ？

「おおい、佐野君。イノシシ狩ってきたぞ～！」

陸奥さんがご機嫌だけど肝心のイノシシはどこだろう。相川さんが持っているビニールには……。

えええ……と思った。

「イノシシって……」

「先に内臓だけ持ってきました。病変も全くなくてキレイなものですよ！」

ってことはどこかで解体してきたのかな。

「解体してきたんですか？」

「ええ、内臓を出しただけですけどね。残りは川に沈めてきました」

さらりと言うなぁ。

「解体、できるんですね……」

思わずあほなことを言ってしまった。

みんなヘンな顔をした。

「ああ、いつもあきもっちゃんに頼んじまってるからなぁ」

「あっちが本職だから頼んだ方が楽なんだよね。今回も頼んだよ～」

「川に沈めてきたので、秋本《あきもと》さんはゆっくりいらっしゃると思います。遅くなりましたがごはんにしましょう～」

「……すみません」

なんかとても恥ずかしかった。そうだよな。狩猟って狩るだけじゃないよな。

「あはは、サボりすぎだね～」

戸山さんがまいったというように頭を掻《か》いた。みんなに改めて手を洗ってもらい、イノシシの腎《じん》臓《ぞう》をすぐに調理してもらった。残り？　さすがに火を入れてニワトリたちのごはんになったよ。大喜びだったけど明るいところで見たくないなと思った、うん。（そっと目を逸《そ》らす）

知らないことが多すぎて自己嫌悪を表に出さないようにしていたけど、相川さんにはお見通しみたいだった。

軽く肩を叩《たた》かれた。ドンマイって言われたみたいで申し訳ないと思った。

ビニールシートはニワトリたちに内臓をあげる為に敷いておいてくれと言われたようだ。焼いた内臓と野菜を置いて食べさせたけど、たいへんな惨状になったから相川さんが正しい。

イノシシの内臓をたっぷり食べて血まみれになっているニワトリたちを洗っている横で、みながビニールシートの片付けをしてくれた。ありがたいことである。ニワトリたちは上機嫌だった。

イノシシの腎臓は時間が経《た》てば経つほど臭みが出てくるそうで、相川さんが急いで下処理をし、切って塩胡椒《しおこしょう》で焼いて出してくれた。うん、俺は食べられるけどこれは人によるかもしれないと思った。

「こればっかりは獲《と》れたてじゃねえとなぁ」

「だよね～」

陸奥さんと戸山さんは喜んでもりもり食べていた。よかったよかった。

「そういえばイノシシってどこに沈めました？」

ちょっと気になったので聞いてみた。場所はうちの家の側の川ではなく、相川さんの山との間にある川の、少し深くなっている部分らしい。水の流れは速いが深くなっているので流れていくことはないようだ。

「佐野さんの山の川ではあるんですけどね。なんか微妙な位置にあるんですよ」

そういう境界みたいなのはあまり気にならないが、今度見に行ってみようと思った。

イノシシは急いで内臓だけ取って沈めたらしく、血抜きもしていないそうだ。

「血抜きしないと臭くなるんじゃないですか？」

「すぐに冷やせば雑菌が増えないので臭みは出ないんですよ。雑菌が繁殖することで臭くなりますから。そんなに臭かったらブラッドソーセージとか作れないでしょう」

「それもそうですね」

意外と知らないものなのだなと勉強不足を恥じた。

ところでブラッドソーセージってドイツだっけ？

「佐野さん、知らないことは決して恥ではないですよ。学ばないで自分の考えに固執する方が恥だと僕は思います。ですから、思い込みはしかたがないことと割り切りましょう。そして間違っていたと思ったならば学べばいいんです」

「……はい」

相川さんて教師だったのかな。相変わらずいろいろ教えてもらってばかりである。

食事を終えた後はみなまったりしていた。大仕事をやりきったのだからこんなものだろう。俺は特に何もしてないけど。

ポチとタマはイノシシの内臓を食べたことで元気いっぱいのようだ。火が入っててもそれはそれでいいらしい。

「みなさんこの後見回りとかされますか？」

「いや、さすがに今日はもうお開きだ」

陸奥さんが答えた。それに頷《うなず》く。

「じゃあポチとタマは自由にしていいですね」

「ああ、そうだな」

陸奥さんがよっこらせと立ち上がった。そして一緒に表に出る。畑の辺りでニワトリたちが虫かなにかをつついていた。

「ポチ、タマちゃん、今日は本当にありがとうな。明日以降はあっちの山へ行くつもりだからよろしく頼むな」

二羽はコッと返事をした。普通のニワトリはここまで人の言葉を解さないみたいです。うちのニワトリはいったいなんなんだろう。（定期）

「ポチ、タマ、遊んできていいぞー」

二羽はまたコッ！　と声を出すと、ツッタカターと駆けていってしまった。

「……元気だな」

「ニワトリですから」

普通のニワトリがこんなに元気かどうかは知らないが。（定期）

ユマは身体を揺らして俺の側に来て、草をつつき始めた。さりげなく側にいてくれるのが嬉しい。

「なぁ、佐野君」

「はい」

「シシ肉は約束通り四分の一でいいか？」

「え？　そんなにいただけるんですか？」

驚いた。俺は何もしてないのに。陸奥さんが苦笑した。

「佐野君は欲ってもんがねえな」

「え？　そんなことないですよ？」

ニワトリたちの餌が増えるのは単純に嬉しいし。

「じゃあ、そうだな……分配方法に不満があればいつでも言ってくれ。改める」

「ありがとうございます」

陸奥さんたちの狩りって俺にはメリットしかないからかえっていいのかなって思ってしまう。シシ肉はそれなりにおいしく食べる調理法を覚えたので、いただけるのはとてもありがたい。ポチとタマも公認で狩りができるのが嬉しそうだし。うちの山だから時間が余れば好きなように遊びに行けるしな。

それから一時間ほどして秋本さんが従業員の結城《ゆうき》さんと共に来てくれた。下の方の川に沈めたから取りに行くということで相川さんと結城さんが取りに行った。

「おおー……」

思ったより立派な大きさのイノシシだった。

「今回は宴会はやらないのか？」

「内臓は取ってあるが血抜きはしていない。今回はブロックで四等分で頼む」

陸奥さんが答えた。秋本さんは少し寂しそうだった。

「まいどあり。どこへ運べばいい？」

「ここでかまわん。明日の夕方前に持ってきてもらえると助かる」

「わかった」

秋本さんが帰っていってから気づいた。

「あ、解体費用は……」

「わしらが出すから気にするな」

「そんなわけにはいかないでしょう……」

みんな俺のことを甘やかしすぎだと思う。お金のことだけは～と思うのに全然払わせてもらえない。いずれ相川さんを通してでも払わせてもらおうと思った。

そうしてうちの山のイノシシ狩りは、今日で一旦《いったん》終わったようだった。

明日以降はとうとう裏山攻略を始めるらしい。まだ俺は足を踏み入れたことのない裏山である。
一、二回ぐらい付いていってもいいだろうか。それとも別の日にしろって？　ちょっと探検みたいでわくわくしてきた。

2　裏山へ行くのは楽しみでしかない

ここのところのイノシシラッシュ（言っててなんかおかしい）のおかげでニワトリたちがシシ肉をもりもり食べていて満足そうだ。なんかユマとお風呂《ふろ》に入る時、分厚くなってる？　と思った。上には伸びてないみたいなんだけど、横に、というか筋肉がもりっとついてきたように思えるのだ。気のせいならいいんだけど。

「ユマ、ちょっといいか？」

断って湯舟の中で抱きしめてみた。……うん、なんか分厚い。羽を撫《な》でて離れたら気持ちよさそうに目を細めていたから俺も嬉《うれ》しくなった。ユマってホントかわいいよな。

なんか忘れてる気がするけどまぁいっか。

「あ」

風呂から上がり、ユマをよく拭《ふ》いたところで思い出した。スズメバチの巣の件もそうだが、おっちゃんに連絡をしていなかった。明日からみな裏山を回るようだが、おっちゃんに連絡した方がいいんだろうか。でも俺が裏山に行くわけじゃないしな。考えていたらおっちゃんから電話がきた。

「もしもし、昇平か？」

「おっちゃん？　どうかしました？」

「ああ、明日そっちに行くからな。陸奥さんから連絡あってよ、明日は裏山に行くんだろ？」

「ええ、そう聞いてます。おっちゃんもそれで？」

「おう、ニワトリたちが案内してくれるんだろ？」

「たぶん、そうなると思います」

ポチとタマが張り切っていたからな。確かに道案内がいれば便利だ。明日、なんだったら俺も付いていくか。陸奥さんたちに確認してからにはなるけど。

「つーわけだからよろしくな。あ、飯とかは用意しなくていいからな～」

「わかりました。明日よろしくお願いします」

電話を切ってからカレンダーを見た。そういえば明日は日曜日だから川中《かわなか》さんと畑野《はたの》さんも来るんだっけか。イマイチ曜日感覚がなくて困る。会社がないと毎日が日曜日だもんな。実態はそこまで休めてるわけではないけど、俺はここに好きで住んでいるんだから毎日が日曜日に違いない。

「…………」

明日いきなり一緒に行きたいって言っても迷惑だよな。午前中からじゃなくてもいいんだけど、少しだけでも裏山に足を踏み入れてみたい。

「相川さん、明日の裏山入りって俺も付いてってもいいですか？」

思い切ってＬＩＮＥを入れたら、

「え？　行きますよね？　みなさんそのつもりですけど」

と当たり前のように返ってきた。

「はい、行きます！」

わーい、みんなで裏山だー！

両手を上げて喜んでいたらニワトリたちにきょとんとした目で見られてしまった。少し恥ずかしくなってそっと両手を下ろしたら、タマにすごく冷たい視線を向けられた。タマさんのツンが今日もつらいです。もっと優しくしてほしいなぁ。俺飼主だよなぁ。ツンの視線がツンドラ仕様だよ。寒いよ寒いよ……と思いながら寝た。切ない。


……今日からみんなで裏山を回るという話はニワトリたちにもしてあった。

だからって、

「……なぁ、タマ、ユマ、重いんだけどどいてくれないか？」

「オキロー」

「オキテー」

「お前らが乗ってたら起きられないだろ。どけー！」

なんで胸にタマが乗って、足にはユマが乗ってるんだよ。金縛りかと思ったぞ。

ちなみに、廊下ではポチも乗ろうかどうしようかと考えてうろうろしてたっぽい。だから起こすのに乗るなっつーの。いいかげんそのうち骨が折れるわ。タンスの上からとか勢いよく飛び降りたりされないだけましか？　いや、もうでかすぎてタンスの上に飛び乗ることもできないよな？　困ったものである。

ニワトリたちの朝ごはんは養鶏場から買ってきた餌と小松菜である。土間でタマとユマの卵を回収して二羽の羽を優しく撫でた。

「卵、いつもありがとな」

タマにはフイッと顔を背けられた。ツンがつらいって言ってるだろー。ユマは、

「アリガトー」

と、首をコキャッと傾《かし》げて言っていた。わかってないみたいだけどそれはそれでかわいい。

キャベツと油揚げの入ったみそ汁を大鍋《おおなべ》で作る。白菜の浅漬けを用意し、イノシシ肉の醤油《しょうゆ》漬けを焼いて、タマかユマの卵で目玉焼きを作って朝ごはんにした。漬物は確か他にたくあんもあったはずだ。梅干しもあるし、シャケフレークもある。海苔《のり》もある。ごはんのおかずには十分だろう。お菓子は、と見ると固焼きの煎餅《せんべい》もあるからいいかなと思ったが、飴《あめ》も欲しいなと思ったりもする。今度買ってこよう。

そういえば、イノシシを沈めた川ってどこだったんだろう。舗装された道沿いではないだろうからちょっと行って帰ってくるというのも難しい。相川さんとの山の境辺りって言ってたっけ。相川さんが来たら聞いてみようと思った。

やがて、軽トラが続々と到着し始めた。畑野さんの軽トラに川中さんが乗ってきた。この二人、なんだかんだ言って仲がいいんだよな。

「久しぶりだねー、こんにちは～」

「久しぶり」

川中さんが軽くて、畑野さんは年相応というかんじだ。

「来ていただいてありがとうございます。またよろしくお願いします」

陸奥さん、戸山さん、相川さん、おっちゃんは各自やってきたので駐車場代わりに使っている平らな場所が軽トラでいっぱいになった。やっぱみんな集まるとすごいなと思った。

ニワトリたちが待ってましたとばかりに俺の横に並ぶ。だからお前らどんだけ楽しみにしてたんだっつーの。

とりあえず苦笑した。

「今日はサワ山の後ろの山の見回りに行く。今回もニワトリたちに先導してもらうから危険はないと思うが、気は抜かないようにな！」

陸奥さんの言葉にみな「はい！」と返事をした。ポチとタマにはちょっと注意しておかないとな。

「ポチ、タマ、裏山はみんな初めてだ。できるだけ俺たちが通れそうなところを選んで進んでくれ。頼んだぞ」

二羽がコッ！　とてもいい返事をしてくれたのでこれで一安心だ。ユマは俺の側《そば》にいるからポチとタマに注意しておけばいい。

「それから、昼には一度帰ってくるから、距離も考えて進んでくれ」

ここまで任せるのは任せすぎかなと思ったけど、一応注意しておいた。そうでないとどんどん先に行ってしまうこともあるからな。……特にポチは前科がありすぎる。

今回一応狩猟チームはみな猟銃は持っているが狩りはしない予定だそうだ。これだけの人数で歩くとなったらシカなら逃げられてしまうし、イノシシに遭ったら逃げるしかない。もしクマが出たら？　と聞いたらこれだけの人数だからおそらくクマの方が逃げるだろうとのことだった。それならいいんだけどな。

家の北側から下りていく。途中までは人が歩いた道のようになっていたが、少し登り始めたらもう何がなんだかわからないかんじだった。

「？　これってもう裏山なんですか？」

「いいえ？　おそらくもう少し登って、また下りたら裏山の入口に着くと思います」

相川さんがそう教えてくれた。山というのは連なっていると山と山の間に丘のような部分があったりする。その部分に差し掛かったようだった。それにしても枯草がすごい。前を進む人がいなければすぐにでも遭難してしまいそうだ。道なき道を歩いたせいか、休憩を経て裏山を登り始めたのは出発後、約一時間ほどしてからだった。遠くはない。藪《やぶ》だのなんだのと、とにかく手入れを全くしていないから歩きづらいのだ。

「そっか……整備してないとこうなるんだ……」

「これでも冬だから楽な方ですよ。春から秋にかけてはジャングル状態になりますしね」

「相川さんの山でもそんなかんじですか」

「山の整備はかなりたいへんですから」

相川さんが苦笑してそう答えた。そうだよな。維持管理ってかなりたいへんだろうと思う。ましてこの裏山には全く人の手が入っていないと元庄屋《しょうや》さんである山倉さんが言っていた。それこそ十年単位で足を踏み入れていなかったから、ジャングルになるのはもうどうしようもないだろう。うちの周りだって小まめに草むしりとかしてなかったらすぐたいへんなことになるし。

そうして登っていくと、なんだか少し水が溜《た》まったような場所があった。もしかしたらポチとタマはここで泥まみれになって帰ってきたのかもしれないと思った。すぐ側を川が流れているのがわかる。

「ポチ、タマちゃん……もしかしてここヌタ場か？　イノシシが……」

陸奥さんが険しい顔をしてポチとタマに聞く。タマはイノシシと聞いてコッと返事をした。

ヌタ場ってなんだろう。

「相川さん、ヌタ場って……」

「イノシシとかシカの風呂場のようなところですよ。身体《からだ》についた虫とかこういうところで転がって落とすと言われています」

「ああ、それで……」

ここがそのヌタ場だとしたら近くにイノシシやシカがいるに違いないということか。ということは、かなり前からポチとタマはここでイノシシやシカの姿を見ているということだろう。

獲物を確認するニワトリを想像してみる。

……なんだかとてもこわい。

ある意味ホラーだなと思いながら、午前中はもう少し登ってから戻った。慣れない場所を歩いていたせいか足がとても痛い。ヘンな歩き方をしたに違いなかった。

「みそ汁はありますんで……」

「佐野君ありがとうな！」

陸奥さんに礼を言われた。座卓を出し、高齢者を優先してコタツに入ってもらった。

「白菜は浅漬けなんですけど……」

朝、浅漬けの素《もと》に漬けただけだが、ないよりはいいだろう。

「佐野君はいい嫁さんになるな！」

「ええええ」

陸奥さんがワハハと笑う。嫁だけは勘弁してください。

「昇平もまめだよな〜」

「おっちゃんも蕎麦《そば》打ったりするじゃないか」

ガハハとおっちゃんに笑われて口を尖《とが》らせた。

「ありゃあただの道楽だからいいんだよ。毎日はやれねえさ」

「相川さんこそまめですよ」

「どうなんでしょう。僕のはただの趣味ですからね」

ちょっと考えてしまった。俺は決して料理が趣味とは言えない。誰かしてくれる人がいればやらないだろう。やってくれる人がいないからやっているだけだ。

相川さんのように真面目で労苦をいとわない人こそまめと言うべきだ。とはいえ本人が否定しているのにしつこく言うほどのことでもない。

「……俺はまめじゃあないですよ」

食器はそれなりにあるが、お椀《わん》がいくつもあるわけではないので持参したコップを出してもらってみそ汁を入れた。紙コップかなんかあった方がいいんだろうか。

「……僕はそろそろマイお椀を佐野さんちに置きますかね」

「それもいいな！」

相川さんがそんなことを言ったので、陸奥さんと戸山さん、それにおっちゃんが反応した。おっちゃんはいいから帰れと思う。

「佐野君、午後はどうする？」

「……今日だけは……参加させてください」

「じゃあ行くか」

ニワトリたちにも食休みをさせてから、また裏山へ行くことにした。すでに足がやヴぁいけど、きっともう明日以降は行かない気がするから今日のうちに行ける場所まで行っておく。俺やっぱり弱いんだなと、ちょっと自分が嫌になる。

「意外と山で暮らしてる奴《やつ》の方が弱かったりするよな～」

ほーら、おっちゃんに言われてしまった。

「……うちの周りは山倉さんがかなり整備してくれていましたから」

「ま、しょうがねーよな！」

おっちゃんに背をばしばし叩《たた》かれて言われた。頼むからおっちゃんと一緒にしないでほしい。正直スズメバチに刺されまくっても平気な人と一緒にされたくない。（注：ハチに何度刺されてもピンピンしている人はいることはいるけど稀《まれ》である）

「山っつってもただ暮らしてるだけならそれほど動かないだろ。それでも平地にいるよりゃあ動いてるだろうけどな」

陸奥さんがフォローしてくれた。ホント、弱っちくてすみません。

「以前に比べればよっぽど身体は鍛えられていると思いますけど、前はデスクワークでしたからね……」

婚約を解消されてからも、ここに来るぎりぎりまで働いてはいた。山暮らしだからって金はかかるはずだと思ってはいたから。

ここに来た当初は寒くて死ぬかと思ったな。そんな中、村に下りた日に春祭りがあって……カラーひよこだったポチとタマとユマを買って……。

そう、アイツらひよこだったんだよ！　手のひらサイズのひよこだったんだ！　なのになんで今はこんなに大きく……？

「昇平？」

「あ、ああ……いえ、なんでうちのはこんなにでかく育ったのかなぁと……」

おっちゃんに声をかけられてはっとした。

「まあなあ……なんでだろうな。……たぶんだが、昇平が大事でしょうがないんだろ？」

おっちゃんがユマに声をかけた。ユマはなーに？　と尋ねるようにコキャッと首を傾げた。かわいいなぁもう。

「ユマは昇平のこと、好きだろう？」

ユマが一瞬嘴《くちばし》を開いたが、それから一旦《いったん》嘴をつぐみ、それからココッ！　と鳴いた。羽をバサバサさせてアピールしてくれる。スキーって言いそうになったのをこらえたんだなってことはわかった。本当によくできたニワトリである。

「ほら、大好きだってよ」

「ユマ、ありがとうな」

俺もうちのニワトリたちが大好きだって思う。

午前中と同じように進み、裏山についてから今度は反対方向を回った。木も草も鬱蒼《うっそう》と生い茂り、ほとんど日の光が入ってきていないように見える。これが手入れのされてない山なのだなと実感した。ところどころ木も倒れていたりしてとても危ない。本来なら俺が整備しなければならない山である。来年は少しずつでも手入れをしていこうと思った。

日が陰る前に撤収し、うちに戻ってきた。裏山から出ただけでほっとした。慣れない山はなんとなく怖い。裏山に入ってからはユマが至近距離で寄り添ってくれた。もしかしたら俺の不安を感じ取ったのかもしれない。情けない話だが、午後になって余計にそう感じたのだ。

「お疲れ様でした！」

がくがくした足で台所に立ち、どうにか湯を沸かす。

「明日は佐野君筋肉痛かもな」

陸奥さんがワハハと笑った。さもありなん。道なき道を歩くというのは本当にたいへんなのだなと思った。

「あ〜、足痛い〜。慣れない山道はやっぱたいへんだよねえ」

川中さんも普段デスクワークのせいか堪《こた》えたようだった。もしかしたら俺に合わせてそう言ってくれたのかもしれないけどな。

「もう少し運動したらどうだ？」

畑野さんが言う。なんとも耳の痛い話だ。寒くなってきたから無意識のうちに行動範囲が狭まってきている気がする。ここのところ川も見に行っていないことを思い出した。

「そういう畑野はどうなんだよ～」

「うちは出勤前に畑の手入れをしないといけないからな」

畑野さんの家は兼業農家のようだった。朝畑の世話をしてから仕事に行くとかすごいなって思う。

「畑って、けっこう広いんですか？」

「いや？　湯本さんの畑と規模は同じぐらいだ」

広いじゃん、って思った。基準が陸奥さんちの田畑だと広くはないかもしれないけど、俺からしたら十分広い。

「毎朝手入れしてるんですよね」

「最近はそれほどでもない。雪が降ったらほぼほっとくし、うちは温室も作ってないから冬は休耕状態だよ」

それでも毎朝見には行くんだろうし、他にもいろいろしてるんだろうな。更に猟師だし？　兼業農家もなかなかにハードだなと思った。

「川中さんは独り暮らしでしたよね。何か少し栽培してるようなこと言ってませんでしたっけ？」

「うち～？　僕のところは家庭菜園レベルだよ。佐野君とこの畑よりよっぽど狭いし、この時期は何もしてないよ。モグラが出たらお休みだしね」

寒いからあんまり早起きしたくないし、と言って川中さんは笑った。気持ちはわかる。そういえばうちの畑ってモグラは出たことないな。山の上にあるからなんだろうか。

うちはまだ青菜を植えている。ニワトリたちが食べるというのもあるが、基本俺はここにいるので手入れがしやすいのだ。明らかに虫が付いているとニワトリたちが食べてくれたりもするし。

やっとお湯が沸いた。みなの湯のみにお茶を注いでいく。田舎の家あるあるで湯のみだけはけっこう数があるのだ。

「お茶が沁《し》みるよねえ……」

戸山さんが呟《つぶや》いた。寒いから余計な気がする。

「佐野君は明日はどうする？」

「……やめておきます」

ただの足手まといになってしまうし。春になったらニワトリたちと一緒にゆっくり回ることにしよう。

「そっかそっか」

笑われてもなんでも、やっぱ人の手が入ってない山はつらいってことがよくわかった。そういう無理はしないのだ。だってずっとここで暮らしていくのだから。

みなを見送って、夕飯を作り終えたところで足にビキビキビキッと痛みが走った。

何事⁉　と思ったが、痛みは一向になくならない。歩けないことはないがとにかく痛む。ただしそれ以上ひどくなる気配はなかった。

「いててて……」

しかもどっかで経験した痛みである。危険なものではないと身体が訴えているのはわかった。

ということは。

「これはー……筋肉痛か？」

マジかよ、と思った。今日の今日だぞ。こんなに早く筋肉痛ってなるもん？　と首を傾げた。

あー、でも中学の頃遠足という名の登山に行った時、帰りに足が痛みはじめてたいへんだったっけ。そう思ったら確かに筋肉痛という気がしてきた。

その日のうちに筋肉痛とか、俺はまだ若いんだなと思った。いや、まぁ確認しなくても若いんだけどな。ただその後ユマと風呂《ふろ》に入るのが難儀だった。でもかわいいユマと一緒に入る為《ため》にがんばった。

「痛い……」

身体がバキバキいってるかんじで痛い。そういえばニワトリにも筋肉痛ってあるんだろうか。でもあれだけ山を駆けずり回っていたら筋肉痛とか全くないだろうなと思った。あ、でもユマはどうなんだろう。基本俺と一緒にいる時間多いからなぁ。運動不足気味かもしれないと心配になった。

「ユマは、身体が痛くなったりしないのか？」

聞いてみたけどコキャッと首を傾げられてしまった。痛いってなーに？　と聞きたそうだった。

うん、大丈夫だということはわかった。俺が思っているよりは動いているんだろう。

風呂から出て改めてポチとタマに確認した。

「明日も裏山なんだろ？　みんなのことよろしくな。明日は俺は行かないから……」

「ワカッター」

「ワカッター」

ポチとタマに即答された。きっと俺がいなかった方が行軍は速かったに違いない。でもしょうがないだろ。見たかったんだから。思ったよりもたいへんそうで逃げ帰ってきたけどさ。俺、つくづく情けないな。

翌朝も筋肉痛は去らなかった。筋肉痛ってどうした方がいいんだっけ？　更に運動した方がいいのか、それとも安静にしていた方がいいんだろうか。つったって安静になんかしてらんないけど。

今日はおっちゃんはこないらしい。また何日かに一度は来るつもりのようだ。何しに来てるんだかなぁ。まあいいけど。

今日からはまた陸奥さん、戸山さん、相川さんの三人で回るようだ。今日もポチとタマと回るらしい。二羽がすごくはりきっているから、もういいよなんて言おうものならつつかれそうだ。主に俺が。なんでだ。

月曜日である。そういえばもう十二月も半分だ。

大掃除の時期じゃないかと思い出した。

「大掃除とか、どうしてますか？」

「ああ、うちは昨日やってたみたいだな」

他人事《ひとごと》のように陸奥さんが言っていた。それでいいのか。

「陸奥さんはしなくてよかったんですか？」

「今週末にやりゃあいいだろ」

「うちもぼちぼちかなぁ……」

戸山さんが頭を掻《か》いた。相川さんを窺《うかが》うと、

「特に今の時期に大掃除とかないですね。でも山の神様が見守ってくださっていますからした方がいいですかね～」

なんてのんきなことを言っていた。うちも障子の張り替えぐらいした方がいいんだろうか。（半分は紙の障子である）なかなかにたいへんそうである。

「一人暮らしならこの時期にっつーのもないだろ。あったかくなってからとかできる時にすりゃあいいんだよ」

陸奥さんがとてもいいことを言った。そうだそうだ。寒い時期にやることない。

でもうちも山の神様がいらっしゃるしなぁ……。

相川さんと、うーんと頭をひねった。一人だからほこりはそれなりに積もるけど汚れはしないいんだよな。え？　ほこりが問題だって？　それもそうだよなぁ……。

とりあえず今日は晴れているので、みんなが出かけている間に家中にはたきをかけるぐらいはしておいた。

……足が痛くてつらい。

障子の張り替えぐらいならできるだろうけど、畳をひっくり返すのはできないだろうなと思う。障子紙は今度買ってくることにしよう。

「……畳、拭《ふ》きましたね」

夕方になる前に戻ってきた相川さんが目ざとく言う。ギクッとした。

「うちも大掃除しなきゃいけなくなっちゃったじゃないですかー」

「ま、まぁできる範囲でいいじゃないですか」

俺も今日一日でもういいかなとか思ったぐらいだし。障子どこいった。

それにしても身体がまだまだ痛いのに俺もよくやるものだ。みんなが帰った後足は更に痛くなった。筋肉痛だってなんとなく知られたくなくて無理をしたかもしれない。まぁなんていうか意地だ意地。意味ねー。

どうにかニワトリたちに夕飯を用意してから居間で倒れていたら、タマに居間から飛び出していた足をツン、とつつかれた。

「〜〜〜〜ッッ!?　いってえええええええ〜〜〜〜ッッ！」

「ウルサイ」

「ウルサーイ」

「……ウルサイ？」

「タ〜マ〜……」

さすがに今日という今日は許せなかった、が今日はもう身体が動かない。

「……動けるようになったら……覚えとけ……」

情けないけどしょうがないのだ。足が痛すぎて動く元気もない。くそう、動けるようになったらどうしてくれようか。筋肉痛つらい。

そんなことを考えながらどうにかこうにか今日もユマと風呂に入り、電話をしてから早めに寝ることにした。

3　せめて障子の張り替えがしたい

「障子紙を買ってこようと思っているんですが……」

どこで売ってます？　と相川さんに聞いたら、N町のホームセンターへ行きましょうと誘われた。

そういえばホームセンターなんてものがあったな。自分の家の障子紙がどこで買われているかなんて考えたこともなかった。小さい頃は毎年この時期になると兄弟で喜んで破って、張り替えたばかりの障子にうずうずしたものだった。で、三日もしないうちにまっさらな障子に穴を開けてどやされた記憶もある。だって紙なんだぜ？　穴開けたくなるじゃん。

そんなわけで、明日は相川さんと障子紙を買いに行くことになった。陸奥さんと戸山さんはニワトリたちを連れて裏山巡りをしてくれるらしい。今の時期はリンさんが山から出てこないから村の外にユマを出すのは不安なのだ。

で、そのことを翌朝ユマに伝えたらすごくショックを受けたような顔をされた。

がっがーん！　とバックに文字まで出てしまうようなかんじだった。

「オデカケー」

「リンさんが山から下りて来ないんだってさ。だからユマだけ車に残しちゃうことになるだろ？　俺、ユマのこと心配なんだよ」

「シンパイー？」

ユマがコキャッと首を傾《かし》げる。

「ああ、ユマのこと大好きだからさ」

「ダイスキー！」

羽を少しバッサバッサと動かす。うん、今日もユマはかわいい。

「大好きだから、陸奥さんと戸山さんの言うこと聞いてくれよ」

「……ワカッター……？」

反対側に首をコキャッと傾げてユマが応えた。なんかおかしいな？　と思っているような仕草だった。いや、おかしくない。決しておかしくないぞ！（ごまかすのに必死である）

陸奥さんたちが来た時、今日はユマもお願いしますと伝えたら。

「ああ、今日はユマちゃんも一緒か。よろしくな」

「ユマちゃんもかー」

陸奥さんと戸山さんの目が優しい。ユマがコッと鳴いた。

「午前中で帰ってきますのでよろしくお願いします」

「いやいや、かまわんよ。こっちはこっちで好きにやるから。ニワトリ共の昼飯だけ用意してってくれればいい。夕方までゆっくりしてきてくれ」

「はい、よろしくお願いします。みそ汁は作ってありますんで」

「ありがとな」

さすがにうちのニワトリたちのお昼ごはんを用意してもらうわけにはいかない。倉庫から養鶏場で買ってきた餌を出してボウルに入れ、白菜や小松菜をざくざく切ったものを別のボウルで三羽分置いておく。ボウル、いっぱい買っといてよかったなぁ。

家の鍵《かぎ》は開けておき、相川さんとN町に出かけた。

ホームセンターはN町の西側にある。駐車場がものすごく広いのと食事処《しょくじどころ》がいくつも併設されているので長距離トラックなども停《と》まっていたりする。なんというか道の駅みたいだなと思う時もあるが、道の駅は道の駅で別の場所にあるらしい。

「道の駅自体は近くにあるんですけどね。どちらかといえば他の町へ抜けるような位置にあるんですよ」

西南の外れにあるようだった。

「そうなんですか」

気を取り直して障子紙を探しにいった。今はプラスチックの障子紙なるものがあるらしく、指でツン、とつついたところで穴が開かないようになっている。模様のついているものなどもあり、なかなかに面白かった。

「でも、穴が開かないのはなぁ……」

「張り替える手間をなくす為《ため》ってのもあるみたいですね」

「まぁ確かに毎年張り替えるのは面倒かも……」

でもあの、指でぷすっと穴を開ける感覚は捨てがたい。ただ自分の部屋の障子に穴が開いたら寒くてしかたないだろう。考えた末にプラスチックでできた方を使うことにした。ヘタレとでもなんとでも言うがいい。山の朝晩の冷え込みはハンパないのだ。

他にも必要そうな工具を買ったり、廃屋跡をどうしたものかと相川さんと話し合ったりもした。

「そうですね。あそこに屋根付きの建物があると便利かとは思います。いろいろ作業をするにも楽でしょうし……足下は土間にするにしてもなんらかの建物はあってもいいかもしれませんね。元々はテントを立てようかなんて言ってたぐらいですし……」

　相川さんが考えるような顔をした。

「陸奥さんたちと相談してみましょう」

「そうですね」

　すぐに施工できるように三和土《たたき》の材料とか買っておいた方がいいんだろうか。そこらへんもなんとも悩ましかった。こんなことならもっと早く木とか切っておくんだったなぁ。

　町を横切って帰ろうかなと思った頃、ふと桂木さんの顔が浮かんだ。そういえばN町に来たのになんの連絡もしていなかった。

「元気？」

　とりあえずＬＩＮＥを送ってみた。ちょうどスマホをいじっていたのか、すぐに返事がきた。

「ヒマです。山の方は雪、降りましたか？」

「まだ降ってないよ」

「そんな～」

　降ると思ってウィークリーマンションを借りたんだっけか。判断が少し早すぎたのかもしれないな。でも、朝早い時間だと道はツルツルなことが多いから、山は特に危ないと言えば危ない。おかげであんまり早い時間には出かけないようにしている。

「佐野さん、遊びにきてくださいよ～」

「ああ、また今度な」

今日は相川さんがいるからやめておくけど、近々様子を見に行こうと思った。

つっても、行ってどうするんだろう。確か女性専用のウィークリーマンションを借りたんじゃなかったっけ？

俺は首を傾げる。

ああでも、とも思った。建物の周りの治安がどうなのか確認するのも大事ではある。町といってもN町も田舎ではあるからめったなことは起きないと思いたいが、桂木妹のストーカー男の件もある。気にして気にしすぎるということはない。それだけは忘れないようにしようと思った。

ホームセンターの中は見ているだけで楽しかった。目的のものも買えたしと、ほくほくしながらいつもの駐車場に軽トラを停めてから、相川さんと顔を見合わせた。

「……飯、食いに行きます？」

すんごくナチュラルにスーパーへ行ってお弁当を買おうとしていたことに愕然《がくぜん》とした。だっていつも通り駐車場でユマとリンさんを待たせてるって思ったらさ。お弁当ついでによさげな青菜売ってないかなとか普通に考えてた。

「……あそこで飯食ってくればよかったですねー……」

ホームセンターの駐車場の向かいにあったラーメン屋、おいしそうだったな。

「ラーメン屋でも行きますか」

相川さんが提案してくれた。

「この辺りのラーメン屋って入ったことありますか？」

「いえ……普段リンと一緒なので全然入ったことないんですよ。それに、人と顔を合わせること自体が怖かったので……」

相川さんは苦笑して言う。俺のバカって思った。

今でこそ普通にしているけど、桂木姉妹に会えば一、二歩さりげなく離れていく相川さんが外食するわけはなかったのだ。

「じゃあ、ほとんど外食はしてないんですか？」

「そうですね。一年で数えるほどだと思いますよ」

それもせいぜい山を売ってくれた人に会った時連れて行ってくれるところぐらいなのだそうだ。だから場所も特に覚えていないのだという。

「こうしてみると、なんともぼんやり過ごしていたように思えます。もったいなかったですね……」

相川さんが自嘲《じちょう》するように言った。

「……俺も地元でもほとんど外食はしていませんでしたし……」

フォローでもなんでもないことを言ってしまい、自分でもなんだかなと思った。

結局チェーンのラーメン屋に入った。知らない店に入る冒険心は俺たちにはなかった。情けない話だが、めったにしない外食で失敗したくなかったのだ。久しぶりに食べたお店のラーメンは、可もなく不可もなくという味だった。失敗はしていないが成功もしていないかんじである。

「…………」

「餃子《ぎょうざ》、食べます？」

「あ、いただきます」

二人で餃子一皿を分けて食べた。うん、まあまあというかんじだ。

「……シシ肉の餃子ってどうなんですかね？」

「……ああ、いいかもしれませんね」

「粗みじんでもいいのかな」

「フードプロセッサがあると楽ですけど、あります？」

「買ってないなぁ。ホームセンターで売ってましたっけ？」

そんなことを話していたせいか、スーパーで餃子の皮を買ってしまった。包丁で粗みじんにしてもいいだろう。相川さんは春巻の皮を買っていた。そんなものも売ってるんだなと思った。

「試しに春巻を作ってみるので、うまくできたら食べにきてください」

「はい！」

ほくほくしながら山に戻ったら、ちょうどみな戻っていて食休みをしていたらしかった。

「ただいま～」

ニワトリたちが畑の周りで何やらつついている。頭を上げてこちらを見たが、ポチとタマはすぐに興味をなくしたようだった。なーんだというようにすぐに頭を戻すのはどうかと思うんだ。ユマは少しバサバサと羽を動かし、ポテポテと近づいてきた。ううう……ユマ、お前だけだよ俺の癒しは……。

と思ったんだけど。

「ユマ～」

ユマは俺から一メートルぐらい離れたところで立ち止まると、フイッと顔を背けてまたポテポテと戻っていってしまった。

「ユ、ユマあああ～～～～！」

俺はその場でくずおれた。ひどい。ひどすぎる。

「あー……ユマさん、ツンデレですか？」

ツンデレはタマだけで十分だ。しかもタマはツンがひどすぎるツンデレだ。そんなこと学ばないでほしい。

「ユマあああ～～」

「佐野さん、ほら行きますよ……」

くっ……浮かんだ涙を振り切るようにして荷物を抱えて家に運んでいく。畑の辺りに差し掛かるとユマがまたポテポテ近づいてきて、つん、と俺を軽くつついて元いた場所へ戻っていった。

「……ユマって……」

かわいいなぁ……。

思わず和んでしまった。

「うわあ、ユマさん……あざといですねぇ……」

あざとくたってユマはかわいい！

俺は思わず相川さんを睨《にら》んでしまった。相川さんはすぐに気づいて苦笑した。

「すみません」

「いえ、俺の方こそすみません……」

なんつーか、俺は親バカが過ぎるかもしれない。少しは自重しないと。

気を取り直して家のガラス戸を開ける。

「ただいま戻りました」

「ああ、おかえり。もう少ししたらまた行くつもりだ」

「佐野君、相川君おかえり～」

陸奥さんと戸山さんが笑顔で迎えてくれた。

「まだ荷物あるんで」

「ああ、ゆっくりな～」

障子紙は丸めてあるけどかさばるので他の荷物とは一緒に持ってこられなかった。相川さんは冷蔵品しか買わなかったので一度家に戻る必要はなさそうだった。（クーラーボックスはなかなかに優秀である）

そして粛々と準備をし、相川さんは陸奥さんたちと共に裏山へ出かけていった。今回相川さんは猟銃は持ってこなかった。さすがにうちに置いておくわけにも、軽トラに置くわけにもいかなかったしな。銃の扱いは丁寧に慎重にが基本のようだ。

ユマは俺の側《そば》に残ってくれたので、俺の機嫌は途端に上向いた。ま、ユマじゃなくても誰か残ってくれればいいんだけどな。

……すみません、やせ我慢しました。

「ユマ、ちょっと付き合ってくれるか？」

「イイヨー」

陸奥さんたちを見送ってから、俺はユマと共に川を見に行った。川を見に行くついでに濾過《ろか》装置を確認しに行く。パイプのずれがないかどうかとかもろもろだ。そろそろ中身を入れ替えた方がいいのかどうなんだろう。交換は業者に頼んでしてもらわないといけないが。

そういえばうちは川から水を引いているけど川の水が凍るということはあるんだろうか。水が動いている間は凍らないのかな。そして川自体が凍らないまでも、この辺りの管の内部の凍結とかはどうなっているのだろう。元庄屋《しょうや》さんに電話をしないとなと思った。

家に戻って忘れないうちに電話をして聞いた。山倉さんはちょうど家にいた。

「その節は本当にありがとうね」

「いえ、大事がなくてよかったです」

ぎっくり腰は十分大事だとは思うが、命に別状がなくてよかったと思う。

挨拶《あいさつ》をして、川と川から水を引いている管の話をしたら、気になるなら夜の間水を出しっぱなしにしておけば凍ることはないだろうと言われた。やっぱり出しっぱなしにしておかないとだめなんだなと思った。

「春には行くから。よろしく頼むよ」

「はい。またお待ちしてます」

山倉さんは山の神様に挨拶をしにくるのだ。その時に息子さんが祠《ほこら》を持ってきてくれるだろう。

あの山の上までの道なぁ……どうしたもんかなぁ。ニワトリに案内してもらわないととても歩けたものではない。冬の間にどれだけ雪が降るかでいつまでぬかるんだままかとかも変わってくるんだろうな。

どちらにせよ山の整備は春になってからだ。でも木は切っておいた方がいいかな。邪魔な枝とかを定期的に切っておけばそのうち薪《まき》とかに使えるだろう。いわゆる間伐である。

障子の張り替えは明日することにした。どうせ俺の寝る部屋と奥の部屋ぐらいだ。ああでも、更に奥の部屋も片付けなければいけない気がする。あんまり入りたくないなぁ。

暗くなる前に陸奥さんたちは戻ってきた。今日も調査をしていたようだった。

「思ったより山が深いし広いんだよな。生き物の分布も調べなきゃならんから……イノシシだのは狩れたとしても週末になるだろう」

「お疲れ様です」

温かいお茶と一口羊羹《ようかん》を出してみなを労《ねぎら》った。ニワトリたちには洗った青菜をあげた。バリバリといい音を立てて食べている。そういえばうちのニワトリたちってかなり鋭い歯が生えてるんだよな……。

「いい音するね〜」

戸山さんが感心したように言う。

「うちのニワトリ、けっこう尖《とが》った歯が生えてて……」

「え？　ニワトリって歯、あったっけ？」

いつもにこにこ笑顔の戸山さんがいぶかしげな顔をした。

やっぱりうちのニワトリはおかしいのだろうか。いや違う、きっと先祖返りだ。そうだ、そうに違いない。

「そういうこともあるかもしれねえな」

陸奥さんはさらりと流した。そのさりげなさ、素敵です！

「ただなぁ……ポチ、タマちゃん、ユマちゃん。知らない奴《やつ》の前では嘴《くちばし》は開かねえ方がいいぞ。ちょっとばっかり変わってるってだけで騒ぎ立てる奴はどこにでもいるからな」

ニワトリたちはコッと返事をした。

「いい返事だ。佐野君ちのニワトリ共にはいつまでも元気でいてほしいからよ」

ワハハと笑って、陸奥さんは一口羊羹に手を伸ばした。

「これはいいな。今度から飴《あめ》の代わりに買っておいてもらうか……」

「村の雑貨屋で売っていましたよ」

「そうかそうか。近くで売ってるのはいいな」

疲れた時は甘い物が一番だと俺は思う。煎餅《せんべい》は手持無沙汰《てもちぶさた》な時にちょうどいい。この村で買える煎餅って基本固焼きだしな。こういうのを食べてるから歯が鍛えられるのかと思った。

日が暮れる前に陸奥さんたちは帰っていった。明日もぐるりと調査をするらしい。裏山の更に北にも山が連なっている。それはこの村と隣の村が県の外れだということを示していた。

「佐野君ちの裏山の向こうはおそらく国有林なんだよな。明日改めて確認してみるわ」

道路に面していない山の位置づけってどうなってるんだろう。国のものか、誰かのものなんだろうけど、うちの裏山の更に奥って、どうやって入るんだろう。まんま歩いてなのか？　それは難儀だなと思った。

「相川さんちの裏山の奥の山ってどうなってるんですかね？」

「確か、国有林でしたよ。けっこうな広さがそうだったと思います。こちらから車で入れる道はありませんでしたが、もしかしたら別の方向から入れる場所があるのかもしれませんね」

「山の更に向こうの町とか、ですか」

「その可能性はあります」

山を隔ててしまうとなかなか交流ってないんだろうな。つーか、元々村同士って志を同じくしてないから分かれてたわけで。時代によっては敵同士だったかもしれないし、そう考えるとある程度の距離は必要だったのかもしれないと思った。

迷惑かもしれなかったが、夜はユマの羽を撫《な》でていた。手招きしてユマの羽を撫でさせてもらっていると心が落ち着いてくる。それほど柔らかいというほどではないのだけど、俺はうちのニワトリたちがいいのだ。ポチもタマも撫でさせてくれないのでユマに甘えている。

「今度、また一緒に出かけようなー」

「オデカケー」

ユマが羽を少しバサバサさせて嬉《うれ》しそうに言う。まだ十二月も半ばなのに、早く春にならないかなと少しだけ思った。

ハンターマップというのがあるらしい。それを見ると鳥獣保護区とかがおおまかにわかるのだという。俺とか相川さん、桂木さんの山は私有地の為特に鳥獣保護区には指定はされていないようだ。鳥獣保護区だったらどうしようかと思った。つか、人んちの土地を勝手に鳥獣保護区にすんな。

（してない）

国有林だと鳥獣保護区とか特別保護地区に重なる場所もそれなりにあるらしく、ハンターマップを確認する必要があるそうだ。

翌日、陸奥さんたちがうちの居間でハンターマップを確認していた。

「佐野君と相川君の裏山の奥は今年は大丈夫だ。ただ、桂木の嬢ちゃんの東側の山はだめだな」

「え？　桂木さんの東側の山って、確か人が住んでるって聞いたような気がしますけど」

「管理人がいるんじゃねえか？　あそこは隣村の管轄だしな。あの山から南東に向かって斜めに位置する三座は特別保護区になってる」

南東に向かって三座というと陸奥さんちや養鶏場がある方面だ。松山《まつやま》さんの山の裏の方が国有林で、更に特別保護区になっているみたいだ。人が住んでいるようなことを聞いたことがあったが、噂《うわさ》というものがどれだけあてにならないものかということがよくわかる。

「まぁ……桂木さんの山の奥に向かう車なんて見たことないですもんね……」

俺が言っても全然信憑性《しんぴょうせい》はないけど。そんなに山を下りて川沿いの道を観察しているわけでもないし。桂木さんの山の麓《ふもと》の川には村に向かう為の橋がかかっているが、その先の道は更に東の山に続いているのみだ。桂木さんの山の先まで行ったことはないから知らないけど、確か東の山で行き止まりだったはずである。今度ちょっと行ってみようかなと思った。ここにきてもう九か月近く経《た》つけど意外と知らないものだ。

「鳥獣保護区じゃねえなら特に気がねすることもないな」

「よかったね～」

陸奥さんがそう言っているということは更に裏の山まで遠征することもあるということなんだろうか。山を二つ三つ越えて猟をするとかすごいなぁと思う。

「山によって広さってけっこう違うんですね」

ハンターマップを見せてもらいながら、周りの山を確認する。最近はネット上でも確認ができるようだ。後でパソコンから確認してみようと思った。

「ああ、高さも規模も全然違うぞ」

特別保護区になっている範囲は三座のようだが、広さがハンパない。下の村と隣村の境の山がそうだから、もしかしたら境界線の意味合いもあるのかなと思った。

「そういえば隣村って何かあるんですか？」

「……向かうにも遠いしな。親戚《しんせき》でもいなきゃ行かねえだろ。知ってるか？」

「湧き水がおいしいみたいなことは聞いたことがあるけどそれぐらいかなぁ」

「村の外れの駐在さんに聞いた方が早いかもな」

そういえば村の東側にいる駐在さんは隣村と行き来しているんだっけか。なにせ範囲が広いから移動するのもたいへんそうだ。

「確か小さい蕎麦屋《そばや》が一軒あるぐらいでしたっけ。村外れまで行くと豆腐屋があるとは教えてもらいましたが、この村にも豆腐屋はありますしね」

相川さんが教えてくれた。隣村まで行ったことがあるらしい。

「蕎麦屋かぁ。味はどうでした」

「さすが水がおいしいだけのことはありましたね。珍しいなと思ったのは、コイの天ぷらがあることぐらいでしたか……」

コイと聞いてみな微妙な顔をした。どうしてもコイというと泥臭いイメージがある。

「……食べました？」

「ええ、珍しいなと思って頼んでみました。全然泥臭くなくておいしかったですよ」

「へー、やっぱり水がいいんですかね」

そうは聞いたもののわざわざ蕎麦とコイの天ぷらを食べに隣村まで行くかというと微妙だ。行くにしても早くて来年の夏頃だろう。行く行く言っておいて行く行く詐欺になりかねない。夏は夏で忙しいしな。……主に雑草刈りで。

「ここでダベッててもしょうがねえ。行くぞ」

「そうだね～」

「はい」

家の表からニワトリたちの顔がまだー？　というように覗《のぞ》いたところで陸奥さんたちが立ち上がった。

「じゃあ昼頃に一旦《いったん》戻ってくる」

「はい。行ってらっしゃい、気をつけて」

陸奥さんたちとポチとタマを見送った。

「ユマも出かけたかったら一緒に行ってきてもいいんだからな」

ユマに言うと、ユマはすぐにフイッとそっぽを向いた。俺の側にいてくれるらしい。でも運動が足りているのかとか少し心配になってしまう。ただ風呂《ふろ》で触った感じ、たるんでる気配は全くないんだよな。ポチはオスだから肉付きも違うだろうし、そうなるとタマに触れさせてもらうかだけど……すごい勢いでつつかれそうだ。これは春を待って獣医の木本《きもと》さんに確認してもらった方がいいだろう。ユマがメタボになったら困る。え？　俺が動けって？　そうとも言うな。

「さー、今日は障子を張り替えるかー」

障子を全部外し、刷毛《はけ》で障子の桟に水を塗り少し放置。（半分はガラス障子なのでそこはそのまま）それからびりびり破いて剥《は》がしていった。ユマもつんつんつついて手伝ってくれた。桟に残った紙などをキレイに剥がし、天日で少し乾かす。あんまり天日に晒《さら》しておくと枠が歪《ゆが》んでしまったりすると親が言っていたが本当だろうか。十分に乾かしてからプラスチック製の障子紙を張った。これで来年は張り替えなくてもいいだろう。のりをむらなく塗ったりと、意外と気を遣う作業だった。

「ユマ、もうつつくなよ。新しくなったからな」

「ワカッター？」

なんかよくわかっていないような気がするがプラスチック製だから穴が開くことはないだろう。

……開かないよな？

ちょっとだけ心配になった。

昼前におっちゃんから連絡があった。明日はどうやら顔を出しに来るらしい。そういえば頻繁に来るようなことを言っていたけど、そんなに家を空けたらおばさんに怒られるんじゃないかな。

俺のことではないけど少し心配になってしまう。

一度昼過ぎに戻り、昼飯を食べて陸奥さんたちはまた出かけていった。そして日が陰る前に戻ってきた。毎日ご苦労なことである。

「おかえりなさい。調査はどうでした？」

「やっぱ一日で裏山の先まで行くのは無謀だな」

行ったのか。どんだけ元気なんだ。

全く整備されていない山道である。うちの山から裏山に行くぐらいの短い区間はもう獣道っぽいのができているかんじだが、裏山に入ったらもうとんでもなかった。山は舐《な》めちゃいけないなとしみじみ思った。

整備された山は登ったことがある。学校の遠足を思い出した。あの時は山といってもちゃんと道ができていた。草をかき分けて進むなんてことはほとんどなかった。遠足に行けるような山というのはやはり登山道が整備されているのだろう。対するうちの山の上とか裏山はそのまま年単位で放置されてきた。かつては人が入る為の道のようなものがあったかもしれないが、今は全て消えている。かといってこれから人が入るかと聞かれると微妙だ。こうして狩りの為に足を踏み入れるぐらいしかないかもしれない。

「明日は湯本さんが来られるそうですよ」

「ゆもっちゃんか、連絡しとくわ」

陸奥さんは機嫌よさそうだった。

「スズメバチの巣の跡を見つけたから、ゆもっちゃんも喜ぶだろう」

マジか。おっちゃんはやっぱスズメバチハンターと認識されてるんだな。喜んで来るに違いない。

他にも大形の動物が歩いているであろう跡を見つけたようだ。

「ポチとタマちゃんにヌタ場も教えてもらってるしな。あの周辺にイノシシかシカが生息していることは確かだ」

「クマはいそうですか？」

「裏山の裏側にはいそうだな。まだ遭遇はしていないが……。おそらく今は冬眠しているはずだ」

ほっとした。でも、と思い直す。

「この辺りの狩猟期って、確か十一月～三月中旬まででしたよね？　冬眠から目覚めたクマとかその時期から外れませんか？」

「ああ、外れるものがほとんどのはずだ。クマはできるだけ山に帰すのが基本だが、下りてきちまうのもいる。そういうのは処分するしかねえ」

確かに捕獲するのも難しいだろう。それに、クマというのは脅威だ。捕まえて山に帰すなんて、いざ目の前にしたらできるはずがない。

「山深いところで遭って、逃げる分には追わねえよ。佐野君が狩ってくれっつーなら別だがな」

「……出没する場所によるでしょうね。この山に近いところで出没するようであれば頼むかもしれません」

「ケースバイケースだよな」

「ですね」

イノシシとシカは明らかに害獣だが、クマは脅威ではあっても場所による。ただそれで増えているようなら間引きは必要かもしれない。それを考えるのは俺じゃないけどな。

「じゃあまた明日な～」

日が暮れる前に陸奥さんたちは帰っていった。今日もお疲れ様でした。

「準備っていろいろ必要なんだな」

相手は生き物だもんな。備えはしないよりはした方がいい。

ニワトリたちには毎日シシ肉を与えているので特に文句は出ていない。少しずつではあるがないと寂しいようだ。夜は親子丼にした。タマとユマの卵が至福である。ニワトリ万歳！

日が落ちると一気に冷えるし、辺りは真っ暗だ。ちょっと外に出てみて、さっそく後悔した。

「本当に暗いよな」

何も見えない。真の闇ってこういうことかと納得する。強力な懐中電灯がなければ歩くこともできない。息が白かった。この時期はシンとして、生き物の音は聞こえない。風が吹いて、葉や草が擦《こす》れる音がした。

「……ここでずっと、暮らしていくんだよな」

まだ一年経っていないが、寒さが身に染みて切なくなった。相川さんや桂木さんはこの孤独にどうやって耐えているんだろう。

寒いし戻るかと思って振り向いたら、ニワトリたちがじーっとこちらを見ていた。何やってんの？　と聞かれているようで、しんみりしていた自分が恥ずかしくなった。

見てたのはニワトリだけだよな？　他に誰もいないよな？　とキョドってしまった。

大丈夫。ニワトリしかいない。

「サノー」

「ヘンー」

「ヘンー？」

どこでそんな言葉覚えたんだあああああ!!

撃沈した。俺がバカでした。ごめんなさい。

えぐえぐしながらユマと一緒にお風呂に入り、ユマを抱きしめていた。ユマはコキャッと首を傾げていたがされるがままでいてくれた。ユマさんマジ天使。一生側にいてほしい。(相変わらず俺が面倒くさい)

そうして迎えた翌朝。

……プラスチック製とか関係なかった。

朝俺の寝る部屋に来たタマは、障子の模様が気になったらしくつついて……。

ガササッ
「えええ?」

のりでしっかりくっつけていたはずなのだけど、穴は開かなかったが障子紙がまんまバリッと外れて、落ちた。

つついたタマの方が驚いたらしく、ココッ、コココッ! と声を上げ、まだ布団の中にいた俺を踏みつけて駆け戻っていった。

「タ~マぁあ~~~っっ‼」

逃げるなー‼ 今のすっげえ痛かったぞ!

「いってええ――――っっ!」

顔とか胸を踏まれなかっただけまだましか。一応そこらへんは避けて行ったんだろうか。つって

も、足がめちゃくちゃ痛いんだが……骨、折れてないよな？　廊下に続く襖《ふすま》は開いたままだ。それにしても寒い。障子紙が付いている部分は半分だけなのだが（下半分はガラス障子である）上の部分がなくなったことで冷気が入側縁の方から一気に流れてきた。もちろんだが入側縁の向こうは雨戸を閉めてある。一枚仕切りがあるとないとでは全然体感が違うのだなと、とりあえずハロゲンヒーターをつけた。

「タマめえええええ〜〜〜〜！」

聞こえるように大声を上げ、襖の向こうを見たらユマの顔が心配そうに覗いていた。

「ユマあああああ！」

やっぱりユマは俺の癒しだ〜とうるうるしてしまう。寒いけど再度布団から手を出した。抱きしめさせてもらいたい。

「タマー」

「うん」

うん？　ユマがタマの弁明にきたのか？　ごめんなさいは本人がすべきだぞ。

ほんの少しだけいらっとした。

「オコルー？」

「ああ、怒る。でも、タマがごめんなさいしたら許してやる」

少し冷静になってみると、正直怒ったってしょうがない。

「ゴメン、ナサイー？」

「ユマじゃない。ごめんなさいを言うのはタマだ」

「ワカッター」

ユマが頷《うなず》くように首を前に動かして、とてとてと戻っていった。できれば襖は閉めていってほしかったが、それは無茶というものだろう。

……それにしても寒いな。ヒートショックが怖い。そろそろヒート◯ックを着て寝るべきだろうか。

障子紙は改めて昼頃つけることにして、寒さに震えながらどうにか着替えて居間に行ったら卵が二個、端っこに置かれていた。踏みそうで危ないなと思った。ちなみにタマに踏まれた場所はあざみたいにはなっていたけどもう特に痛みはない。

「タマ」

タマが近づいてきて、居間の、俺から手が届きそうな位置で立ち止まった。

「……ゴメン」

なんか時代劇で誰かが去っていく時みたいな「ごめん」だったけど、タマにしては上出来だと思った。俺も大概ニワトリに甘い。

「タマ、障子はつついたらだめだ」

「ワカッタ」

「俺を踏んだらだめだ」

「……ワカッタ」

なんでそこで間が空くんだ？

「タマ」

手招きして、抱きしめた。本当にしょうもないツンデレニワトリだ。でもかわいい。そのまま羽を優しく撫《な》でていたら、ココッ！　と怒られた。もういいでしょっ！　とばかりに身体《からだ》を離されてつつかれた。痛いっつーの。

やっぱりタマはタマだった。そのことにほっとする。

ポチとユマがそんな俺たちを見ながらコキャッと首を傾げた。その姿が揃《そろ》っていてつい笑みを浮かべてしまう。やっぱ癒されるよなぁ。……すげえでかいけど。

「ごはん作るな。卵ありがと」

台所で支度を始める。こんなに規則正しい生活ができているのもニワトリたちのおかげだ。きっと俺だけだったら布団の下にカビが生えるまで転がっていたに違いない。

キャベツと豆腐でみそ汁を作っていたらおっちゃんが来た。まだ早いんじゃね？　って思った。

「よう、昇平。みんなまだ来ないのかー？」

「……あと一時間ぐらいしたら来ますよ、たぶん」

「そっか。俺が一番乗りか」

一番乗りっつーか早いっての。どんだけ張り切っているんだろう。

「俺、これから朝飯なんですけどみそ汁飲みますか？　昼も同じですけど」

「おう、ありがとな！」

シシ肉のみそ漬けを焼いた。もちろん白菜とかカブの漬物もある。たくあんもこの間いただいた。ごはんが進むというものだ。ニワトリたちには養鶏場で買ってきた飼料と白菜、そしてシシ肉をつけた。朝からしっかりしたごはんである。

朝ごはんは食べないと頭が働かない！　という母親の教えだ。特にニワトリたちは山の中を駆けずり回っているからしっかり食べさせないといけない。もちろん途中で虫だのなんだの見つけておやつは食べているだろうからそれほどの心配はないんだけどな。

おっちゃんとみそ汁を啜《すす》る。

「やっぱほっとするなぁ」

「ですね」

実家にいた時はそれほど意識していなかったが、やはりみそ汁はなくてはならないものだと思う。そろそろまたみそを買ってこないとな。って、みそも買い込んでおかないとだめじゃないか。障子もまた張らないといけないけど、雑貨屋が先かな。

「俺、昼は雑貨屋に行ってきますから」

「おう、いいぞいいぞ行ってこい」

そういえばおっちゃんはスズメバチの巣を取りに来たんだっけ？

「おっちゃん、スズメバチの巣、探しに来たの？」

「あれば嬉《うれ》しいがな。他にもなんかあったらいいじゃねえか」

おっちゃんからしたら宝探しみたいな感覚なのかな。楽しそうだなとは思った。

そんなことを話しているうちに陸奥さんたちがやってきた。

「ゆもっちゃん、精が出るなー」

「早く着きすぎちまったわー」

陸奥さんとおっちゃんがワハハ、ガハハと笑う。おっちゃんはでかいザックを背負う。その中に何が入っているのか考えたら負けな気がした。戸山さんと相川さんはいつもの蛍光オレンジのベストに、荷物と猟銃を抱えている。

そのまま出かけようとするおっちゃんを制してみなさんにお茶を淹《い》れた。一杯も飲まないで行くのは身体に悪い。

お茶を飲みながら陸奥さんたちに障子の話をしたら大笑いされた。

「つつかれて外れちゃったのか～。それはびっくりだね」

「ええ、なので後でまた張り直します」

戸山さんがひーひー笑っている。相川さんがフォローするように言う。

「でも穴が開かなくてよかったですね。一つでも穴が開くとそこから冷気が入ってきますから……」

「ですよね」

「タマちゃんは好奇心旺盛《おうせい》なんだな！」

陸奥さんがワハハと笑った。

お茶を飲んで漬物を摘《つ》まみ、みな立ち上がった。おっちゃんもいるせいかポチとタマがいつもよりやる気のように見える。頼むから暴走しないでくれよ。

「俺、村の雑貨屋とかもろもろ行ってくるので。昼には戻ります。一応大鍋《おおなべ》にみそ汁は作ってありますから」

「ああ、いつもありがとな～」

また裏山に出かけていく彼らに手を振って送り出した。まだちょっと時間が早いから畑を見たり、うちの周りを見て回ったりする。夏と違って草が枯れているので見回りがしやすい。

今朝も家の外は白っぽかったけど、それは霜によるものだった。今日もいい天気である。

でも確実にまた雪は降るだろう。ここに来た時、意外と雪が残っててちょっと後悔したもんな。三月中に少し降ったし。でもそれで後悔していたら山には住めない。再び雪が降ったらニワトリたちはどうするんだろう。もし、積もるほど降ったなら。この間少しだけ降ったけど平気で駆けて行ったな。

積もった雪ではどんな反応をするのか、少しだけ楽しみだった。

4　裏山の調査は時間がかかるものらしい

「ユマ、ちょっと川の方を見に行こうか」

ふと川がどうなっているのか気になってユマと川へ向かった。そうしたら、いきなりユマがシュバッ！　と速い動きをしたかと思うと、嘴《くちばし》に……。

「え？　マムシ？」

この時期にマムシいんの？　もう冬なのに？

ユマがマムシを咥《くわ》えたままコキャッと首を傾《かし》げた。食べていーい？　と聞いているようだった。

「あ、うん。いいよ……」

許可を出したら少し離れたところまで持って行き、俺に背を向けてガツガツと食べ始めた。なんでこの時期にマムシ……しかもうちのニワトリに見つかるとかなんという哀れ。いや、俺も噛《か》まれたら困るから見つけたら駆除するけど。

たまたま出てきたのか、それとも前からいたけど俺が遭遇してなかっただけなのかはわからない。ユマが食べ終えて戻ってきたので、家に戻って嘴を洗ってやった。その血まみれの嘴はある意味ホラーだ。

で、そろそろいいかなとユマと共に村に下りた。うちから一番近いところにある雑貨屋は開く時間がまちまちなのだ。開いてなかった場合はちょっと足を延ばす形になる。今日は一番近い雑貨屋が開いていた。

「こんにちは～」

「あら、佐野君こんにちは～。最近猟をする人たちがそっちに行ってるんでしょ？」

出てきたのはおばさんだった。

「ええ、みなさんいらしてますよ。思ったより獲《と》れるみたいです」

「そうなのね～。うちもたまにはシシ肉が食べたいわ～」

これはおねだりなんだろうか。そんなに仲がいいわけではないんだけどな。

「今日はおっちゃんが来ているので、うまくすれば何か狩れるかもしれませんよ」

「そう？　今度聞いてみようかしら」

確かここのご主人って秋本さんの親戚《しんせき》じゃなかったっけか。でも秋本さんは仕事で動物の解体をしているわけだしな。みそを一パック買ってから、そういえばと思い出した。今日は豆腐屋は開いているだろうか。豆腐屋でもみそは売っていた気がする。みそ汁に使うには塩分控えめだったような気がするけど、豆腐関係の食品も少なくなってきたしと寄ってみることにした。

ユマは当然だが豆腐屋の店内には入らず、軽トラの周りで地面とか草をつついている。

「こんにちは～」

「こんにちは、佐野君。まだ雪降らないね～」

「降りませんね～」

降ったら山を下りられなくなるから困る。チェーンは一応巻けるけど、山道はとにかく危ないのだ。時間がかかっても歩いてきた方が確実な気がする。雪が降った山道を運転するとか考えただけでも恐ろしい。

「もし降ったらさ、佐野君ちのニワトリさんたちにソリでも引いてもらったら？　佐野君が乗って」

「ソリ、ですか……」

身体《からだ》に縄をつけてソリを引くタマとポチを想像してみる。

……暴走してソリが壊れる未来しか見えない。その前に俺が落ちて大怪我《おおけが》をするだろうか。

いや、ニワトリが引くソリに乗るなんて考えただけで恐ろしい。

「いや、無理だと思います……」

「そっかー。いい案だと思ったんだけど～」

豆腐屋のおばさんがてへぺろした。誰得なんだろう。今回もいろんな種類を買えるだけ買った。

おからはもらえるだけもらう。

「佐野君、ニワトリの専用餌とか買わないの？」

「一応養鶏場から買ってますよ。でも食べる量がハンパないんで」

「ああ～大きいもんねえ」

納得されてしまった。おからは俺も食べるからあるにこしたことはないのだ。ひじきとニンジンとで炒《い》り煮にでもしようかな。

忘れ物がないか確認して山に戻った。いつ雪が降ってもいいように買物はしっかりしておかないと。雑貨もお菓子ももちろん買ってきた。

昼前に帰ってきたので、片付けをしたり倉庫を確認したりしてから昼食の準備をする。今日のニワトリたちの飯はシシ肉とおから、白菜だ。シシ肉は二切れぐらいだけどな。足りない分はおからと白菜を一口分多めに用意しておく。他の鳥はよくわからないが、ニワトリは満腹中枢のコントロールがあまりうまくいかないと聞いたことがある。どちらにせよペットの管理は飼主の責任だ。

（ペットだとは思ってないけど）体調管理はできるだけしてやらないとな。

昼になったがみな帰ってこない。スマホを確認したがなんの連絡もない。裏山は電波が入らないかもしれないので待っているしかないだろう。とりあえずみそ汁を温め直しながら待っていることにした。

「もうすぐ着きます。空きペットボトルなどがあれば用意してください」

みそ汁が温まった頃、相川さんからＬＩＮＥが入った。やっぱり裏山は電波が入らないようだ。

それにしても空いたペットボトル？　なんだろうと首を傾げた。

夏に比べれば消費するペットボトルの本数も減った。大は小を兼ねるから大きい方がいいのだろうか。一応五百ミリリットルのも用意した。蓋《ふた》は別にしちゃったんだよな。どこだっけ。

そんなことをしていたら、わいわいと人の声が聞こえてきた。みな戻ってきたらしい。

蓋がやっと見つかった。ペットボトルの側《そば》に置いて玄関のガラス戸を開けて外を見たら。

「……は……？」

俺は一瞬自分の目を疑った。目を見開いてみても光景は変わらない。疲れてるのかなと目をこすってみた。でも変わらなかった。

「えええ……？」

帰ってきたのはおっちゃんが先頭だった。その両手には、なんか長い物を持っている。俺の視力は普通だ。つまり。

「おーい、昇平。ペットボトル二本くれ！」

「……嘘《うそ》だろ」

大きいペットボトルが二本あったので出した。おっちゃんを手伝って無言でマムシを二匹、それぞれペットボトルに収めた。

「……どこで捕まえてきたんですか。それも二匹も……」

顔を上げたら戸山さんと相川さんが苦笑していた。陸奥さんは平然としている。おっちゃんは上機嫌だ。ニワトリたちはそっぽを向いていた。ってことはもしや……。

「あのぅ……今更なんですけどこの時期もマムシっているんですね？」

「ああ、いるぞ。今日は比較的暖かいからな。大雪でも降りゃあさすがに出てこなくなるだろうが、マムシが冬眠するのは一番後なんだよ」

「そうだったんですね……知りませんでした」

陸奥さんに教えてもらい、初めて知った。普通は十一月ぐらいには冬眠するらしいのだが、今年はまだそれほど雪が降っていないので（一回うっすらとだけ降った）、寝ぼけた状態で出てきているのかもしれないという話だった。ということはポチやタマは道中おやつを食べるのを楽しみにしていたんだろう。今日はおっちゃんに獲物を取られて不機嫌ってところか。

手を洗ってもらい、家に上がってもらった。

「おっちゃんはマムシを捕まえにきたのか？」

「いいや？　コイツらはついでだな。スズメバチの巣を取りにきたんだ」

「そうなんだ……で、巣は？」

「午後に回る。マムシが大きな岩の上で日向ぼっこしてやがってよ。ポチとタマが喜んで食べてたぞ。俺も二匹もらってきたんだ。いやあ、本当に山はいいな！」

おっちゃん、満面の笑みである。

うわあ、と思った。

まぁ、ポチとタマが食べたならいいだろう。さっきはユマも食べてたしな。

それなら昼食はそんなにあげなくてもいいだろう。白菜をこっそり一枚減らしてみた。

「俺、この山にいてマムシ見たのって夏ぐらいまででしたけど……」

「そりゃあニワトリたちが気合い入れて狩ってたからだろ？」

やっぱりそうだったのか。もうマムシ酒はいいだろうと思って、もうマムシは取ってこなくていいとは言ってあった。だから自分たちで好きなように食べていたんだろうな。

ということは。

「今日川沿いを回ったらマムシが出てきたんですよ」

「ああ、川沿いにはまだいたのか」

「ユマが捕まえて食べたんで大事はなかったんですけど、そういうことが今まであってもおかしくなかったってことですよね？」

「ああ、特にマムシは水辺の近くにいたりするからな。今まで遭わなかったんだとしたら、ニワトリ共が定期的に狩ってたんだろう」

陸奥さんに言われて納得した。確かにポチとタマは最近裏山に出向しているからこちらの山の見回りはあまりしていない。そのことから今まで俺が意識していなかったものが出てきたと考えるべきだろう。山暮らしも慣れてきたなと思っていたけど、それはニワトリたちの奮闘ありきだったんだな。内心ちょっと落ち込んだ。

「まぁでもさすがにマムシも冬眠に入るだろうし、裏山は本当に手付かずだったわけだしな。そりゃあマムシも増えるわけだ。いくら冬眠前は動きが鈍くなるっつってもさすがに驚いたな」

「本当にびっくりしたよね～」

陸奥さんと戸山さんがフォローしてくれた。ううう、情けなくて申し訳ない。

「昇平、明日も来ていいか？」

「陸奥さんたちがよろしければかまいませんよ……」

少し落ち込んでいる俺とは裏腹におっちゃんは上機嫌だった。その元気を少しでいいから分けてほしい。いや、本当に少しでいい。みそ汁と漬物を出してニワトリたちにも昼食を出す。ごはんを出したらポチとタマもいつも通りだった。やっぱごはんって重要だなって思う。

「ゆもっちゃんなら大歓迎だぞ！　まだ調査中だしな」

「しらみつぶしに探すのは時間がかかるよな」

「大体の場所は把握してるんだがな。川中に罠《わな》を設置させたくてよ」

「罠猟の練習みたいなもんか？」

「川中は誘導するのがうまい。猟銃を使わないで獲れるならそれもありだ」

陸奥さんとおっちゃんがなんか難しい話をしている。川中さん、そういえば罠猟をしてるって言ってたっけ。それなら平日でも楽しめるからって。毎朝毎晩確認するのはたいへんだろうけど。

「大形のは罠だと難しいけどな」

「やっぱり大形がいるか」

「おそらくいるだろう」

大形のイノシシとか、狩ってこられる分にはいいけど生きてるのがこっちに来るのは勘弁してほしい。轢《ひ》かれたら間違いなく死ぬし。

「今裏山の更に裏側を見回っているんですよ。だからちょっと時間がかかります」

「そうなんですね」

相川さんとしゃべりながら食休みをした。そうしたらまた午後も回ってくるそうだ。

「みそ汁はいいな」

「ごちそうさま〜」

おなかがいっぱいになって落ち着いたところで狩猟チームはまた出かけていった。すごいなぁと感心したが、マムシ入りのペットボトルが棚の上にあるのがなんか落ち着かない。ユマがじっと見てるのが気になる。

「ユマ、畑を見に行こう」

家にいるとマムシを狙われそうなので、俺はユマを連れ出すことにした。まいったまいった。

ユマはそのまま畑の周りで草をつつきだした。青菜の生育状況を見てから、「家の中の片付けしてくるなー」とユマに声をかけて家の中に戻った。奥の部屋には元庄屋《しょうや》さん一家が置いていった、いろいろなものがある。それらをごみと、もしかしたら何かになりそうなものを分けている間に時間が経《た》っていたらしい。少し日が……と思った頃、

「タダイマー?」

廊下の向こうからユマの声がした。もしかしたらみんなが戻ってきたのかもしれない。作業を中断して玄関に向かう。ユマが出入りするからと玄関のガラス戸は開けてあった。そこから外を覗《のぞ》くと、陸奥さんを先頭にしてみんなが戻ってくるのが見えた。玄関の外に出て、「おかえりなさーい!」と手を振った。

んで、おっちゃんは大きな透明ビニール袋を持って帰ってきた。中には……立派なスズメバチの巣が入っていた。おっちゃん、上機嫌である。

「うわぁ、すごいですね。これ、中にハチが残ってたりするんですか?」

「そりゃあいぶしてみねえとわかんねえな。女王バチがいりゃあいいんだがよ」

大きくても空だったりする。この時期であればそれが普通のようだった。残っていることもあるから用心は必要と言われているだけで、基本はハチがいないそうだ。この間陸奥さんたちが獲ったのは運がよかったのか悪かったのかわからない。

「女王バチがいないとしたらどこにいるんでしょうね」

「近くで冬眠するんだ。巣の中にいるのが一番いいんだがな。周りは探してみたが見つからなかったんだよなー」

おっちゃんが少しだけ難しい顔をした。ちなみに、中にハチが残っている場合は巣を動かしている間に出てくるらしい。しばらく運んでいても出てこない場合はいないようだ。そうは言ってもゼロではないから最終的にいぶした方が確実だと言っていた。そこまでしてハチの巣を……俺には理解できない世界だ。

「雰囲気的にはあと二つぐらい巣が見つかりそうだな」

「……回収するんですか？」

「見つけたら処分しといた方がいいしな」

「それは確かにそうですね」

他の虫とか、別の生き物の巣になってしまっても困るしな。

「ありがとうございます」

「好きでやってんだから気にすんな！」

そう言っておっちゃんはガハハと笑った。ついでに背中をばんばん叩《たた》かれる。ちょっと痛い。

「じゃあ明日はまたスズメバチの巣を探すんですか？」

「あー、まぁ適当だな」

おっちゃんはあさっての方向を見やった。なんかあやしいぞ。

「そろそろイノシシだのシカだのを狩ろうって話にはなってるぞ。ポチとタマちゃんがやる気だからなー」

陸奥さんがワハハと笑う。確かにポチとタマは表にいて足をタシタシしている。

「ポチ、タマ、洗うぞー」

沸かした湯を水を張ったタライに入れて二羽をガシガシ洗った。もう今日は終わりだというのを知らせておかないと今にも駆け出して行きそうだった。全くうちのニワトリたちは好戦的で困る。

（なんか違う？）だから陸奥さんたちが一緒に出かけていくんだろうけどな。

「明日一応足跡などを追おう。獲れれば獲るが深追いはしない方向で考える」

陸奥さんが明日の予定を告げる。ポチとタマがコッ！　と返事をした。ホント、何言ってんだかわかってて困る。

「明後日《あさって》は休む」

「あ、そうなんですね」

土曜日は休むようだ。

「そろそろ大掃除を手伝わないと家から叩き出されそうだからな」

「ははははは〜」

戸山さんが頭を掻《か》いていた。年末だしな。遊んでばっかりいないで家のこともやれということのようだ。

「明日は俺、ごみ捨てに行く予定なんですけど……」

粗大ごみがそれなりに出たから一度ごみ処理場に行こうと思っている。

「そんなにいっぱいあるのか？」

「まだ出そうなかんじもありますけど、行ける時に行っておこうかなと」

「それもそうだな～」

だっていつ雪が降るかわからないし。

お茶を飲んで明日の予定をお互い確認してから、みな帰っていった。最近は本当に暗くなるのが早いよなと思った。

5　隣町に行くことにした。桂木さんの様子はどうだろう

翌朝も雪は降っていなかったのでほっとした。

ここまで降らないと、今年の冬はあんまり降らないんじゃないかって気になってしまう。こういうのを油断って言うんだろうな。今年中は降らないかもしれないが、新年明けた途端どか雪ってこともありそうで嫌だ。

そういえば年末年始は相川さんと過ごす予定だ。相川さんちに行けばいいんだろうか。その際は念の為《ため》ニワトリたちも連れて行った方がいいだろう。車が動かなくなるほど降って帰ってこられなくなったら困るし。飢えたニワトリとか想像しただけで怖い。

相川さんからＬＩＮＥが入っていた。

「こんにちは。図々《ずうずう》しいとは思いますが、うちのごみも運んでいただくことは可能ですか？　軽トラ三分の一ぐらいあります。内容は主に粗大ごみです」

荷台に三分の一ぐらいってことだろう。昨夜《ゆうべ》のうちに積み込めるだけ積んだけどスペースはまだある。

「大丈夫です。持ってきてください」

「ありがとうございます」

ごみ処理場まで持って行くのはたいへんだよな。あそこまで行くと半日潰《つぶ》れるし。さすがにごみ処理場だからユマも留守番しててもらおう。裏山へみんなと一緒に行ってくれるはずだ。

でもなんかユマ、出かける気満々じゃないか？　俺の周りでうろうろ、そわそわしている。かわいいんだけどう～ん……。

「今日は、ユマもみんなと裏山へ行ってきてくれな～」

ユマが目を見開いた。が～ん、という効果音が聞こえてきそうである。ホント、ドライブ好きだよな。

「今日はごみ出しもそうなんだけど、桂木さんたちの様子も見てくるつもりだから」

「オデカケー。リエー」

羽をバサバサ動かしておねだりしているユマ、かわいい。でもだめだっつーの。

「今日はリエちゃんには会わないと思うぞ。お土産買ってくるからな？　それにスズメバチの巣、見つけるんだろ？」

「スズメバチー……」

フイッと向けられた背中がとても寂しそうだった。俺も切なくなるじゃないか。

お土産買ってくるって言ったから忘れないようにしないとな……ニワトリのお土産……豚肉か？

それともここでは買えない野菜とか？　帰りはスーパーに寄ってくる予定だから考えてみよう。

今日のみそ汁は小松菜と豆腐だ。小松菜は長く切ると食べづらい。二～三センチメートルぐらいがいい気がする。こういうちょっとしたことも生活する上で気づいていくことなんだろうな。ユマかタマの卵を炒《いた》めたものをおかずにして朝食を終えた頃、まず相川さんがやってきた。

「おはようございます。すみません」

「おはようございます。軽トラに載ればいいんですけど……」

相川さんが運んできたごみを荷台に載せ換えたらちょうど収まった。よかったよかった。

「処理費、先に渡しておきますね」

と一万円を渡されてしまった。

「いや、こんなにかからないでしょう」

「手間賃も兼ねてですよ」

「じゃあ買い出しもしてきましょうか？　桂木さんたちの様子を見てくるつもりなので戻りはそんなに早くはないでしょうが」

「助かります。足りない分は後で請求してください。お釣りはいりませんから」

太っ腹なことを言っている。買い出しリストは後でＬＩＮＥで送ってくれるらしい。なかったら気にしなくていいという話だった。そうしている間に続々と軽トラが入ってきた。

陸奥さん、戸山さん、おっちゃんである。

「おはよう。相川君、早いな」

「佐野さんにごみの運搬を依頼したんですよ」

「そっか。そうしてもらうって手もあるんだねー」

「荷台に空きがあればですけどね」

そんなことをわちゃわちゃ言い合う。おっちゃんは今日もでかいザックを背負ってきた。

「今日はユマもお願いします」

「おう、任せとけ！」

おっちゃんは今日も張り切っていた。家の鍵《かぎ》は開けてあるので昼は勝手にみそ汁を飲んでくれるように言う。冷蔵庫の下から二段目には漬物も入れてあるから自由に食べてくれとも。

「佐野君、いつもありがとうな～」

「いえいえ」

こうして来てくれているのが嬉《うれ》しいし。まだしばらくはうちの山を回るみたいだけど相川さんの山も回るみたいだし、こうして人が来ている期間も限られているはずだ。うまくすればイノシシやシカの肉もいただけるんだし（シカはニワトリの分だけでいいです）、そう考えたらみそ汁や漬物程度安いものだった。

出かける前に桂木さんにＬＩＮＥを入れた。基本は妹の教習所への送迎をしているぐらいで、特に用事もないと言っていたからまだ連絡をしていなかった。俺も随分不義理だよな。あっちは遠慮して連絡してこないんだろうに。

「今日Ｎ町に行くけど、何か用事ある？」

この書き方だと俺に対して用事がありそうだな。

「なんにもないです！　昼頃お会いできますか？　妹を送ったら連絡します」

返信は超早かった。

「ごみ処理場にごみを運んでからだから、こちらも終わったら連絡する」

そう打ってから、一応着替えも持って行った方がいいかなと思った。ごみ処理場へ行ったからって臭いはつかないとは思うけど念の為だ。たとえ妹同然でも、女性に会う時は一応身だしなみを整えないと。

一杯お茶を飲んでからみなを見送った。ユマはおっちゃんの横で進むらしい。振り返ってくれなかったのはちょっと寂しかったけど、連れて行くわけにはいかないからな。

みなの姿が見えなくなってから俺もまたN町へ出かけた。やっぱりユマが隣にいないと寂しいなと思う。

N町の西の外れ、山と山の間にあるごみ処理場が最寄りのごみ搬入場所だ。一キログラムいくらでごみ処理費用が取られるから内容はあまり関係ないように思うが、個人か事業系（企業）かで搬入できるごみの種類が違うらしい。もちろん市内を巡るごみ収集車も普通に入ってくるから、あまりごみ収集車とかち合わない時間だったらいいなと思ったりする。昼直前などは一斉に戻ってくるから止《や》めた方がいいそうだ。

受付で軽トラごと重さを量ってもらい、指示された場所にごみを置く。ついでなので生活ごみも持ってきたからごみのピット（穴）に投げ入れた。見れば見るほど吸い込まれそうで怖い。クレーンが動いていて、ごみを持ち上げては落とすをくり返していた。あれって、焼却炉に入れるんじゃないのかな？　と思ったけど臭いがすごいので早々に退散した。

帰りに受付でまた軽トラの重さを量ってもらう。重さの差で費用を払いながら、

「ごみのクレーン？　ですか？　なんか持ち上げてもそのまま同じ場所に落としたりしてたんですけど、あれなんでなんですかね？」

「ああ、あれはごみをかき混ぜて燃えやすくしてるんだよ」

「空気を入れてるみたいなもんですか？」

「そんなようなもんだなー」

　納得した。

　ごみ処理場は山の間にあるから、そこから軽トラを走らせてもしばらくは人気がない場所が続く。途中で車を停《と》めて作業服から普通の恰好《かっこう》に着替えた。誰も見てないよな？　山に住み始めてから作業着ばかり着ていたから普通の服を着ると違和感がすごい。そしてなんか寒いなと思った。作業着に慣れすぎだ。

「今終わったよ」

　桂木さんにＬＩＮＥを入れる。待っていたらしく、

「ここで待ってます」

　と地図付きで送られてきた。

　Ｎ町の中心辺りのようだ。

「近くまでいってわからなかったらまたＬＩＮＥする」

と打って軽トラを走らせた。土地勘のない場所はナビを入れていても困ったりするものだ。

　無事着いた場所はファミリーレストランだった。

「待ち合わせです」

と入口で言い、店内を探す。どこだろうと思っていたら桂木さんの方が気づいて手を振ってくれた。

「久しぶり」

「お久しぶりです。もー、ヒマでたいへんなんですよ～」

桂木さんが笑顔でぼやいた。美容院に行ったのか、髪は軽くウェーブがかっていた。色もキレイな茶色に染められている。自分で染めたかんじじゃなかった。服は当然作業着ではなく、淡いピンク色のセーターに白いプリーツスカート姿だった。この恰好で食事をしたら汚れないかなとかいらん心配をしてしまう。

山で作業していた姿を思い出す。あの姿でもかわいい子だったが、今はキレイめのお嬢さんだ。女の子って化粧とか恰好でかなり変わるなと思った。

「そっか。ウィークリーマンション生活はどう？　慣れた？」

「慣れたといえば慣れましたけど……周りの生活音に慣れませんね。うちもそんなに広くはないんですけど、閉塞感《へいそくかん》もあるっていうか……一軒家ってやっぱり寒いなーって実感しました。でも、早く家に帰りたいです。雪、降りました？」

「まだ降ってないな」

「ええ～、そんな～。だったらタツキに会いたい……」

桂木さんが情けない声を出した。そういえばドラゴンさん元気かな。

「まだ降る気配はないから、なんだったら明日一度帰って様子をみてみたらどうかな？　俺がタツキさんのこと見てきてもいいけど……」

「明日は……妹が予約取れなかったら一度帰ってみます！」

桂木さんがそう言ってグッと拳《こぶし》を握りしめた。予約ってのは教習所だろうな。

「教習所って予約取れない日とかあるの？」

「合宿所も併設されてるみたいで、週末はなかなか予約が取れないんですって。明日は土曜日だから……もしかしたら取れないかも」

「様子を見て一度帰ってみてもいいかもな。降らなければいいんだけど……」

「山だからわかりませんものね……」

桂木さんがはーっとため息をついた。

「それで、妹さんはどう？　無事免許取れそう？」

「んー……実技はいいんですけど、筆記がけっこうアレで。そろそろ仮免なんだけど大丈夫かなーってかんじです」

「あれは覚えるしかないからなぁ。でも実技ができないよりはいいと思うよ」

「そうですよね～」

そんなことを話しながら、久しぶりにファミレスのハンバーグを食べた。ステーキ、とも思ったけど、肉自体はシシ肉をけっこう食べている。自分では面倒くさがって作らなさそうな料理にしてみた。

「俺、けっこう食べるけど引かないでくれる？」

「ファミレスなんて久しぶりでしょう？　食べきれなければ付き合いますよ～」

「それは頼もしいな」

手伝ってもらう必要はなさそうだが、それなりに楽しく食べることができた。

「たまには外食もいいな」

「たまにはいいですよね～」

「自炊とかしてんの？」

「コンロがＩＨなので炒め物とかがうまくできないんですよ。地味にストレスですね～。だからお惣菜《そうざい》を買ってくることが多いです。そういうのもあって早く帰りたいです……」

思ったより参っているようだ。

「慣れない場所は疲れるよな」

「そうなんですよ～。今更ながら後悔してます……」

「でも妹の為にさ、えらい姉さんだよな」

桂木さんが一瞬目を見開いた。

「もー……佐野さん、そういうところですよ……」

「？　なんか俺まずいこと言った？」

「いーえ！　妹に発破かけます。明日雪降らないように佐野さんも祈っててください！」

「わかった」

よくわからなかったけどそれなりにしゃべってから撤収した。そのまま帰ろうとしてスーパーに寄らなければいけなかったことを思い出す。相川さんに頼まれた分と、うちの分、ニワトリたちへのお土産をどうにか買って帰路についた。

思ったより山に着くのが遅くなった。どうにか四時前に着いたが、みんな戻ってきているようだった。

「ただいま戻りました。すみません……」

玄関のガラス戸を開けたら全員がバッとこちらを向いた。思わずその圧にのけ反ってしまった。

なんだなんだ。

「ああ、まだか……」

「この時間だと一晩沢で冷やしておいた方がいいかもしれませんね」

陸奥さんと相川さんが言う。

「え？　もしかして何か獲《と》れたんですか？」

今日はちょっと真面目に狩りをするみたいなこと言ってたけど、本当に獲れたのか。

「イノシシを一頭、ニワトリさんたちが連携で捕まえました」

コッ！　と三羽が得意そうに鳴く。なんで三羽並んで胸を張ってるんだよ。どんだけだ。

連携って何？　尻尾《しっぽ》ぶんぶんかよ。足もけっこう逞《たくま》しいんだよな……。鉤爪《かぎづめ》とかもすごいしさ。

「ど、どんなことに……あ、いえ、いいです。聞きたくないです……」

慌てて手を振ってお断りする。ニワトリたちの狩りの様子とか恐ろしいから聞きたくないと思った。

「そうですか？　すごくかっこよかったのに……」

ニワトリの狩りでカッコイイってなんだ。いや、聞かないったら聞かないぞ。

残念そうに言う相川さんは無視した。

「そのイノシシはどうしたんですか？　もう秋本さんが運んで……？」

「いや、まだだ。捕まえたのがそろそろ撤収しようかって頃でな。一応内臓だけ取って川に沈めてきた」

「あー……じゃあもうこんな時間ですし、明日回収してもらった方がいいですね」

おっちゃんが教えてくれた。やっぱ狩りってけっこうたいへんなんだな。

「内臓はどうだったんです？」

「病変もなくてキレイなもんだったぞ。とりあえずこっちで預かっておくわ。お、秋本からだ？ちょっと待ってな」

そう言っておっちゃんが電話に出る。やはりこの時間では取りにこれないという話だったようだ。

「悪いけど内臓冷やさせてもらってるぞ」

「あ、いいですけど、冷蔵庫入りました？」

「冷凍庫に空きがあったから袋ごと突っ込んだ。臭くなったらすまん」

「いえいえ、かまいませんよ」

どうせ冷凍庫なんか肉しか入ってない。これ以上臭くなりようがないと思った。

「じゃあそろそろ帰ろうか。内臓はあきもっちゃんとこに持って行けばいいよね」

戸山さんが言い、みな同意した。

「佐野さん、ごみ出しと買い出しありがとうございました。明日は秋本さんへの引き渡しに僕が来ますから。何時ぐらいがいいですか？」

「明日は一日いますからいつでもいいですよ」

「じゃあ詳しい時間がわかったら連絡しますね」

みんな「疲れた、疲れた」と言いながらも笑顔だ。狩り自体はうちのニワトリたちがしたとしても、解体も運ぶこともできない。川があったらその場で開いて内臓だけ取って川に沈めた方が楽なようだ。もちろん内臓だけだってけっこうな重さだ。病変とかなくてよかったなと思った。

「明日秋本が取りに来て解体だから……明日の夜ってわけにはいかねえか。日曜の夜だな」

おっちゃんが難しそうな顔をして言った。日曜日の夜はどうやらイノシシ祭りをするらしい。

「おっちゃんちでやるのか？」

「ああ、うちは大掃除の真っ最中だからよ。あまりゃあもらって帰るが、宴会するぞなんて言ったら怒られちまう」

陸奥さんがそう言ってワハハと笑った。それを言ったらおっちゃんちだって大掃除するんじゃないんだろうか。

「うちは二人だからな。そんなに片付ける場所もねえし、宴会終わってからやるわ」

俺の視線で何を言いたいのかは伝わったようだ。これはおばさんに何か用意せねばなるまい。ネットでお歳暮でも贈っておくか。ってまだ俺手配してなかったじゃん。もう遅くね？　と思って愕《がく》然《ぜん》とした。なんかもういろいろ不義理しまくりな気がする。

陸奥さん、戸山さん、おっちゃんが先に帰っていった。もちろんイノシシの内臓を持って。

おっちゃんがニワトリたちに、

「明後日《あさって》の夜うちに来いよ。イノシシ食おうな」

と言ってくれていた。これで今夜「イノシシー」の大合唱を聞かなくて済む。助かったと思った。

相川さんに頼まれていた物を渡し、明日の件を確認してから見送った。お釣りを渡そうとしたが

受け取ってもらえなかった。多め多めに渡して釣りはいらねえよとやるのは江戸っ子っぽい。（俺のイメージだ）

「こんなにお釣りをいただくならもう頼まれませんよ」

「そんなこと言わないでくださいよ～」

イケメンに苦笑された。ホント、いつ見てもイケメンだと思う。肌もけっこうキレイだと思うし。やっぱスキンケアとかしてんのかな。桂木さんの肌も冬になったせいか、それとも町に下りたせいか白くなっているように見えたけど、あれは化粧だったんだろうか。どうであれキレイっていいよな。

「ではまた明日～」

相川さんの軽トラを見送って、うちに戻った。麓《ふもと》の鍵《かぎ》を今日は相川さんに預けた。どうせ明日また来てくれるし。

「ポチ、タマ、ユマ、お疲れ～。明日は相川さんは来るけど狩りはしないらしいから好きにしてていいぞ」

「オミヤゲー」

「オミヤゲー」

「オミヤゲー」

お前らおかえりとかの前にお土産かよ……。ちょっと泣きたくなったけどちゃんと買ってきた豚肉を切ってあげた。俺えらい、と自分で思った。

もう十八日である。

慌ててネットで各方面にお歳暮の手配をした。今はこうやってボタン一つで注文できるんだから便利だよな。だからこそいろいろ注意しないといけないわけなんだけど。ギリギリ年末には届く、かな？

そういえば年賀状の用意……いっか。今年はなしだ。つーかしばらくなしでいいだろう。だいたい誰になんて書いて送るんだよ？

明日来るのは相川さんと秋本さんだ。秋本さんが来たらイノシシを沈めたところまで案内しなければならない。沈めた場所は前回と同じ場所だと言っていたから今回は場所の確認ができるはずだ。

イノシシを狩ったという興奮からか、ユマはとてとてと普通に近づいてきてくれたが、きっと何も獲れなかったらまたプイッてされてたんだろうなと思う。いつもこっちの都合で悪いなとは思っている。

「明日、秋本さんが来たらイノシシのあるところまで一緒に行くけど、お前たちはどうする？」

「イクー」

「アソブー」

「イクー」

タマさんは相変わらずマイペースのようです。そんな君が嫌いじゃないぞ。

「じゃあ、ポチとユマが付いてきてくれるんだな？　よろしくな」

ポチとユマの羽を撫《な》でて、タマの羽も撫でた。タマは一緒には行ってくれないけど、山中のパトロールをしてくれる。ただ好きなように回っているようだが、日々のその行動がマムシとかいろいろ減らしたりしてくれていたんだよな。もうホント、うちのニワトリたちには感謝しかない。そしてうちのニワトリたちに巡り合わせてくれた山の神様にも感謝だ。

山の上の方に向かって、ありがとうございますと手を合わせたのだった。

6　イノシシを取りにいってきました

午前十時頃には秋本さんたちが来るということで、それに合わせて相川さんも来てくれることになった。

朝家の外の確認をするのは日課になっている。地面が霜で白っぽくなっているのが心臓に悪い。天気予報は毎日欠かさず見ているが、ここは山だからあまり参考にならないのだ。まぁでも村が雪だったらこの辺りは間違いなく雪だろう。一面銀世界とか、傍《はた》から見ている分にはキレイだがそこで生活をすることを考えるとぞっとしない話だ。

「よし、今日も雪じゃないいな」

そういえば今日桂木さんが、妹さんの教習所の予約が取れなかったら帰ってくるみたいなこと言ってたな。そのまま一晩こちらに泊まる、のは寒すぎるだろう。後で確認してみるか。

朝食を用意し、最近のクセでみそ汁を大鍋《おおなべ》で作ってしまった。今日はわかめとたまねぎ、じゃがいものみそ汁である。毎日誰かしら野菜をおすそ分けしてくれるのだ。最初は恐縮していたが、山に入らせてくれて休憩場所まで用意してくれているからという話らしい。なのでありがたくいただくことにした。俺にとっては大したことではないし、むしろ来てくれてありがとうなのだが、自由に足を踏み入れられる山林というだけで貴重なのだと言われた。

「この辺りはほとんどが山だから意外だと思うだろ？　だけどな、一応猟師同士にも縄張りっつーもんがあるんだ。うちの林はそのまま上がれば山だが、その向こう側は国有林だ。相川君が猟友会に入ってくれて、しかもうちに来てくれてよかった。佐野君にも知り合えたしな。本当にありがとう」

陸奥さんに先日改めてそう言われたことを思い出した。俺がこの山を買ったことで誰かの役に立ったのならそれでいいと思う。相変わらず俺自身は何もできていないし、何も進めていないようだけど。

それでも、彼女のことを思い出す時間は確実に減っている。

このまま忘れてしまえるならと思うのだ。

タマは朝飯を食べると、ろくに食休みもせずツッタカターと出かけていってしまった。

「どんなに遅くなっても、暗くなる前に帰ってくるんだぞー！」

と声をかけたが聞いていただろうか。今日はなんとなくこの山を回ってくれるような気がした。

そうだよな。全員が常に一緒に動く必要なんかない。俺とニワトリたちがいて、好きに山の中を駆けてもらってそれで暮らしていくんだ。雪は積もってほしくはないが、積もってからのニワトリたちの行動を見てみたいとまた思ってしまった。

軽トラのエンジン音が聞こえてきた。相川さんが来てくれたようだった。

「相川さん来たみたいだな」

ちょうど畑を見ていた時である。畑の周りをつついていたポチとユマが頭を上げた。軽トラが停《と》まる。降りてきたのは果たして相川さんだった。

「おはようございます、佐野さん。精が出ますね～」

「おはようございます」

思わず笑ってしまった。

「今日はポチさんとユマさんですか。よろしくお願いします」

「ヨロシクー」

「ヨロシクー」

今は相川さんだけだからいいけど、秋本さんが来た時には気を引き締めてほしい。俺のせいだかなんだか最近気が緩みすぎだ。

「ポチ、ユマ、秋本さんが来たらしゃべるなよ」

二羽は心得たと言うように頭を頷《うなず》くように動かした。相川さんがそんな二羽に感心したような表情をする。

そんなことをしていたら、また軽トラのエンジン音が聞こえてきた。秋本さんが来たようだった。

「おはよう～。もしかして俺たち遅かったかな？」

秋本さんは従業員の結城さんと一緒にやってきた。運転手は結城さんである。

「おはようございます。僕は今きたところですよ」

にっこりと笑んで相川さんが答えた。

デートの受け答えかよ、ってそのさわやかな笑顔を見て思ってしまった。何をしてもさまになる

イケメンはずるい。(俺は何を言っているのか)

「おはようございます。イノシシは一体ですよね」

結城さんが確認する。

「はい、この間と同じ場所なのですが、佐野さんはまだ見ていないので一緒に行きましょう」

相川さんが答えてくれて、みんなでイノシシを沈めた場所に行くことになった。うちの山と相川さんの山の境辺りらしいけど、正確な分かれ目ってどこになるんだろうな。川を二つの山で共有していたのだろうか。それともこちらの山はサワ山というぐらい川が多いから、ニシ山に譲っている形なんだろうか。今話題にすることでもないので後で聞くことにした。

もちろん道なんてものはないので、枯草を払いながら進んでいく。それでも冬だから進みやすいはずだ。二十分近く歩いて、やっと川辺に出た。二十分というと平地で歩けば一キロメートル以上の距離だが、実際にはそこまで歩いていないだろう。何せとても歩きづらい。先頭は相川さんで、その後ろにポチ、秋本さん、俺とユマ、結城さんが殿《しんがり》で進んだ。

「思ったよりかかるなぁ。でも相変わらずいいところに沈めるねえ」

そこは川にできた淵《ふち》のような場所だった。近くの木に結ばれた紐《ひも》を解いて引っ張ると、イノシシの足が覗《のぞ》いた。水は澄んでいてキレイだったけど、けっこうな深さがあったようである。

「すごいですね……こんなところがあったんだ……」

「意外と自分の山でも知らない場所ってあるものですよ。絶対に落ちないでくださいね。深さ、けっこうありますから……」

「はーい」

引き上げたイノシシはかなりの大きさだった。内臓を抜いたけどそれでも四十キログラムぐらいはあるのではなかろうかと思うような貫禄《かんろく》である。また乙《おつ》◯主《ぬし》が頭に浮かんだ。

落ちていた枝を使ってイノシシの足を縛り、秋本さんと結城さんが担いだ。

「おー、ずっしりくるね～」

「俺、代わりましょうか？」

「いいよいいよ、これも料金のうちだからね。明日の夕方までにゆもっちゃんちに運べばいいんだろ？」

「はい、そう聞いています」

けっこうな重さだろうに、イノシシを担いだ秋本さんはかえって元気になったみたいだった。

「いやあ、これだけ頻繁に呼ばれると嬉《うれ》しくなるね～」

「そうですね～」

結城さんが相槌《あいづち》を打つ。

「例年はそんなに狩らないんですか？」

「狩れる時は狩れるんだけど、こんな見事なイノシシを頻繁になんてことはないよ。しかもこのイノシシはほとんど傷ついてない。足は折れてるし首も折れてるけどそれ以外の外傷はないし、昨日持ってきてもらった内臓もキレイなもんだった。まぁ陸奥さんたちの解体の仕方がうまいってこともあるけどね」

「そうなんですか……」

なんか今すごく不穏なことを聞いた気がする。思わずポチを見てしまった。ポチが俺の視線に気づいてなーに？　と言うようにコキャッと首を傾《かし》げた。

「足が折れてる……ぐらいはわかるけど、首って……」

「いやー、ポチさんかっこよかったですよ～」

相川さんがのん気に言う。だから言うなっての。

「これ、ニワトリが狩ったんだろう？　佐野君ちのニワトリを貸してもらいたいぐらいだよ～」

「ははは……」

聞きたいけど聞きたくない気がする。ポチとユマが長い爬虫類《はちゅうるい》系の尾をふりふりしながら歩いているが、そういえば昨日ポチとタマの尾が少し汚れていたような……。（もちろん洗った）いや、だめだ。考えてはいけない。考えたら負けだ。

俺は周りの景色を見ながら黙って帰り道を歩いた。

うちに続く道がわかった時、ほっとした。

「じゃあ持って帰るから。相川君、佐野君、明日の夕方にな～」

秋本さんが荷台にイノシシを載せてそう言った。俺は大量に作ってしまったみそ汁のことを思い出し、慌てて声をかけた。

「あの……よかったらみそ汁だけでも飲んでいきませんか？　いつものクセで大鍋で作っちゃったんで……」

「お、いいの？　さすがにちょっと身体《からだ》が冷えるなと思ったんだよね～。じゃあご相伴に与《あずか》っちゃおうかな～」

「みそ汁と漬物ぐらいしかないですけど……」

「いやいや、寒い時期のみそ汁はごちそうだよ」

そう言われて嬉しくなった。実際濡《ぬ》れて冷え切っているイノシシを運んできたわけで、それだけでも寒いだろう。

「イノシシどうします？」

「幌《ほろ》の中だから大丈夫だろ？　なんだったら荷台が日陰の位置にくるように車動かしてくれ」

「はい」

結城さんが少し軽トラの位置を動かした。ちょっと悪いことをしたなと思った。

みんなで手を洗ったりしてうちに入る。みそ汁と漬物の他に出せるものってあったかな。

「佐野君、みそ汁だけでいいからな～」

「はいはい」

そう言いながら煎餅《せんべい》とかもいろいろ出した。ごはんは余分に炊いてなかったから出せなかった。

みそ汁を啜《すす》って、みんなの顔がほころんだ。秋本さんがしみじみと言う。

「やっぱみそ汁だよな～」

「手作り、いいですよね」

結城さんがぼそっと呟《つぶや》いた。結城さんはこの辺りが実家ではないんだろうか。

それから、相川さんが狩りの様子を話そうとするのを阻止したりした。秋本さんと結城さんはみそ汁をおかわりし、漬物も煎餅も食べてから帰っていった。相川さんとはまだ話したいことがあったので残ってもらった。

「昼ごはん、適当でいいですか？」

「佐野さんが作るごはんはおいしいので、何でもいいですよ～」

だからその言い回しはどうかと思うんだ。俺は内心脱力した。

昼ご飯はどうしようかと考えた。冷蔵庫を漁《あさ》ってみる。昨日N町に行ったから食材だけは豊富にあった。

イノシシの肉の醤油《しょうゆ》漬けを焼いて、ニラと、タマとユマからもらった卵を炒《いた》めて出した。卵のボリュームが素晴らしいことになっている。一個一個がでかいからな。

「ほら、ごちそうじゃないですか」

相川さんが嬉しそうに笑った。

「すっごくいいかげんですよ？」

シシ肉はニワトリたちにあげる分以外は、食べる前に一晩漬け状態にしている。その方が臭みが取れるからな。

「タマさんとユマさんの卵、やっぱ最高ですよね～」

ニラ玉を食べて、相川さんがしみじみ言う。今日イノシシを沈めていた川の件について聞いてみた。

相川さんは少し難しい顔をした。

「うーん……多分そこまで明確に切れてないような気がするんですよね。佐野さんの山の権利区画ってどうなってますか？」

「川までは書いてないんですよね……」

そういう意味では地図があいまいである。

「川がなければそこまで悩むこともないですか……。川の水は佐野さんの山から流れてきていますから、佐野さんの土地で問題ないと思いますよ。気になるようでしたら山倉さんに確認してみたらどうでしょう」

「そうですね。今から気にすることではないと思うんですが、俺に何かあった時はっきりさせておかないと迷惑かなと思いまして……」

まだ若いからそこまで気にしなくていいと思うかもしれないが、先日怪我《けが》をした時のことを思い出した。あの時は指の怪我ぐらいで大したことはなかったけど、もっと大きな怪我をするとか死ぬようなことがあったら遠くにいる家族に迷惑をかけてしまう。だからはっきりさせられることははっきりさせておいた方がいいと思ったのだ。

「ああでも……リンやテンがあの川を使うことはあると思います」

「使用とかそういうことはいいんです。土地に線が引けた方が何かあった時揉《も》めないだろうってだけの話ですから」

「佐野さんは……若いのにいろいろ考えてらっしゃいますよね」

「相川さんだって若いじゃないですか」

即答した。相川さんはふふと笑った。

ポチはお昼ごはんを食べると「アソブー」と言ってツッタカターと遊びに行ってしまった。付き合ってくれてありがとう。

「暗くなる前にはタマと一緒に帰ってくるんだぞー」

連れ立ってこなくてもいいけど、どっちかが帰ってきてないとかで探しに行かれても困るしな。

「ワカッター！」

とてもいい返事をしてくれた。本当にわかってんのかな、あれ。

ユマは外で畑とか駐車場付近まで見回りをしてくれるようだった。この寒い時期でもよく虫を見つけているみたいだ。ユマで思い出したので聞いてみる。

「リンさんて、山の中では普通に行動してるんですか？」

「まぁ、動きは鈍くなっているようですが、好きなように狩りをしているみたいですね。佐野さんの山には近寄らないように言っているので見つかる心配はないはずです」

「それならいいですけど……」

よく考えてみなくても今日の水場はリンさんやテンさんも使うんだよな。やっぱりそう簡単に人を入れるのも考えものだ。

「明日の夕方はおっちゃんちですね」

またイノシシ祭りだ。牡丹鍋《ぼたんなべ》おいしいんだよな。

「ええ、でもその前に少しこちらに寄らせていただきます。川中さんと畑野さんが悔しがっていましたから……」

「ああ……今は日曜日しか来られませんもんねえ」

師走はなかなか休みが取れないようだ。

「もし明日、何か獲《と》れたらどうするんですか？」

「できれば急いで秋本さんのところに持ち込みですね。昨日みたいに内臓を取って川で冷やしても明後日《あさって》取りにこられるとは限りませんし」

二日酔いとかはなくても酒は抜かないと運転できないからだろう。

「まぁでも、明日は獲れないと思いますよ。狩るならもっと奥に行く必要がありそうですから」

「そうなんですか」

標高や広さがそれほどなかったとしても、木や草をかき分けて進むので思ったより距離は進めないものだ。確かに狩れればいいだろうが、そうでなくてもみな楽しんでいるみたいだった。

「みそ汁のおかわり、いただいていいですか？」

「はい！」

みんなで飲んでくれたおかげでどうにか今日中になくなりそうだった。明日はまたみそ汁を新しく用意できるだろう。明日の具材は何を入れようか。そういうのを考えるのが少しだけ楽しみだった。

7　限られた時間でも山は回るみたいです

翌朝も快晴だった。雪雲はどこへ行ってしまったのだろう。天気予報でもあと何日かは晴れみたいだけど。

今日は人がいっぱい来るはず、と確認してみそ汁をまた大鍋で用意することにした。今日は川中さんと畑野さんも来ると言っておいたせいかポチとタマがなんか落ち着かないようだった。N町から買ってきたえのきを鍋に入れる。今日はわかめとえのきのみそ汁だ。きのこの栽培って確か相川さんがしていたな。栽培キットとか、今度教えてもらおうと思った。

九時を過ぎて、続々と軽トラが入ってきた。川中さんと畑野さんも来た。今日は軽トラは別々である。

「おはようございます、何か獲《と》れたらいいなぁ」

「おはよう。そんなに簡単に狩れるものでもないだろう」

二人とも相変わらずである。なんだかこのやりとり、安心するなぁ。

そういえば昨日桂木さんたちはこちらに戻ってこなかったようだった。教習所の予約が取れたらしい。だが日曜日である今日の予約は取れなかったようだ。

「今日は湯本さんちに行きます。ではのちほど」

と朝LINEが入っていた。イノシシの話を聞いたんだろうな。桂木妹から直接教習所の様子が聞けたらいいなと思った。

「今日は夕方からかぁ……暗くなる前に出なきゃだよねえ」

「それはいつものことだろう」

川中さんがぼやき、畑野さんがツッコミを入れる。そうしてポチタマを加えたみなで準備を整えて裏山へ出かけていった。今日も出かけられるということでポチとタマはご機嫌で身体《からだ》を揺らしていた。

もう手慣れたもんだよな、とみなの後ろ姿を見送りながら感心した。

ユマと家や畑の周りを見て回る。あと二、三日もすれば青菜がまた収穫できそうだ。虫などがい

てもニワトリたちが目ざとく見つけて食べてくれるからそれほど農薬を撒《ま》く必要もない。つっても
うちのは使っても無農薬農薬なんだけどさ。撒くとニワトリたちにものすごく怒られるんだよな。
おっちゃんちに送ったお歳暮はまだ届かないだろう。なにか手土産を、と思ったけどこれといったものがない。イノシシが獲れたと聞いたのもN町から帰ってきてからだった。昨日雑貨屋を見て来ればよかったたな。今のうちに買物に行った方がいいのか、それとも陸奥さんたちが昼に戻ってきてからにすればいいのか悩む。イノシシ祭りだからおっちゃんちに泊まるわけで、そうしたらさすがに手ぶらというわけにもいかない。

「手土産……」

一瞬どこかでマムシを獲れたら、と思ったけどそれで喜ぶのはおっちゃんだけだ。そういえば先日持って帰ったマムシはどうなったんだろう。また酒を作るつもりなんだろうか。……やっぱり煎餅ぐらいが無難な気がする。もー、本当に俺ってば手土産のセンスがなくて困る。

そうしてから、あ、と思った。桂木姉妹に頼めばいいのではないかと。さっそくLINEを入れたら、

「おばさんが喜びそうなものを見繕っていきます」

と返ってきた。お金はきちんと払う旨を伝えた。よかったよかった。

昼頃、みな一度戻ってきた。

「向こうで食べてもいいんだが、やっぱ佐野君のみそ汁がうまくてなぁ」

陸奥さんがワハハと笑う。うちだとこたつもあるしな。まだ雪は降っていないとはいえ冬だ。日中でも山の中を何時間も歩けば冷えるに違いなかった。

「捕まえることを考えたら向こうでそのままの方がいいですけどね」

「場所がしっかり絞り込めていればな」

「だいたいわかってるんでしょう？」

「ああ、だいたいはな」

川中さん、畑野さん、陸奥さんがそんなことを言い合っている。戸山さんはこたつに入って幸せそうだ。

「あー、やっぱりこたつはいいよねぇ。癒される……昨日は疲れたしなぁ……」

「昨日は大掃除だったんでしたっけ？」

戸山さんに聞くと、「そうなんだよー」と即答された。

「ガラス磨きとかさせられてさー、散々だよ。まー、昨日で終わったからいいけどね。……ごめん、佐野君ちょっと昼寝してもいいかな？」

「いいですけど、水分きちんと取ってくださいね。毛布とってきます」

「えー、戸山さん行かないのー？」

「佐野君ありがとー。いやー、嬉《うれ》しいなぁ……」

川中さんが文句を言っている。戸山さんがゆっくりとお茶を飲んでいる間に自分の部屋の押し入れから毛布を一枚出した。うん、大丈夫。かび臭くはない。毛布とか布団は定期的に干しているから大丈夫だとは思うが、いざ誰かにかけるとなると気を遣う。そうでなくてもこれらは元々ここにあったものだったので。

居間に毛布を持って行くと、戸山さんが嬉しそうに笑った。

「佐野君はいいなぁ。若い子はいいね。男だからとか、女だからとかなくて」

「俺、一人暮らしですし」

頭を掻《か》いた。

「そうだよねえ」

嫁さんがいたら任せてしまうかもしれない。でも嫁、といっても誰の顔も浮かばない。しいていうならユマだが、ユマとか言ったらヤバイ人扱いされそうだなと思った。まぁうん、将来はわからないが今のところは本当にいらないのだ。

「じゃあ、戸山さんを頼みますね」

「はい。といってもここで寝ててもらうだけですけど」

「佐野さんがいるからいいんですよ」

相川さんに声をかけられて、またみんなを見送った。日が少しでも陰ってきたら戻ってくるというから出かける準備だけはしておこう。一応お泊まりセットは準備してあるけど。

戸山さんはこたつで、座布団を枕に横になっている。一応その上から毛布をかけてあるから風邪は引かないはずだ。お茶もしっかり飲んでいたしな。ユマは家の周りで好きに過ごすようだ。

洗濯物を取り込んだり、いろいろ家事をしながら今夜のことを考える。みなでわいわい酒を飲むのがとても楽しみだった。

一時間ほどで、戸山さんはすっきりした顔をして目覚めた。やっぱりさっきは疲れた顔をしていたと思う。

「あ～、よく寝た。佐野君、ありがとうね」

「いえいえ。これから食べるんですから体調は万全でないと」

「そうだよねぇ」

戸山さんは来年古稀《こき》なのだそうだ。白髪が多いからもっと上かと思っていた。

「気持ちは若いままなんだけど、身体はやっぱり歳取《とし》っていくんだよね。それで思ったように身体が動かなくていらいらしたりするんだ」

「戸山さんでもそういうことってあるんですか？」

「けっこう頻繁にあるよ。若い頃はそんなの考えたこともなかった。それなりにいいもの食べて、身体は定期的に動かした方がいいよ。歳取ってからが違うからね」

「はい」

「食費だけは削っちゃだめだよ。人間身体が資本だからね」

「はい」

亀の甲より年《とし》の劫《こう》。先人の言葉には重みがある。それを聞いて実践するかどうかは自分次第だけど、自分に余裕があるうちはできるだけ聞けたらなと思うのだ。

「説教臭くなっちゃったね。ごめんね」

「いえ、勉強になります」

二人で家の外に出た。ユマが俺たちに気づいてとてとてと近づいてきた。

「ユマちゃん、かわいいよねぇ。佐野君ちのニワトリはみんないい子だよね」

戸山さんがにこにこしながら言ってくれるから俺も嬉しくなった。

「ええ……みんな、いい子なんです」

「佐野君が大事にしてるからだよね。だからニワトリも佐野君を大事にするんだ」

「そんな……」

なんだかとても照れくさい。

「人でも動物でもさ、相手は自分を映す鏡なんだ。こちらがぞんざいに扱えば相手にもぞんざいに扱われる。こちらが敬意を持って対応すれば相手もそれなりの対応をしてくれるものだ。もちろん例外はあるけど、その例外を当たり前と思っちゃいけない」

「……そうですね」

相手は自分を映す鏡か……。

思考の海に揺蕩《たゆた》いそうになる自分をどうにか連れ戻した。自分のことは後で考えればいい。

「ユマ、何か面白いものあったか？」

ユマに聞くとコキャッと首を傾《かし》げた。なかったんだろう。俺のことを気にして近くにいてくれるんだろうけど、ユマも遊びに行っていいんだけどな。でもそう言うとそっぽを向かれたりするのがわかっているから言わない。

「ユマちゃん、この辺りはマムシっているのかな？」

戸山さんに聞かれて、ユマはきょろきょろし始めた。そして家の裏の方へ行く。え？　もしかしているのか？

おそるおそるついていったがいなかったようだ。きっとこの辺りが多いということなんだろう。ぞっとする話だ。戸山さんはユマにのんびりと、アメリカザリガニはまだいるかとか具体的に聞いていた。ユマはコキャッと首を傾げた。アメリカザリガニは見ないらしい。大体駆逐できたか、それか冬眠しているのだろう。春になったら沢山出てくるとかやだなぁ。もっと魚の多い川であってほしい。ま、これはただの俺の願望なんだけどさ。

そんなことをしているうちに日が陰ってきた。もう少ししたらみんな帰ってくるだろうか。

家に戻って片付けをした。桂木さんからＬＩＮＥが入っていた。もうおっちゃんちに着いたらしい。今日は予定なくなったって言ってたもんな。

「みんなで食べられそうな和菓子を買ってきました。佐野さんからって渡しておきましたよー」

「ありがとう。あとで請求してくれ。こっちももう少ししたら向かうよ」

返信したら、北の方角から話し声が聞こえてきた。噂《うわさ》をすればというやつで、みんな戻ってきたらしい。

「みんな帰ってきたみたいだね」

「そうですね」

表へ出た。

ん？　と思った。

なんか先頭にいるポチとタマの足が踊っているように見える。

もしや、なのか？

「おかえりなさーい！　なにか獲れましたかー？」

「おー、獲れたぞー」

一昨日《おととい》の今日とかマジか。

「えー、獲れたのかぁ。僕も行けばよかったなぁ」

残念そうに戸山さんが言う。こればっかりはしょうがない。やっぱり何日もかけてじっくり調査していたのが功を奏したのだろう。準備って大事なんだなと実感した。

「若いイノシシだがな。相川君、あきもっちゃんに連絡できるか？」

「はい、ここなら電波が通じます」

陸奥さんに言われて相川さんは秋本さんに電話をしたようだ。

「……はい、はい……わかりました。湯本さんちにそのまま運ぶようにとの指示です」

「よかったよかったー」

「運がよかったな」

川中さんと畑野さんも笑顔だったからよかったと思う。ところでイノシシはというと、ウリ坊というほどではないがそれほどの大きさはなかったので、黒いビニール袋に入れて担いできたようだった。今回も一頭である。

「一応虫なんかはポチとタマちゃんがついていてくれたから大丈夫だとは思うがな。解体してねえから中身まではわからん」

陸奥さんがあっけらかんと言う。野生の生き物だから確かに解体してみないとわからないだろう。

「まぁへんな動きはしてなかったがな」

動き方などでも病気などしているかどうか等わかるようだ。猟師さんてすごいな。

そうして、みなしっかり手を洗ったり作業着の汚れなどを確認したりしてから、順次おっちゃんちに移動した。

「まだ子どもとはいえ、また狩ってくるとかすげえなあ！」

すでにおっちゃんちに来ていた秋本さんが苦笑して言う。

「じゃあこれ急いで解体してくるわ。内臓を持ってくればいいんだろ？　食べられるかどうか確認したら連絡する」

「よろしくな」

処理したシシ肉をおっちゃんちに運んできたのだという。秋本さんは、黒いビニール袋に入れたイノシシを受け取ってまた戻って行った。

「俺の分の肉、残しておけよ！」

どう考えても残るだろう。イノシシ一頭の三割は可食部だ。どんなに食べるぞ～と思ったって一人五百グラムも食べれば満腹じゃないかな。腹壊れそう。

台所で作業をしていた桂木姉妹が顔を出した。

「佐野さん、この間ぶりです」

「おにーさん、久しぶりー。ニワトリちゃんたち来てるー？」

「ああ、一緒に来てるよ」

「よかったー！」

桂木妹はとても嬉しそうに笑んだ。そういえばドラゴンさんの様子は見に行ったのだろうか。

今日は土鍋《どなべ》を二つ使った牡丹鍋《ぼたんなべ》だった。

ニワトリたちの分は庭にビニールシートを広げたところに内臓や肉、そして葉物を並べた。三羽分とはいえ、毎回すごい量だなと思う。ニワトリたちはうきうきしながら内臓からつつき始めた。やっぱり栄養が一番ありそうなところから食べるんだな。そしてその光景はある意味ホラーだ。とてもニワトリの食事とは思えない。普段の食事風景を見ている分には大きくなれよ〜と言いたくもなるが実際これ以上大きくなったら困る。ニワトリたちの様子を少し見てから座敷に戻った。

寒いのに座敷の障子は一か所開けてある。うちのニワトリたちへの配慮なんだろう。悪いなと思いつつ、女性陣には開けた場所から一番遠いところにいてもらっている。

料理は牡丹鍋だけじゃなくて、漬物も、煮物も、天ぷらも出てきた。野菜の天ぷらがとてもおいしい。うちでは揚げ物しないしな。

「おう、昇平。ニワトリたち、大活躍だなぁ」

「ですねー。今回も足止めはポチとタマがしたみたいで……」

おっちゃんに背中をばんばん叩《たた》かれた。中身出そうだからもうちょっと優しくお願いしたい。ポチとタマが足止めしたところを別の角度から陸奥さんが仕留めたそうだ。猟銃との連携もバッチリとかうちのニワトリたちはいったい何者なんだろう。ハイスペックすぎてやヴぁい。

「佐野君とこのニワトリ共は本当にすごいな！　本当に猟鶏だな、あれは」

陸奥さんは上機嫌だ。

「僕も見たかったなぁ〜。佐野君ちのニワトリたち、本当にカッコイイんだよね〜」

戸山さんが残念そうに言う。

「……ニワトリ……ニワトリなんだよな。相変わらずすごいよな」

「考えたら負けだぞ」

川中さんと畑野さんがビールを飲みながら何やらぶつぶつ言っている。

「見たい気はするけど、私たちが近くにいたら狩りにならないですもんね。誰か動画とか撮っておいてくれませんかねー」

桂木さんに言われて思い出した。カメラをつけようつけようと思いながら買ってすらいない。あ、でもちょっとした動画ならスマホでもいけるんじゃないか？　なんで俺今まで気づかなかったかな。家の周りで試しに撮ってみようと思った。

「んー……私はー、あんまりそーゆーの撮らない方がいいと思うけどなー」

けれど、桂木妹が難しそうな顔をして呟《つぶや》いた。

「えー、なんでー？」

「だってさー、撮ったら絶対他の人に見せたくなるじゃん？　もしかしたらＳＮＳに上げちゃおって思っちゃうかもしれないし。でもそんなことしたらすぐに特定されちゃうよ？　だからせいぜい写真ぐらいにしといた方がいーんじゃないかなって思います！　もちろんＳＮＳに載せちゃだめだよ！」

「そうかなー？」

桂木さんはピンとこないようだったが、桂木妹の言うことは一理あると思った。写真を撮っただけでも誰かに見せたくなるのだから、動画なんか撮れたらもっとだろう。ふと視線を感じて顔を上げたら、川中さんと目が合った。なんだか気まずそうな顔をしている。もしかして……。

「川中さん？」

「え？　な、なにかな？」

「なんでそんなにキョドってるんですか？」

「い、いやぁ……やだなぁ、佐野君の考えすぎじゃない？」

「川中さん、ちょっとスマホ借りますねー」

「え？」

隣にいた相川さんが自然な仕草で座卓に置かれたスマホを手に取った。

「あ、え？　ちょっ、相川君！」

川中さんのスマホだったみたいだ。

「ニワトリさんたちの写真多いですね。僕のところに全部送っておきますね」

慌てて取り返そうとする川中さんをひょいとかわして、相川さんは川中さんのスマホの画像をチェックしたようだった。人のスマホを見るのはマナー違反だとは思ったが、うちのニワトリをばしばし撮っているというのもどうなんだろう。俺、全然見せてもらってないし。

「あ、佐野さんにも送っておきますから」

「お願いします」

「……ほら、佐野君ちのニワトリ、かわいいじゃん？」

一枚二枚なら俺もいいとは思うんだけどね。相川さんから送られてきた画像の量はハンパなかった。

「……川中さん。これ、もしかして誰かに見せたりしてます？」

一枚一枚画像を確認していく。近い距離のものが多いのであまりでかさは強調されてはいないが、見る人が見たら気づきそうなかんじだ。

「え？　あー、うん……会社の人、とかに？」

「……うちのニワトリなんですけど？」

そりゃあ肖像権とかはないかもしれないが、見せるなら見せるで許可は取るべきなんじゃないのか？

「……佐野君、すまんな。よく教育しておく」

「あ！　僕のスマホ！」

畑野さんが大仰にため息をつき、相川さんから川中さんのスマホを受け取った。そして何やら操作してからポイッと投げた。

「あー！　ひどい！」

川中さんが急いで回収して中を確認した。

「えー、全部消すことないじゃん！　ひどい！」

「人んちのペットを盗撮しまくったあげく人に見せるような奴《やつ》はひどくないのか？」

おばさんと桂木姉妹の目が冷たくなっている。あ、これは完全に敵に回したな。

「……佐野君」

「はい」

「ごめんね。今後は許可取るから……」

「他の人に見せるなら許可はできないです。俺もうちのニワトリたちの写真は誰にも送ってないですし」

うちの親には、遠近法を駆使した写真は送ったが。

「えー……そうなんだ。ごめんね」

悪い人じゃないんだよな。

「もうしないでくださいね。ニワトリたち、俺にとっては大事な家族なんで」

「うん、ごめん」

なんか場がしらけてしまった。困ったなと思っていたら、縁側から秋本さんと結城さんがやってきた。

「こんばんは～。マメだけ持ってきたけど……って、どうしたんだ？」

秋本さんがきょとんとした顔をする。

「あら、マメ持ってきてくれたの？　ありがとう。すぐに調理するわね～」

おばさんが受け取っていそいそと座敷を出て行く。マメというのは腎臓《じんぞう》だ。さっそく作ってくれるようだ。

「なんでもねえよ。ほら、上がって飲め飲め！」

陸奥さんと戸山さん、おっちゃんに手招きされて秋本さんと結城さんが上がる。

川中さんみたいなのは氷山の一角なんだと思う。携帯とか、スマホで気軽に写真や動画を撮れるようになってからみなのタガが外れてしまったのだろう。桂木妹が言ってくれてよかったなとしみじみ思った。

マメ（今回はイノシシの腎臓）の塩胡椒《しおこしょう》炒《いた》めは年長者に譲った。悪くはないけど俺はそれほど好きなわけでもないので。

「この味は若者にはわかんねえか～」

陸奥さんがワハハと笑いながら上機嫌で食べている。戸山さんや、おっちゃんたちも満足そうだ。若いとかそういうのはあまり関係がない気がするが、俺は苦笑してみせた。そういうことにしておけば角が立たない。第一、獲ったのは狩猟チームだ。宴会場を用意してくれたおっちゃんはともかく、俺には摘まむ権利はないと思っている。残りの部位は秋本さんのところで保管してくれているそうだ。内臓は急速冷凍で明日か、明後日《あさって》には俺がいただけることになっている。いいんですか？と聞いたらニワトリ共にあげてくれと陸奥さんに言われた。うちのニワトリたちは本当に役に立っているようだった。

時々ニワトリたちの様子を見る。食べるスピードが落ちているからそろそろ終わりだろうと思った。食べ終えたらそこらへんで少し散策するようだ。ビニールシートを片付けるタイミングを見極めないといけないので、俺はもうアルコールは摂取しないことにした。

俺が潰《つぶ》れれば誰かが片付けをしてくれるだろうが、そんな無責任なことはできない。先日の宴会では川中さんが片付けてくれたらしいが、ニワトリたちはうちの子だし。

シシ肉をこれでもかといただいた。やはり鍋もいいなと思う。でも鍋だと一人では厳しいだろう。誰か来た時にできたらいいな。そういえば少し気になっていたので聞いてみた。

「タツキさんは冬眠中なんだよな」

桂木さんはにこにこしながら頷《うなず》いた。

「ええ、こちらに来る前に見てきました。タツキは……少し汚れていたので拭《ふ》いてきました。今年は思ったより家の中も冷えてなくてよかったです。佐野さんのおかげです、ありがとうございました」

桂木さんにぺこりと頭を下げられてしまった。下げられる程のことはしていない。

「そっか、それならよかった」

ドラゴンさんは土間の藁《わら》の上で寝てるんだよな。桂木さんはその上から布団をかけていたように思う。

「ところで、教習所の方はどう？」

桂木妹に聞くと、「ああ～」と嫌そうな声を出された。

「それえ、聞いちゃいます？」

「仮免がまだだとは聞いたよ」

「もーやだー、超恥ずかしー」

桂木妹は顔を覆った。

「実技はそれほど問題ないんだろ？」

「学科試験を忘れてました。私勉強嫌いなんですよー。誰か学科試験だけ替わってくれないかなー？」

「それは無理だろ」

「ですよねー」

本当に苦手なようだ。

「あー……原付の免許は持ってる？」

「持ってないです……」

そうだったのか。そうしたら確かにどこをどう勉強したらいいかわからないかもしれない。

「問題集とかは？」

「うっ……頭痛い……」

これは重症だ。俺は苦笑した。

そういえばかつて姉が原付免許を取りに行った時こんなことを言っていたのを思い出した。姉はそれなりに勉強ができる。問題集を一冊解いて受けに行き、もちろん当日に免許を取得してきた。その時前の席にいた男子に話しかけられたらしい。

「受かりました？　僕も受かりました。僕、実はこれで五回目なんです！」

五回も受けてやっと合格したのかと、姉は愕然《がくぜん》としたらしい。この後お茶でも、とナンパされたらしいが丁重にお断りして帰ってきたとか。姉はその時初めて自分の理解できないものに遭遇したと言っていた。俺は仮免取得の際の学科試験を難しいと思わなかったが、桂木妹にとってはどうなのだろうと考えた。

「まぁ、ちゃんと授業を聞いてテキストを読み込んでおけばできないことはないよ」

とだけ伝えておいた。実技が大丈夫ならどうにかなるだろう。

「ううう……それができたら勉強嫌いとか言いませんよー」

「まぁ、うん。がんばってくれ」

「うわーん」

試験なんてものは実際代わって受けてやるわけにはいかないし、それに。

「ただ、凶器にもなる鉄の塊を動かす為《ため》のルールだから……本来は完璧《かんぺき》に覚えててしかるべきなんだとは思うけどな」

そう言ってから、俺は口を押さえた。余計なことを言ってしまった。こういうところがダメなんだろうなと思ったが後の祭りだ。桂木妹は目を丸くしている。えらそうなことを言ったから嫌われたかもしれない。

「……おにーさん、すごい」

「え？」

「そうだよね！　車って走る凶器だもんね。苦手だけどがんばってみる！」

「あ、ああ……」

すごいのは桂木妹じゃないかと思った。目がキラッキラしている。本当にいい子だな。

みんなにこにこしながら桂木妹を見ていた。

「いやあ、いいなぁ……。今いくつだったたっけ？」

川中さんの鼻の下が伸びていた。畑野さんがスパーンと頭を叩《たた》く。

「いたっ！　ちょっ！　なんで僕殴られてんのっ⁉」

「顔がわいせつ物だったぞ」

「さすがに失礼じゃないっ⁉」

「川中うるせーぞ」

「川中君、静かにね～」

「ひどい！　僕が叩かれたのに～」

暴力に訴えるのは確かにどうかとは思うけど、女性陣の目がまた冷たくなってるからな。俺は見なかったし聞かなかったことにした。

「もー、こーなったら飲むぞー！」

そう言って川中さんはビールを自分で注《つ》いで飲み始めた。って、明日は平日じゃあ……？

「川中さん、明日は仕事では……？」

「午前休とって、午後から行くよっ！」

「お疲れ様です」

師走だから仕事がおしてるのかもしれないけど、そういうところは真面目なんだよな。飲酒運転にならないように配慮する辺りはさ。

「別に一杯ぐらいいいじゃねえか」

「むっちゃん、最近はうるさいんだよ～」

「せちがれえ世の中になっちまったなぁ」

「ゆもっちゃん、絶対にだめだからな～」

陸奥さんは戸山さんに、おっちゃんは秋本さんに窘《たしな》められている。ホント、飲酒運転ダメ絶対。

桂木姉妹がそんな男性陣をええ～という顔で見ていた。今日はみんなだいぶ株が下がったようである。

「佐野さん、そろそろビニールシート片付けましょうか」

「あ、そうですね」

「手伝いますよ」

相川さんがこそーっと来てくれたので、俺たちは巻き込まれないように庭に片付けに行った。もうニワトリたちはそこらへんでいろいろつついている。

「いっぱい食べたかー？　もう少ししたらおっちゃんちに入ろうな」

そう声をかけて片付けをした。宴会ともなるといろいろあるようだった。

畑野さんは一滴も飲んでいなかったので普通に帰っていった。川中さんが最後まで管を巻いていた。いろいろあるんだろうなとは思った。働いていればなにかしらあるだろう。

翌朝はすっきりと目覚めることができた。それほど飲まなかったからだと思う。でもやっぱり相川さんの方が早く起きていた。あの人あんまり睡眠時間いらない人なんだろうか。陸奥さん、戸山さん、川中さんはまだ夢の中だった。布団を畳んで洗面所で顔を洗い、玄関の横の居間に顔を出した。

「おはようございます……」

「おう、昇平。今日は自力で起きたか。おはよう」

「佐野さんおはようございまーす」

「おにーさん、おはよー」

「佐野さん、おはようございます。そろそろ起こしにいこうかと思っていました」

「あら、昇《しょう》ちゃん起きてきたの？　おはよう」

おっちゃん、桂木姉妹、相川さん、おばさんに挨拶《あいさつ》を返された。何を言っているんだかよく聞こえなかったけど朝の挨拶だったのは間違いないだろう。

「昇ちゃん、何食べる？　タマちゃんとユマちゃんがまた卵を産んでくれたんだけど」

ニワトリたちはすでに朝ごはんを食べて畑の方へ駆けて行ったそうだ。相変わらず元気だな。朝食をあげていただいてありがとうございます。

「それはよかったです。誰か食べたい人が食べてくれればいいですよ～」

そう言った途端、みんなの視線が錯綜《さくそう》した。え？　なんか俺まずいこと言った？

「はい！　はいはい！　一口でもいいからニワトリさんたちの卵食べたいです！」

桂木妹が勢いよく手を上げた。桂木さんも手を上げる。

「私とリエとおばさんで一個とかどうでしょうか⁉」

「それもいいわね。一個は卵炒めにしましょうか」

「じゃあ俺と昇平と相川君で一個分か」

「そうですね～」

「ははは……」

今回は陸奥さんたちには回らないようである。うちのニワトリの卵、何気に大人気のようだ。俺はほぼ毎日食べられるから俺の分を他の人に譲ってもいいんだけど、そうすると女性陣が恐そうなのでその提案に従った。タマとユマの卵は一個一個が大きいから二個で卵炒めを作ってもけっこうな量になった。それをみなが見守る中おばさんが慎重に六等分する。傍《はた》から見てると異様な光景かもしれなかったがみな真剣だ。そして各自の皿に分けられ、思い思いに味をつけて食べる。一応軽く塩胡椒《しおこしょう》は振ってあったがそれ以上味をつけたい人はつけるという形だ。俺はマヨネーズをつけて醤油《しょうゆ》を一たらしした。

うん、うまい。

なんでか知らないけどうちのニワトリたちの卵の味は濃厚だ。これを知ったらよその卵は食べられないと思ってしまう。いや、普通に食べるけどな。

「……おいしい……」

「はー……本当においしいです」

桂木妹と桂木さんが頬に手を当ててしみじみ呟《つぶや》く。みんな至福の表情だ。うん、うちのニワトリたちはすごいなと思った。

「私、わかんないんですけどニワトリって卵は一日一個産むんですよね。一日に二個とか産む場合ってないんですか？」

桂木妹がそんなことを聞く。

「うーん、俺もそれは前に調べたんだけど、卵が一個産まれるまでに二十三～二十六時間かかるらしいんだ。だから一日一個が限度だし、たまに産まない日もあるよ」

「そうなんだー。でもこんなにおいしい卵を産むのってタマちゃんとユマちゃんだけですよねぇ」

「他にもいるかもしれないけどね。ただ、うちのは自由にさせてて特に衛生管理とかしてるわけじゃないから生では食べられないからね」

「ああ～、そっかー！」

桂木妹が頭を抱えた。

「卵かけごはんって、できるのは衛生管理がしっかりしてる養鶏場でとれる卵だけなんでしたっけ？　だから日本でしか食べられないって言われてるんですよね？」

桂木さんが補足する。そもそも卵を生で食べようなんていう国は日本ぐらいしかない気がする。

「サルモネラ菌が怖いからね。温度管理をしっかりしていないと日本の卵だって危ないよ」

「そうですよね～」

桂木さんが残念そうに言った。生卵が食べたい時は市販の卵を買えばいいだけの話だ。そんなことを話している間にガラス戸の向こうから話し声が聞こえてきた。どうやら陸奥さんたちが起きて

きたらしい。

桂木姉妹が慌てて卵炒《たまごいた》めを食べる。その様子がおかしくてつい笑ってしまった。

「おはよう〜。あー、よく寝たな」

「おはよう〜」

「……おはようございます……」

陸奥さん、戸山さん、川中さんの顔が覗《のぞ》いた。おばさんと桂木姉妹がサッと席を立つ。そこに三人が座った。

「おはようございます」

「おう、おはよう。飯できてるぞ」

相川さんと挨拶をする。おっちゃんがガハハと笑った。川中さんはぼーっとした顔をしていたが、俺の皿を見て目を見開いた。

「……佐野君、その卵って……」

「あげませんよ」

いけない。一口残っていた。それをひょい、と食べる。

「ああ〜〜〜！　それ佐野君ちのニワトリの卵でしょ⁉　いいなあああああっ！」

「川中、うるさい」

「川中君、うるさいよ〜」

食べ切っておけばよかったな。ちょっと悪いことをしたと思った。

そういえば秋本さんたちはどうしたのかというと、結城さんは飲んでいなかったらしく夜のうちに秋本さんを連れて帰ったそうだ。お疲れ様と思った。

火曜日は休暇日になった。さすがに宴会の翌々日からまた狩りができるほどの元気はないらしい。それにたまには家にいないとご家族も寂しがるだろう。いたらいたで邪険にされるんだけどな、なんて陸奥さんはワハハと笑っていたけどそんなはずはない。冬の間だけとはいえ、毎日のように狩猟に出かけている夫を奥さん方はどう見ているんだろうか。ああでももう子育てが終わって退職してからだからいいのかな。

「今日は陸奥さんたち来ないから、好きに過ごしてていいぞ～」

朝ニワトリたちにそう告げると、今日はユマとポチがツッタカターと遊びに出かけた。ウキウキして横に揺れている長い尾がかわいく見えるのが不思議だった。

「……どう見てもトカゲっつーかその手の尾なんだよな。恐竜か？　うーん……」

触ったかんじかなりしっかりしているし、体重のほとんどは尾にいっているのではないかと思うほどだ。

もう十二月も下旬だ。そろそろ雪が降ってきてもおかしくはないだろう。毎朝かなり寒いから本当にもうそろそろではないかと思う。

昨日桂木姉妹がN町へ戻る時、

「年末まで、もし雪が降らなかったら一緒に初詣《はつもうで》行きませんかっ⁉」

と桂木さんに言われた。俺は相川さんを見る。相川さんは頷《うなず》いた。年末は相川さんと過ごすことになっているし。

「うん、降らなかったらね」

そう答えたのに桂木さんからはじーっと睨《にら》まれた。

「……そーゆーの全くないってわかってますけどー……ホンット、ネタにしたくなりますよね……」

「は？」

時々桂木さん語がわからない。

「おねえは考えすぎー。ズバリ聞いちゃえばー」

「それはダメ！　このもどかしいかんじがいいのよ！　じゃあまたＬＩＮＥしますんで！」

姉妹の会話がわからない。女の子たちって不思議だなと思った。

そういえば川中さんは昨日朝ごはんを食べてから早々に退散した。お酒、本当に抜けてたんだろうか。ちょっとだけ心配になった。でも今日になっても何も連絡がないから大丈夫なんだろうと思う。なにかあれば連絡くるだろうし。

今日も寒いけどいい天気だ。

洗濯をしたり布団を干したりする。畑の青菜もそろそろだったからまた収穫してみた。小松菜はずっと採れるからいいなと思う。小さい頃はあまり好きじゃなかったけど今はおいしく感じられるから、もしかしたら小松菜は大人の味覚なのかもしれないなんて勝手に思ってみた。

そういえば、こんな寒さだけど川ってまだ凍らないものなんだろうか？

いろいろ確認できる時にするべきだ。川を見たら山の上の墓参りをしに行こう。枯草とか抜いて片付けた方がいいだろうし。昨日雑貨屋に行ったから今日は行かなくていいはずだ。

居間のこたつで紙にやることをリストアップしそれを一つずつ消していく。スマホのリストでもいいんだけど見なきゃ終わりだし。やっぱ書いた方が実感するんだよな。

「タマー、川見に行くぞー」

「ワカッター」

タマと一緒に川を見に向かう。川原というほど広くはないが、少しは足場がある。

「流れてるな……」

凍ってはなさそうだった。タマは周りを見回してから川に入った。そして川の中に頭を突っ込む。寒くないんだろうか。

「何かいたか？」

かなり寒いけど。

タマは何度か川に頭を突っ込んだけど収穫はなさそうだった。

「イナーイ」

なんとも不満そうである。つーかこの時期にもアメリカザリガニとかいたらやだなぁ。

「そっか」

川から上がり身を震わそうとしたタマをタオルで捕まえて頭を拭《ふ》いた。ここでぶるぶるされたら俺が濡《ぬ》れてしまう。でも慌てて拭いたせいかタマの羽があっちこっちに逆立ってしまった。

「ぷ」

笑ってはいけないと思ったが思わず噴き出しそうになった。それに気づいたタマにつつかれる。

「ごめんごめん、直すから！　すぐ直すからつつくなって！」

タオルで再度拭いてどうにか羽の流れを直すことができた。タマがブルブルッと身を震わせる。つつかれなかったから合格点をもらえたのだろう。ほっとした。

その後は軽トラの助手席にタマを乗せて上の墓へ。近くの川にはタマも付いてきてくれたけど、今度はタマも川の中には入らなかった。もちろんこっちも凍ってはいなかった。

山の上はどうしようかと思ったけど、あそこまで行く時間はなさそうだった。墓のところで山頂に向かって手を合わせたりした。

「すみませんが、春までおまちください」

なんて言って。真面目にいろいろやると時間がいくらあっても足りない。おかしいな。俺はのんびり隠遁《いんとん》生活をする為に山を買ったはずなんだが。こんなことを思うのは何度目だろう？

昨日またシシ肉をけっこうもらってきたからニワトリたちもご満悦だ。明日は秋本さんが内臓を持ってきてくれると言っていた。ビニールシートの出番だな。

昼食を終えていろいろ片付けをし、布団と洗濯物を取り込んだところで眠くなった。そういえば最近昼寝ってしていなかった気がする。乾いてなさそうな洗濯物を紐《ひも》にかけて家の中に吊《つ》るしてから居間で寝ることにした。

「タマ、ごめんな……眠いから寝るわ。遊んできていいからなー……」

一日中表で駆けずり回っているタマからしたらとても耐えられないだろうと思う。でもユマでもタマでも誰かしら山では一緒にいてくれようとするんだよな。俺の山なんだからそんな危険なんてないはずなのに。

……もしかしてうちのニワトリたちの認識では、この山は危険なのか？

考えたって答えなんかでないから俺はそのまま眠ってしまった。んで、よっぽど疲れていたのかなんなのか寝すぎるほど寝てしまい、タマにどーんと乗られて起こされた。タマさん重いっすー。

「あれ？　タマもしかして太った？」

反射的に聞いてしまいめちゃくちゃつつかれた。ごめんなさいごめんなさい。

「いたっ、タマッ、いたいって、ごめんって、ごめんなさいっ！」

ニワトリでも太るって単語に反応するものなんだろうか。まぁ確かにタマは女子だが。

冬毛で羽が膨らんで見えるから丸っこくはなってるけど、重さはそれほど変わってないだろうと思ってたんだよな。でも冬だからやっぱり皮下脂肪を蓄えていたんだろうか。あれだけ駆けずり回っているから筋肉もすごそうだが。

夜、試しにお風呂《ふろ》に入っている時俺の上にユマを乗せてみた。

「サノー？」

「うーん、やっぱ少し重くなってる気がするなー。筋肉かな」

湯舟の中だから多少は軽く感じられるがやっぱり重くなっていると思う。んで下ろしたらつつかれた。なんでだ。

ニワトリにも女心があるのだろうか。それは永遠の謎かもしれない。ポチと顔を見合わせたがさっぱりわからなかった。

8　雪が降ってきた

その日の朝はなんというか、自分の寝ている部屋は底冷えがする寒さだった。家の中なのに顔が冷たすぎて痛いとかなんだ。やばすぎだろ。

「うう～、さ～み～……」

ハロゲンヒーターをつけてもなんか寒さがいつもと違う。スマホは一応動いたけどなんか充電が減ってる気がする。寒さでも充電って減るんだっけか。身体《からだ》を縮こまらせながら、どうにかして温かい居間に辿《たど》り着《つ》いた。

「ポチ、タマ、ユマ、おはよう……」

部屋にいた時はとにかく寒さから脱出しようと思って出てきたから気づかなかったが、ガラス戸の向こうが白く見えた。

「嘘《うそ》だろ……」

鍵《かぎ》を開けるのももどかしく玄関のガラス戸を開ける。

「う、わぁ……」

そこは一面銀世界だった。

「マジかよ……」

確かに、これでは家の中が寒くなるはずだ。

天気予報の嘘つきって言いたくなった。山だから参考にならないのは知ってたけど。でも、まだはらはらと降っているせいなのか表は思ったより寒くはない。雪が止《や》むと一気に冷えるんだよな。そう考えると外でなにかをするなら今のうちだ。あ、ものすごく降ってたりとか風が強かったりしたら別だけど。

「雪だ……」

呟《つぶや》いて一度戸を閉めた。

見たかんじ十センチメートルぐらいはすでに積もっている気がする。夜のうちに降り出したんだな。この雪だと狩りはどうなるんだろうか。とりあえずTVをつけて天気予報を確認する。

「えぇー……」

どうやら今日は一日雪らしい。明日はまた晴れるようだ。明日の朝だとあちこち凍るだろうか。やっぱり何かをするなら今日のうちだな。軽トラのタイヤにチェーンを巻かなくては、とか雪下ろしはどれぐらいでした方がいいのだろうかとか考えながら朝食の準備をすることにした。長靴にかんじきを装着し、倉庫へ向かう。昨日のうちに餌も運んでおけばよかったなぁと思った。それにしても新雪に足跡をつけるのって思ったよりわくわくする。子どもの頃のわくわくが戻ってきたような気がした。

都合三日分ぐらいの餌と、倉庫にしまっておいた野菜を出して家に運ぶ。

「ちょっと待っててくれよ」

タマとユマは今朝も卵を産んでくれたようだ。

「タマ、ユマ、卵ありがとなー」

礼を言ってヒビが入ってないかどうかを確認し軽く拭く。（下手に洗ったりするとかえって雑菌が入るのだそうだ）そして冷蔵庫にしまった。タマとユマの卵は大きいので冷蔵庫の卵置き場には置けない。なのでボール紙で専用の置き場を作ってある。昨日の残りが一個あるので三個だ。何を作って食べようかとうきうきしてしまう。汁物を卵スープにしてもいいかもななんて思った。

珍しく秋本さんから電話がかかってきた。

「もしもし？」

「佐野君、とんだ天気だなぁ。イノシシの内臓を引き渡したいんだけどどうしようか」

そういえば急速冷凍して保管してもらっているのだった。さすがに雪の中上までは登ってこられないだろう。どうしようかなと考える。

「ええとすみません。今日中のお返事でいいですか？　一応今日陸奥さんたちも来ることになっているので」

「わかった。内臓はそのまま保管しておくから適当に連絡してくれ。明日以降でもいいならそれはそれでかまわない」

「はい、ありがとうございます」

雪は降り続いているけど本当に陸奥さんたち来るんだろうか。それも確認した方がいいだろうな。

相川さんに電話してみた。

「佐野さん？　そちらも雪ですよね。どれぐらい積もっていますか？」

「ええと、多分十センチぐらいじゃないかと思います」

後で定規で測ってみるか。現在ニワトリたちは朝食中である。俺のごはんは後回しだ。

「うーん……そうですか。じゃあ陸奥さんと戸山さんは止めておきます。今で十センチだと帰る頃には三十センチぐらいになりそうですしね」

「うわあ……そこまで積もりますか……」

やっぱりそんなに積もるのかとげんなりした。

「降り方が変わらなければ、ですよ。ただそんなに降るのは山だけだと思います。麓《ふもと》はそこまで降ってなさそうですから」

「あー、やっぱりそうなんですねー……」

標高が高ければ高いほど降り方も激しくなるようだ。

「実は……」

と秋本さんにイノシシの内臓を預かっていてもらっているという話をしたら、秋本さんに麓付近まで来てもらえれば相川さんが持ってきてくれるという。

「ええ？　そんな、悪いですよ！」

「ちょうどリンが除雪作業をしてくれているんです。だから一時間もすれば出かけられると思います。秋本さんに一報入れておいてください」

「いやいやいや、陸奥さんたちが来ないなら相川さんもうちに来る用事とかないじゃないですか」

「なんかヒマなんですよ。泊めてください」

「えええええ……いや、まぁいいですけど……相川さんちの雪下ろしはどうするんですか？」

「うちの屋根、ルーフヒーターつけてますから大丈夫です」

「うええ……いいなぁ……」

うちは間違いなく俺が自力で雪下ろしをするしかない。家の中は一部改築されているが屋根は瓦《かわら》屋根だしな。つか、つっこまなかったけどリンさんの除雪作業ってなんだよ。前にもそんなことしてくれるって聞いた気はするけどさ。

「……相川さん、ヒマとか言ってうちの手伝いに来てくれなくてもいいんですよ?」

「ヒマですから。佐野さんはもっと僕を頼るといいと思います」

「俺図々《ずうずう》しいんですからそういうのやめてくださいよ!」

やっぱり相川さんは面倒見がよすぎる。だからストーカー被害にも遭ったんだろうな。なまじっか顔がよすぎるから、この調子でかまってもらえたら女子はすぐに落ちてしまうだろう。俺、女子じゃなくてよかった。

結局相川さんに押し切られる形で来てもらうことになってしまった。

強引だなぁと思ったが、もしかしたら何かあったのかもしれない。リンさんがこないことを確認してからニワトリたちに相川さんが泊まるということを話した。

「イイヨー」

「……イイヨー」

「イイヨー」

タマはやっぱり少し渋るんだな。ニワトリたちの許可が下りたので、後ほど相川さんが来ることになった。

本当に、何かあったんだろうか。

秋本さんはうちの山に近い橋の辺りまで来て、相川さんにイノシシの内臓を渡してくれることになったそうだ。本当にありがたいことだと思う。しかし……ビニールシートを敷くとはいえ雪に飛び散るイノシシの血か……雪山殺人事件みたいな様相になってしまいそうで怖い。今日無理にあげる必要はないけどな。

で、雪なんだよ。

ニワトリたちに朝食をあげてから、

「表は雪なんだけど出かけるのか？」

と改めて聞いてみた。ポチは不思議そうにコキャッと首を傾《かし》げた。それになんの問題が？　と言っているようである。

「出かけてもいいけど、早めに帰ってこいよ～」

一応ガラス戸を開けてあげた。

「ユキー？」

「ユキー」

「ユキー」

ポチとタマが当たり前のように雪の中表へ出て行った。さくさくと静かな音がする。

さくさくさくさくさく。さくさくさくさく。玄関から二羽の様子を窺《うかが》う。二羽は足下の感触を楽しんでいるようだった。ニワトリが寒さに比較的強いって本当だったんだな。あー、でも確か霜柱も普通に踏んでたしな。

さく。

ポチが雪を摘《つ》まんだ。

空気中のちりとかごみを巻き込んでるから決してキレイではないぞ。まぁ、都会よりはましだろうけど。

「ツメターイ」

ポチの感想を聞いて、タマも摘まんだ。

「ツメターイ」

うん、そりゃあ冷たいだろうな。

二羽は冷たい冷たいと言いながら何度も何度も雪をつついた。寒い日に雪なんか摘まんでおなか壊さないんだろうか。見ている俺の方がひやひやしてしまう。

「あんまり調子に乗って食べるなよー。おなか冷えるぞー」

子どもじゃないんだから、ってまだ生まれてから一年経《た》ってなかったわ。やっぱりこういうのは俺が管理しないとだめなんだろうか、と思ったが、冷たい冷たいと言いながら二羽はそのままザッザカザーと遊びに行ってしまった。なんでアイツらあんなに元気なんだ。

「気をつけて行ってこいよー」

できるだけ大きな声を出してみたが、いつもより響かない。どうやら雪に音も吸収されてしまったようだった。遠くから、クァアアア――ッ！　という鳴き声が聞こえた。俺の声は届いていたらしい。よかったよかった。

やれやれとガラス戸を閉めようとしたら、すぐ後ろからユマが興味津々な様子で外を見ていた。

「ユマも遊びに行くか？」

ユマがコキャッと首を傾げた。

「イカナーイ」

「そっか。じゃあ畑だけ見に行くか」

「イクー」

心なしか、ユマが嬉《うれ》しそうだ。やっぱり雪に触れたかったんだな。前にも一度降ったけど、あの時はこんなに積もらなかった。だから一面銀世界でなおかつ足下が白いものに埋もれるという状況は気になるのだろう。

「ユマ、足下冷たいから気をつけろよ」

ポチにもタマにも言わなかったのにユマにはいちいち言ってしまう。うちのニワトリたちはみんなかわいいけど、なんていうかユマはぽやんとした印象なんだよな。かわいくて守ってあげたくなる、的な？　かなりでかいけどな。

表に出る。俺は長靴にかんじきをつけた状態で雪の中を進んだ。畑はしっかり雪の中だった。ところどころ見える葉っぱが、そこが畑らしいことを伝えていた。

「うーん、小松菜って雪の下でも大丈夫なものなのか？」

雪下ニンジンとかは聞いたことがあるけど、雪下小松菜ってどうなんだろうな？　無理に雪をどけないで、相川さんが来たら聞いてみようと思った。だってこの雪まだまだ降るだろうし。

さくさくさくさく。さくさくさくさくさく。

ユマが楽しそうに雪の上を歩いている。音とか感触とかをどうやら気に入ったようだ。

「ユマ、俺はここで見てるからその辺り走っててもいいよ」

まだ誰も踏んでいない新雪の部分を指し示した。

「ハシルー？」

ユマはまたコキャッと首を傾げてから新雪をさくさくと踏み始めた。誰も手をつけていない真っ白い雪って思いっきり足跡つけたくなるよなー。ユマの足跡がついていくのを見ながら、俺は自己満足でうんうんと頷《うなず》いた。

雪といったらこうでなくてはいけない。

ふと家の屋根を見る。まだそれほど積もっているかんじはない。でも暗くなる前に一度雪下ろしはした方がいいかもしれないと思った。

思ったよりニワトリたちは驚かなかったし、足が冷たすぎて戻ってくるということもなかった。やっぱりそこらへんは強いということなんだろう。でも雪に足跡をつけているユマは楽しそうだったからいいやと思った。そう、ユマが楽しんでくれたならそれでいい。（大事なことなので二度言いました）

ところでポチとタマはどこまで行ったんだろう。まだそれほど積もってはいないけど、夕方近くになったらもっと雪が積もって道がわからなくなるんじゃなかろうか。もしかしたら川に落ちてしまうかもしれない。ちょっと心配になった。だからってユマに様子を見に行かせて二重遭難とか笑えないしな。

そんなことを考えていたら、エンジン音が聞こえてきた。どうやら本当に相川さんが来てくれたようだった。

「ユマ、危ないから戻っておいで」

雪で滑らないとも限らないし。

案の定、相川さんちの軽トラだった。ゆっくりゆっくり入ってきて、停《と》まった。

ガレージが一応空いているからそこに停めてもらおうと思った。あのまま外に置いておいたら雪まみれになってしまう。

「相川さん、来ていただいてありがとうございます！」

「佐野さん、お邪魔しにきました」

相川さんは笑顔だったが、なんだか寂しそうに見えた。

いくら相川さんの様子が憂いを帯びたものだと気づいたところで、いきなり「何かあったんですか？」と聞くのははばかられる。ガレージは常時一台分は空いているのでそこに軽トラを入れてもらった。クーラーボックスにイノシシの内臓が入っているらしい。一度うちまで運び、冷凍庫にしまってからクーラーボックスを戻しに行った。（他にもいろいろお惣菜《そうざい》を作ってきてくれたらしい）

雪のおかげでガレージからうちまでの距離がとても長く感じられた。

うちに入ってお茶を淹《い》れる。

「雪が降ってる間って、表がなんでか暖かいですよねー」

「そうですね～」

「あ、そうだ。全然雪かきとかしてなかったんですけど、山道大丈夫でしたか？」

相川さんが来るとわかっていたのに道路の雪を全然掃いていませんでした。ごめんなさい。

「木のおかげか、まだそれほど積もっているかんじではなかったので大丈夫でしたよ。むしろ麓の方が積もっていましたね」

遮るものがあるかないかの違いなんだろう。でもそうなると木が雪の重みとかで倒れないかどうかが心配だ。明日の朝になったら道路に倒れていて通れなくなるなんてことになりかねない。でも木の上の雪を払うなんてことはできないしな。ここらへんが山暮らしのつらいところだ。

「まぁでも少しは掃いておいた方がいいかもしれませんね」

「掃くんですか」

「ええ、まだ掃くぐらいで大丈夫だと思います」

ってことは箒《ほうき》か？　俺がいぶかし気な顔をしているのを見て相川さんが笑った。

「雪用のスコップもあった方がいいとは思いますけど。作業するなら手伝いますよ」

「作業した方がいいですよね」

「まだまだ止みそうもありませんし。でもスコップを使うなら午後でもいいかもしれません」

表を見ると大きな雪の粒があとからあとから降ってきている。これだと確かに全然止みそうもない。

「これって昨夜《ゆうべ》から降ってたんですかね」

「日が変わって……夜中からでしたか。どうせ作業はできないので不貞寝《ふてね》したんですけど……」

相川さんが寂しそうに言う。

「不貞寝、ですか」

「はい、不貞寝です」

寂しそうな笑顔だなと思った。これは聞いてほしいに違いないとも思った。

「不貞寝の理由を聞いてもいいですか？」

「……気を遣わせちゃいましたね。って、聞いてほしかったんですけど……単なる愚痴ですが、いいですか？」

「はい。じゃあコーヒーでも淹れましょう」

ちょうど湯呑《ゆのみ》が空になったので、久しぶりにコーヒーを淹れることにした。つってもうちはインスタントなんだけどな。

インスタントでも淹れればそれなりにいい香りがする。お互いに一口飲んでから、相川さんがポツリ、ポツリと話し始めた。

三年経って、夏頃やっと相川さんがストーカーの呪縛から逃れられたのは知っての通りだ。弁護士にもどうにか済んだということで挨拶《あいさつ》をしたことで、相川さんの実家の方でも喜ばれたらしい。で、実家から「山はそのままにして帰ってこないか」という連絡があったそうだ。

「それだけならまぁ、と思ったんですけど……一日二日は実家に戻ってもいいかなとは思い始めてきましたし」

それも相川さんにとってはすごい進歩だったのだろうと思う。

「でも……」

相川さんは泣き笑いのような表情をした。

「勝手に僕の写真に装丁を施して、見合いをしろって言うんです」

「え」

男性でもそういうことを言われるのかと驚いた。

「……うちの実家はよくも悪くも田舎の本家でして、三十過ぎた息子がまだ独身というのは体裁が悪いということらしいんですよ。僕はもう帰らないから関係ないのに……」

心の傷は見えないから、平然としているように見えたら済んだことと思われてしまう。だけどそんなことは決してなくて、引きずる人はいつまでだって引きずるし、人によってはずっと見えない血を流し続けていたりするものだ。

「……断ったんですよね」

「ええ、断りました。当分はそんなこと考えられませんし、実は兄も弟もいるんですよ。全然接点も何もないんですけどね。もう、実家に帰ることはないと思います」

実家からそんなこと言われちゃあなぁ。もう時代は令和だっていうのに、まだそんな古い考えの家もあるのだなと思った。

「……それは、つらいですよね。家族にそんなこと言われたらたまらないな……」

「すみません、愚痴を聞かせてしまって……」

「いえいえ、どこでも起こることかもしれませんし」

俺もまだ二十代だから言われてないだけで、三十代になったらやいのやいの言われるかもしれないし。

親にとってはいつまで経っても子どもなんだろうけど、こっちからしたらたまったものではない。いつか、二十歳《はたち》過ぎた人間が犯罪を犯しても親の育て方がうんぬんとか言われたりするんだよな。二十歳過ぎたらもう親は関係ないと思うんだがどうなんだろうか。そんなことを言う人たちがいる国だから親もいつまで経っても子離れできないのかもしれない。ま、これはあくまで俺の考えだ。もしかしたら儒教精神とかいろいろあるのかもしれないがそこらへんは不明である。

「……雪って、静かですね」

呟《つぶや》いた。

「そうですね」

「なんか、一人でいたらすごく寂しくなりそうです」

「そうなんですよ」

リンさんがいるといっても限界はあるだろう。

「リンさんはどうされてるんですか？」

「リンは雪が嫌いなようで、片っ端から落として回っていますね。日が変わってから精力的に動いています」

尾で雪を一掃するとは聞いていたけど、リンさんて本当に雪嫌いなんだ。意外な一面を聞いて目を丸くした。

「じゃあ、降ってる間は相川さん一人になるんですか」

「そうなんです。道の雪を払ってくれるのはいいんですけどね」

相川さんがそう言って苦笑した。ちょっと表を見る。ユマがザッザカザーと雪の中を駆け回っていた。楽しくなってきたらしい。かわいい。

「じゃあ、お昼の後で雪かき手伝ってもらっていいですか？」

「はい、任せてください」

相川さんが少しだけ元気になったように見えた。

相川さんは一応お昼ご飯としておにぎりを三つ持ってきたらしい。卵スープと漬物を出したら十分ごちそうだと喜ばれた。俺はまた醤油《しょうゆ》漬けのシシ肉をタマネギと炒《いた》めて丼にした。とてもおいしい。塩胡椒《しおこしょう》だけで焼いてもいいのかもしれないけど、やっぱりシシ肉はちょっと臭みがある。それを消すには漬けておくのが一番だ。ごはんがよくすすむ。（もちろん相川さんにもおすそ分けした）

ユマにもシシ肉は出した。こちらは生の、なんの味もつけていない肉である。養鶏場で買った餌と一緒にいつも通り平らげてくれた。

「ユマ、あとで雪かきしようかと思うんだけど、手伝ってもらってもいいか？」

「ユキカキー？」

ユマがコキャッと首を傾げた。相川さんが言うには、ユマの尾に箒の頭をつけてぶんぶん振ってもらったら早いのではないかと。リンさんは何もつけずにぶんぶん尾を振っているらしい。当たったら骨とか折れそうだな。こわい。

「イイヨー」

なんのことだかわからないだろうに即答してくれるユマさん、マジぱねぇっす。一生お世話させてください。（意味不明）

「ありがとう。頼むな」

お茶を飲んでまったりしてからよっこらせと立ち上がる。年寄り臭いって？　ほっとけ。

竹箒《たけぼうき》は何本もあるのだ。倉庫を漁《あさ》って頭が比較的簡単に取れそうな箒を出して相川さんと外す。そしてユマに、尾につけてもいいかと許可を取ってからつけてみた。

「これで尾を横に滑らすように振ってもらっていいか？」

「イイヨー」

何度か動きを修正すると、キレイに横に振れるようになった。それを下向きにしてーと説明は難しかったがどうにか理想の動きをしてもらえそうだった。

表へ出てそれで振ってもらうとなるほど、ユマが通った後はほとんど雪が残らない。ある意味重機に近いなと思った。

「この調子で道路でやってもらえれば雪が掃けますね。でも少しぐらいですよ。基本は僕たちで掃いたり捨てたりします」

「そうですね。ありがとうございます」

俺たちも箒を持ち、雪用のスコップを持ってガレージの周りの雪を掃いたり、道路の方の雪を掃いたりした。確かにまだ雪が固まっているわけではないので箒でもけっこうキレイになるものだ。もう固まっているっぽいところはスコップを使ったりした。正味一時間やってみたが全然進まない。それよりも俺たちが汗だくである。

「佐野さん、休憩しましょう。戻りますよ」

汗をかいた服でいつまでも寒い場所にいると、冷えたところが凍傷になってしまうこともあるという。それを見越して相川さんは着替えを多めに持ってきたそうだ。

「ユマー、休憩するぞー」

「タノシーイ！」

ユマが尾をふりふりしながらどんどん前へ進んでいく。

「ユマー！　白菜食べないのかー！」

ユマの足がピタッと止まった。

「タベルー！」

尾をぶんぶん振りながら戻ってきてくれた。俺はほっとした。

もしかして、ポチやタマも楽しんで雪かきをしてくれるだろうか。ちょっと考えてしまった。

「あまり期待はしないでおこう……」

期待して冷たい目を向けられても困るからな。うちのニワトリたちは意外と物事の好き嫌いが激しいのだ。

一度家に戻ってユマに白菜を出し、俺たちは服を着替えた。一応乾燥機もあるから洗濯機を回すことになっても大丈夫だ。でもなんか外に干さないと乾いた気がしないんだけどな。

「洗濯機に入れちゃっていいですよ。あとでまとめて洗濯しますから」

「助かります」

相川さんの服も一緒に放り込んで、お茶を飲んで甘い物を食べてから再度雪かきに戻った。俺たちっていうよりユマの尾につけた竹箒の頭がかなりいい仕事をしてくれた。

「……三羽で手分けしてやってくれれば明日一日で麓《ふもと》まで掃けそうですけど……」

「相手はニワトリですからね」

「ですよねー……」

果たしてポチとタマはどうだろうか。ユマのことは思いっきり褒めちぎっておいた。クンッと頭を持ち上げて得意そうにしてるのがとてもかわいい。竹箒の頭を外した尾が勢いよく振られている。近づいたら危ない。

「ユマ、すっごく助かったよ～。ありがとうな～。ユマはえらいな！」

「エライー?・」

「うん、えらいえらい」

「エライー！」

羽をばさばさ動かして喜びを表現している。ううう、なんてかわいいんだろう。

「佐野さん、目尻《めじり》が下がってますね」

「ええ、かわいくてたまらないので」

愛は正しく伝えておかなければ。そうこうしている間にポチとタマが雪まみれになって戻ってきた。俺のところまで来てからバッサバッサと羽を動かして雪を払う。えーい、離れてやれー。

「わわっ！　ポチ、タマ、おかえり。雪の中はどうだった？」

「ツメターイ」

「ツメターイ」

「そっかそっか。ほら足拭《ふ》いて入れ入れ」

玄関先で雪を落とせるだけ落としてやり家の中に入れた。いくら寒さに強いとはいっても一日中外にいたら寒かっただろう。バスタオルを持ってきて濡《ぬ》れた羽を拭いてやったりしていた。相川さんもポチ相手だがさりげに手伝ってくれて助かった。

うちの周りとか道路の一部は雪かきしたものの、それ以外の場所にはどんどん雪が積もっている。

「あ、屋根……さすがに雪下ろさないとまずいですよね」

「頑丈な脚立ってありますか？」

作業が終わったと思ったらまた作業だ。倉庫を漁って脚立を出し、支え合いながらどうにか屋根の雪も落とした。でもまだまだ止む気配がない。

「夕方までみたいな予報だったと思うんですけど……」

「山では予報は参考程度ですから、違うんですよ」

「暮らすにはやっぱり過酷なんですねぇ……」

腕も足もどこもかしこも痛い。明日は筋肉痛確定だな。

情けない話だが、相川さんがいてくれてよかったと思った。

いつもいろんな人に助けられて暮らしているなとしみじみしてしまう。

夜は相川さんが持ってきてくれたお惣菜《そうざい》を温めたり、みそ漬けのシシ肉を焼いたりして夕飯にした。卵スープは多めに作っておいたから夕飯までもった。相川さんが持ってきてくれたお惣菜は中華だった。昨夜どうしても食べたくなって多めに作ってしまったのだという。レンジで温め直してもおいしいもの、ということで麻婆《マーボー》豆腐と腰果鶏丁《ヤオグオジーディン》（鶏《とり》肉のカシューナッツ炒め）を持ってきてくれた。夕飯が一気に豪華になった。

「佐野さんのスープもベースは鶏ガラですよね」

「ええ、卵スープはやっぱり鶏ガラかなーって」

「中華コーンスープが飲みたくなりました」

「あ、確かに飲みたいかも」

中華料理屋で飲める中華コーンスープ、おいしいんだよな。ラーメン屋とかでは飲めない。中華料理屋じゃないとないからなかなか飲めなかった。

「コーンのホール缶とクリーム缶があれば作れますよ」

「本当ですか⁉」

さっそくレシピを聞いてメモをする。鶏ガラスープの素《もと》などは自分で味をみながらという形になりそうだ。片栗粉《かたくりこ》でとろみをつけたら身体が温まるだろう。まさかお店の味が家でも味わえるなんて思ってもみなかった。でもクリーム缶は買ってないから次買物に行ける時に買ってこようと思った。しょうがの搾り汁も入れるといいみたいだ。

中華のコーンスープは、粟米湯《スーミータン》というらしい。

「相川さんて、元々料理好きだったんですか？」

「……うーん、そうでもないんですけどね。おいしいものを食べたいと思った時に自分で作れたら、いつでも食べられるのではないかと考えまして」

「確かに、それはそうですよね」

自分でおいしいものが作れたらずっとおいしいものが食べられる。それは真理だ。

「食いしん坊なんですよ」

相川さんは苦笑した。

「食の追求は素晴らしいと思います。俺は……食べられればいい方なんで」

「でも佐野さんもいろいろ作ってますよね」

「あー……どうしても同じ味だと飽きますしね」

山暮らしはなんだかんだいって体力勝負だ。どうせ食べるならおいしいものを……ってそういうことなんだよな。

ガラス戸の向こうを見ようとする。もう真っ暗だ。すりガラスの向こうはまだ雪が降っているように見えた。

「このまま明日まで降り続けますかねー」

そうなったら迷惑だなぁと思う。ＴＶをつける。ちょうどニュースの時間だった。

適当にニュースを見て肝心要の天気予報を見る。明日はこの辺りは曇りになっていた。明後日《あさって》以降は何日かは晴れるらしい。それで少しは溶けてくれるといいのだが。

「麓の方はもう止んでいるとは思いますけど、山はなかなかですよね。裏も山が続いてますし」

「そうですよね……」

これは覚悟しないといけないようだ。相川さんが言う通り、うちの山の南側以外は全て山なのである。そりゃあ降り出したらなかなか止まないだろう。

「ってことは明日も狩りはできなさそうですね」

「電話しておきます」

一応みんな中止だと思っているだろうが、連絡はしておいた方がいい。相川さんは陸奥さんと戸山さんに電話をした。

「ええ、まだ佐野さんのところ降ってるんですよ。何センチ積もるかわかりませんし。え？　はい。そっちはみぞれですか……。寒いですね」

相川さんが電話を切る。

「明日は中止です。また雪かきですね」

「そうですね……」

「ユキカキー？」

げんなりしたらユマが反応した。

「うん、明日な。手伝ってくれると助かる」

「ユキカキー!」

ユマがわーいというように羽をバサバサ動かした。雪かき好きなニワトリってなんだろう。面白いしかわいいな。

「ユキカキー?」

「ユキカキー?」

ポチとタマも反応してくれた。

「雪を尾で払うんだよ。明日試してみるか?」

「イイヨー」

「イイヨー」

よし、うちのニワトリたちは本当にいい子だ。別に手伝ってくれなくてもいい子たちだけどな。

「すぐに飽きたら飽きたで……うん、あまり期待はしないようにしよう」

期待しすぎてすぐに投げ出されたら落胆が大きいし。うんうんと自分に言い聞かせる。相川さんが笑んだ。

「やってみようって思うことがすごいですよね。ためらいもなにもないのが少し羨《うらや》ましいです」

「……その分とんでもないこともしますけどね」

まさに紙一重だ。イノシシとか平気で狩ってくるし。下手したらクマとかも狩ってきそうでこわい。春は要注意だな。

「踊らにゃ損ですよ」

「見る阿呆《あほう》も似たようなものですよ。踊りたくなったら踊ればいいんです。みんな性格も違うんですから」

阿波踊《あわおど》りの出だしだったかな。無理して踊らなくてもいいと俺は思う。逃げてきた自分をただ正当化しているだけだが、実家にいて耐える必要もない。周りはもう気にしていないかもしれないけど、俺が嫌なのだからしかたない。

「佐野さんは優しいですよね」

「面倒くさがりなだけですよ」

お風呂《ふろ》を用意して先に入ってもらった。寒い部屋に寝かせるのもアレなので、今日はみんなで居間で寝ることにした。こたつもあるし。みんな、といってもニワトリの方が数が多いのだが、不思議と嬉《うれ》しく感じられた。オイルヒーターさまさまである。

朝起きたらひどく喉《のど》が渇いていた。かなり乾燥しているのだろう。電気ポットからお湯を湯呑《ゆの》みに注ぎ、冷蔵庫に入れた水を少し足して飲んだ。うちの水道は川から引いているからそのままの飲用には適さない。一応汲《く》み上げたところで濾過《ろか》はしてるんだけど。それを一度沸騰させたものを冷まして冷蔵庫にしまっている。夏の間は手間なのでペットボトルをケース単位で買っているが、冬は寒いからペットボトルの出番はそんなにない。出かける時は魔法瓶が大活躍だ。

「おはようございます。お湯をもらってもいいですか？」

「おはようございます、お茶を淹れますよ」

お茶葉ももらいものだ。おっちゃんちの一角に茶の木が植わっている。そんなに量は取れないらしいが、うちに分けるぐらいはあると言われたのでもらってきている。

「ポチ、タマ、ユマおはよう。卵、今日もありがとうな～」

土間に転がっているのを拾ってよく洗う。

「シシ肉のみそ漬けと目玉焼きでいいですか?」

相川さんに聞いたら笑顔で頷《うなず》かれた。

「ごちそうじゃないですか!」

みんなうちのニワトリの卵好きだよな。もちろん俺も大好きだ。相川さんがお土産で持ってきてくれたえのきと小松菜でみそ汁を用意した。ニワトリたちのごはんは養鶏場で買ってきた餌とシシ肉、そして小松菜である。

小松菜で思い出した。

「そういえば小松菜に雪が被《かぶ》っちゃったんですけど、そのままにしておいても大丈夫なものなんですか?」

「畑ですか?」

「はい」

「この辺りは山といってもそこまで冷えませんから、根雪にでもならない限りは使う時に収穫で問題ないですよ。気になるなら全部収穫して冷凍保存しておいてもいいと思います」

「そうなんですね。ありがとうございます」

雪下小松菜のことが少し気になっていたのである。聞けてよかった。でも保存ってやっぱ冷凍保存か。畑に植えといてもあんまり変わらないのか?

「それにしても、ニワトリさんたちの食事ってけっこう豪華ですよね」

「身体が資本ですからね。なんたって大きいですし」

おかげで食費がえらいことになっているが、食費を削ることはできないからな。それでもシシ肉はおかげさまでまだまだあるし、野菜も選ばなければ倉庫に積んである。今は雪に埋もれているが青菜だったら畑でも収穫できる。全部買ったらかなりの金額だがどうにかこうにかやっていけている。

光熱費ばっかりはどうにもならないけど、ケチったら死ぬし。

「電気代がなぁ……」

とぼやいていたら、薪《まき》作りませんかと言われた。

「薪ストーブは怖いんですけど」

「ニワトリさんたちがいますしね。でも余分に作っておいてくれれば僕が買い取りますよ。うちの風呂は薪なんで」

「そういえばそうでしたね」

薪かぁ、薪……。確かに電気もガスも使わない。昔の煮炊きは全部薪だったもんな。だから土間があるんだが。

「斧《おの》とかろくに使ったことがないんで、使い方を教えてください」

「それぐらいお安い御用ですよ」

よし、これで空いた時間に薪作りができるかもしれない。

朝食の後はポチとタマがすぐにそわそわし始めた。

「ポチ、タマ、ユマ、雪かきの手伝い頼んでもいいかな?」

改めて聞いてみた。ちなみに昨夜のうちに雪は止んだみたいだった。ガラス戸の向こうが足下から二十センチメートルぐらい真っ白くなっているのがわかる。昨日どけたはずなのに二十センチメートルも積もってるのかよとげんなりした。

「イイヨー」

「イイヨー」

「イイヨー」

今日もいいお返事です。うちのニワトリたちマジ天使だ。

「これ、開きますかね……」

一応引き戸なんだけどな。

「うーん……開かなかったらぬるめのお湯をかけて溶かしていくぐらいですかね。少しでも開けば対処はしやすいですけど」

とりあえず開けようとしてみた。レールの部分も固まっているらしくどうにか五センチメートルぐらいは開いたのでぬるま湯を流すことで玄関の戸が開いた。

「これって、明日も凍結しそうですね……」

「お湯は常に持ち歩いた方がいいかもしれませんね」

あんまり寒い日だと帰ってきた時に凍結してて開かない恐れもあるのか。怖いな。

また倉庫から箒《ほうき》を持ってきて頭を更に二つ用意する。すでに外に出てざっくざっくやっているポチとタマを呼んで尾につけていいかと許可を取った。

「その状態で尾を横に振るんだ。ポチは尾を下げてくれ。うん、それで。……すごいな。さすがポチとタマだな！」

すぐに二羽は飲み込んで、その場で何度も尾を横に振っている。みるみるうちにその場の雪がなくなっていった。下の方の雪はもう固まっているみたいだから地面が見えるまではいかなかったが、それでも道路でやってくれたら相当効率よく雪かきができるのではないかと思われた。

というわけでさっそくニワトリ雪かき部隊出動である。俺たちも箒と雪用のスコップを持っていったのだが、なんというか、すごい光景を見た。

最初のうちは歩きづらいので慎重に行っていた三羽だったが、何故《なぜ》かどんどんスピードが上がっていきすぐに見えなくなってしまった。

「おーい！　走っていくなよー。大丈夫かー？」

俺たちは三羽が雪を払ったところを慎重に下りていく。そうして、いつもなら車で十分ぐらいで着く麓《ふもと》まで一時間以上かけて下りた。雪の中の下りは非常に神経を遣う。登る方がまだ時間はかからないに違いない。三羽はそこでガッサガッサと雪を払っていた。

「ポチ、タマ、ユマ、お疲れ！　どうだった？」

「タノシー」

「タノシー」

「タノシー」

楽しかったらしい。よかったよかった。

もちろん道路に雪はまだ残っているが、尾で雪かきしてくれたおかげで大分厚みはなくなった。

俺たちが着いたらそのまま戻っていこうとしたので、リュックに入れてきた白菜をおやつにあげた

らすごく喜んでくれた。ご褒美ってほどのものでもないけど必要だよな。

登る時は一時間弱でどうにか登れた。行きと帰りで雪かきをしてもらえたからかなり助かった。

「ニワトリさんたちさまさまですね」

相川さんも感心していた。とはいえ今日このまま帰るのも危ないので今夜も泊まっていってくれるらしい。

「年末は是非うちに来てくださいね」

「はい、楽しみにしてます」

うちに戻って遅めの昼食にした。明日は晴れてくれるといいなと思ったけど、それはそれで道が凍ってしまうんだろうか。たいへんだなとしみじみ思った。

麓から先は明日以降という話になった。明日はもう降らないみたいだし。もちろん屋根から雪おろしもした。雪、雪、雪である。

「これぐらい雪が多いと雪合戦とかできそうですね……」

そんなことを呟《つぶや》いたのが悪かったかもしれない。相川さんの目がキラーンと光った気がした。

え？　まさか……。

「いいですね、雪合戦。子どもの頃以来ですよ」

「ええー……やるんですか」

「ニワトリさんたちの尾を使ったらうまく打てそうですよね」

確かに言ったのは俺だけど。なんか相川さんがうきうきしている。

「……それ、雪合戦って言います？」

二人だけでやっても楽しくないのでニワトリに参戦してもらう方向で考える。そうなると雪玉を投げ合う、というよりも投げられた雪をニワトリたちの尾で打ち返してもらうという方法を考えてみることにした。さすがにうちのニワトリに手はないし。(あったら怖い)

俺と相川さんが雪玉を作り始めるとポチとユマは興味深そうに近づいてきた。タマも少し近づいては来たが、遠目に見ているだけである。タマは警戒心強いよなー。

ぎゅっぎゅっと雪を握る。

「こんなかんじですかね?」

「落として割れてしまうようだと打てないと思いますよ」

「うーん、じゃあもっと強く握らないとだめかー」

いい年した大人が二人で何やってるんだと思ってしまうが、こんな時は遊び心も大事である。(開き直った) ようやくそれなりの堅さの物ができたと思う。都合三つ作り、ニワトリたちに説明することにした。

「俺がこれを投げたら、尾で打ち返すことってできるか?」

「ウチー」

「カエスー?」

ポチとユマはコキャッと同じ方向に首を傾げた。わからないようである。相川さんが思わず、というように口を押さえていた。相川さんの笑いのツボはよくわからん。

しょうがないのでタマを呼んだ。

「タマー、この雪玉を投げるから、その尾でバーンて叩《たた》いてもらっていいかー?」

「ワカッター」

「行くぞー」

タマの尾のある方向に向かって雪玉を投げたら、確かにタマは尾で叩いたのだが、それは下方向に向かってバンッ！　というかんじだった。さすがに雪玉は粉々になった。

「……俺の伝え方が悪かったよ……あああっ！」

近くにいたポチとユマがこれを叩けばいいのー？　と言うように俺が作っておいた雪玉を尾でバンバン叩いて壊してしまった。

いったい何やってんだろう、俺。

「佐野さん、バットはないでしょうけど、ちょうどいい木切れとかないですかね？」

「あー……枝とかでよければその辺の木から折ってきますか」

ニワトリたちにはそこらへんにいるように言い、ちょうどいい枝を探すことにした。んで、さすがに木の枝を折らなくてもちょっとした枝が落ちているのを見つけた。

「おーい、見本見せるから見てろよー」

俺が投げた雪玉を相川さんが枝で打つ。雪玉は多少壊れたけど、一応少し飛んでいった。

「こういうことを、お前らの尾でやってほしいんだよ」

するとタマがザッザカザーと走ってきて俺をつついた。

「いてっ！　だからなんでつつくんだよっ！」

「ははは……ちゃんと説明しろってことなんですかね」

「今説明しただろーがー！」

というわけで再度雪玉を作り直すところから始めて、投げた雪玉をニワトリたちに打ってもらった。……うん、まぁ三分の二ぐらいは壊れたね。加減して打つのがうまかったのはポチで、もしかして掛川さんちのブッチャーをあしらう時もこんなかんじでやっているのかなと思った。

もう汗だくである。

「これって……雪合戦じゃないですよね？」

「……違いますね」

相川さんと顔を見合わせて笑った。ニワトリたちもよくわからないながらも楽しんでくれたようだ。

「ユキー」

「ガッセンー」

「スルー？」

「うーん、今のは雪合戦とは違う、かな？」

雪野球とでも言うのだろうか。なんだかよくわからないものになった。

やけくそで雪だるまもつくってみた。もっと雪が深いとかまくらも作れそうだ。

「雪だるまなんて……小さい頃以来ですよ」

「こっちだと毎年作れますよ」

「あー、やっぱりー……」

相川さんが笑顔だ。

「もっと積もったら、かまくらですかね」

「あー、確かに。作ってみたいですね」

雪だるまとか、かまくらは相川さんも作るんだろうか。ニワトリたちよりも大きく作ったせいか、ニワトリたちがじーっと見ていた。

「壊すなよー」

なんか攻撃しそうで怖かったので注意はしてみた。

「ワカッター」

「エー」

「ワカッター」

ちょっとタマさんや、そこへお座り。

「生きてないからな？　食べられないし。飾りだから！　そのままにしといてくれ」

「エー」

なんかタマは雪だるまが気に食わないらしい。

そういえば、リンさんは雪が嫌いと言っていたな。

「相川さんのところでは雪だるまとか作ったりするんですか？」

「最初の年に作ったらリンに壊されました」

雪が嫌いだから雪だるまも破壊されてしまったようだった。

「タマ、リンさんはこの雪だるまを壊したことがあるらしいぞ。タマも壊したら、一緒だよな？」

そう言ったらタマにめちゃくちゃつつかれた。一緒にするんじゃないわよッ！　と言われているようである。

「タマ！　いたい！　いたいって！　だって壊したら！　一緒じゃん！　いたいっ、いたいいたいっ！」

足下雪だから逃げるのがたいへんなんだぞ。なのになんでそんなにタマはフットワークが軽いんだよっ。相川さんは腹抱えて笑ってるし、つっても助けを求めることなんてできないけど。（相川さんがかわりにひどい目に遭いそうである）

「ユマー、助けてー！」

とうとう耐えきれなくなったのでユマに助けを求めてしまった。

ユマがタマの尾をつんつんとつついた。タマがしぶしぶ俺から離れる。これで気が済んだんだろうか。

「雪だるまは壊さないでくれよ？」

改めて言ってみた。別に壊されてもいいんだけど、一応俺が作った物だしな。

「ハーイ」

「……ハーイ」

「ハーイ」

相川さんがまだ笑っている。

「相川さん、笑いすぎです」

「くくっ、はい……すみません……佐野さんちのやりとりがコントみたいで……」

「コント好きなんですか」

「好きですね」

そうなのか。

そんなことをしている間にすっかり身体が冷えてしまった。急いでうちに入って改めて風呂《ふろ》に入った。昨日うちの中で干した洗濯物はすっかり乾いている。また着替えて洗濯機を回した。寒い日に汗で濡《ぬ》れたままでいると風邪を引いてしまうからな。

「いやー……でもあんなに雪が掃けるなんて思ってもみませんでした……」

「頼んでみるものですね～」

お茶を飲んで煎餅《せんべい》を食べたら眠くなった。あくびをしながら洗濯物をうちの中に干してから、スマホで目覚ましだけセットして相川さんと昼寝した。

ポチとタマはまだ体力があまっているらしくパトロールに出かけてしまった。ねえ、なんなの。うちのニワトリたちっていったいなんなの？

ユマも土間に座り、もふっとなって昼寝に付き合ってくれた。なんとも幸せな時間である。

そういえば明日はどうするんだろうな。しばらく晴れが続きそうではあるけれど。そんなことを考えながら意識が落ちて、目覚ましで目が覚めた。やっぱこの居間は幸せだと思う。すぐに土間も台所もあるし、それにオイルヒーターがよくきいて暖かい。

ぐぐーっと伸びをしたら相川さんとユマも起きたようだった。

「あー、昼寝なんて久しぶりにしました……」

相川さんが呟く。

「ああ、ずっと狩りしてましたもんね」

「それもあるのですが、元々昼寝が苦手なんですよ。なんだかいろいろさぼっているような気になってしまって……」

「冬は余分に寝た方がいいなんて聞きますけど」

ここらへんは眉唾《まゆつば》だけどな。日照時間が短くなるから単純に睡眠時間が延びるだけかもしれないし。

「……俺からしたら相川さんは働きすぎだと思いますよ。俺なんか気が付いたら昼寝してたりしますけど、相川さんはそんなことなさそうですし」

ユマに寝起きのおやつで白菜をあげた。おいしそうにしょりしょり食べているのがかわいい。

「そうなんですかね……今、何時でしょう」

そう言いながら相川さんが時間を確認する。

「そろそろポチさんとタマさんが帰ってこられますかね」

「そうですね」

噂《うわさ》をすればなんとやらだ。ポチとタマが雪まみれになってどどどどーっ！　と帰ってきた。よくこけないものだ。ちら、と玄関の横を見る。雪だるまはまだ健在のようだった。

「ポチ、タマ、おかえりー！」

玄関の側《そば》でぶるんぶるんと勢いよく身体を振られたものだから俺が雪まみれになってしまった。

「ポチ、タマ……」

いや、不用意に二羽の側に立った俺が悪いんだけどな。それでもこの雪まみれはどうかと思う。

相川さんとユマもそれを見ていたのか、また相川さんが笑いをこらえているのを感じた。どーせコントのような人生ですよ。さすがに二羽も俺のすぐ前で身体を振ったのを悪いと思ったのか、またツッタカターと逃げて行ってしまった。

「おーい！　暗くなる前に帰ってこいよー！」

大声で伝える。なんか今日の声は少し響いたらしく、やまびこが微《かす》かに戻ってきた。さぁ、俺はまた着替えだ。どうせ夜も風呂に入るからいいんだけどな。

慣れない雪だ。いろいろある。そう、いろいろ。

とりあえずはーっと大仰にため息をついた。

9　晴れても寒いから全然溶ける気配がない

あれからポチとタマはそれほど時間をおかずに帰ってきた。一応玄関から少し離れたところで羽をバサバサしたり、ぶるぶる身体《からだ》を振っていたことからそこは学習してくれたのだろう。でももしかしたら明日は忘れてまた同じことをするのかもしれないけど。

翌日は晴天だった。

しっかし寒い。

玄関のガラス戸の下は案の定凍っていた。ぬるま湯を流して開ける。これから毎朝こんなかんじなのかもしれないなと思った。

「おはようございます。陸奥さんたちは村の道の状況を見て、来るかどうか決めるようです」

相川さんは電話で陸奥さんたちに確認してくれたらしい。

「ああ……村でもけっこう積もったんですかね？」

「ところどころ雪かきができていない場所があると思います。それによって、でしょうね」

「それもそうですね。今回の雪ってこの辺りだとどれぐらいのレベルなんでしょうか。まだまだ序の口ってかんじですか？」

尋ねると相川さんは難しそうな顔をした。

「うーん……特別多くはありませんが、かといって少なくもありませんね」

「そうなんですね……」

もっと雪は多く降るらしい。リンさんがぷりぷり怒りながら雪かきをしている姿が浮かんだ。

「リンさんがたいへんですね」

「ふふ……みなさんたいへんですよ。なので、十時になっても着かなければ今日は中止ということにしてほしいそうです」

「わかりました。いらっしゃる時は十分気をつけてきてくださいと伝えて下さい」

相川さんはさっそく誰かに電話をかけ、少し話してから電話を切った。

「麓《ふもと》から下も掃きましょうか。僕の軽トラでもニワトリさんたちは乗れますね。でも陸奥さんたちが来るとしたら……」

相川さんはいろいろ考えているようだ。俺じゃあんまりうまく考えられないのでそこらへんは一任することにした。丸投げともいう。

朝食を軽く準備し、食べてから二台で麓まで向かった。もちろんニワトリたちも一緒だ。タイヤにチェーンは巻いてあるがすごく慎重に下りていったのでとても時間がかかった。柵《さく》の向こうの広くなったところに軽トラを停《と》めて、みんなで雪かきを始めた。

「尾を振りながら下りていって、橋の近くまで掃いたら戻ってきてくれ」

どうせニワトリたちはどんどん先に行ってしまうから、聞こえないと困るので言っておいた。とはいえ昨日と比べれば雪はけっこう固まってきているから掃けない場所も多々あった。やっぱり昨日のうちに全部掃いておけばよかったかと後悔した。

雪用のスコップと箒《ほうき》を駆使してどうにか十メートルぐらい雪をどける。

「……こうなってくると重機がほしいですね」

「……あ……」

相川さんが何か思い出したようだった。

「陸奥さんが貸してくれればどうにか……」

そういえば陸奥さんちには重機があるんだった。廃屋の解体とかで手伝ってもらったのに、なんでもう忘れているんだろう。

「でもきっと家の周りで使っているでしょうから、さすがに持ってきてはくれないでしょうね」

相川さんとそう話し合った。

だけど。

「ん？　なんか工事車両っぽいような音がしますね」

ゴゴガガ、ガガゴゴ……というような音が遠くから聞こえてきている。

先に気づいたのは相川さんだった。出かけていったはずのニワトリたちが戻ってきて、みんなでキョロキョロと辺りを見回す。うちに続く道は一本しかないんだけどなぁ。他のところから現れたらそれはそれで問題だ。そうしているうちにショベルカーがゆっくり近づいてきた。

「お？　佐野君じゃねえか。出迎えにきてくれたのか。ありがてえなぁ」

ヘルメットを被《かぶ》ってニヤリとした顔をしたのは陸奥さんだった。作業着でくわえ煙草《たばこ》。うわ、なんかすごくカッコイイ。

「おはようございます。重機をだしてくれたんですね」

相川さんが嬉《うれ》しそうに声をかけた。

「山だと雪かきもままならねえだろうと思ってな」

これはしっかりお礼をしなければなるまい。

「おーい、どう？」

クラクションが軽く鳴った。後ろから軽トラが付いてきていた。戸山さんだった。

「ああ、この辺は手付かずだがこの先は大丈夫そうだぞ。佐野君も相川君もかなりがんばったんじゃないか？」

「いえ、その……うちはニワトリが……」

正直に答えてユマの尾につけた箒の頭を見せたら、さすがに二人ともあんぐりと口を開けた。陸奥さんがユマの尾を凝視して、唸《うな》るように呟《つぶや》いた。

「……ニワトリ、すげえな」

どこのニワトリにもできることではないだろうってことは俺にだってわかる。この辺りで暮らすニワトリへのハードルが上がってしまったことは申し訳ない限りだ。

そのまま陸奥さんを先頭にうちへ戻った。

「……出番がないことはいいことなんだが……なんか複雑だなぁ……」

陸奥さんと戸山さんはまだ衝撃を受けているようだった。まぁなんていうか、うちのニワトリはいろいろ規格外なんですみません。

「ショベルカーで来ていただけて助かりました。いくら三羽で雪を掃いてくれたとはいっても麓の柵のところまでだったんです。その先をどうしようかと途方に暮れていたんですよ」

本音でそう言ったら、「ああ、そうか。ならよかった」と陸奥さんたちはやっと笑顔になった。うちのニワトリたちはどうも例外みたいなんでいろいろ比べてはいけないんだと思う。

うちでお茶と漬物を出して少し休んでもらい、それから準備をして、陸奥さんたちはポチとタマと共に出かけていった。今日はまんま調査だ。もちろん相川さんも出かけた。

かなり雪はどかしたが、それでも寒いからなかなかなくならない。雪だるまもまだまだ健在だ。

「みそ汁でも作るか……」

今日は来るかどうかよくわかっていなかったから大鍋《おおなべ》では作っていなかったのだ。鍋を移し替えて、改めて多めに作ることにした。

みそ汁にみそ汁を足すみたいな作り方になってしまったが、少ないよりはいいだろう。だし入りみそもいいと思うし、だしパックも素晴らしい。おかげで毎日おいしいみそ汁が飲めるのだから幸せだと思う。

今日のみそ汁の具はわかめとキャベツだ。ニワトリたちにはキャベツはあげられないけど（諸説あります）、こっちが食べる分にはいいだろう。意外とあげちゃいけないものって多いんだよな。

こっちが気をつけていればいいだけだ。

せっかく晴れたので物干《ものほ》し竿《ざお》を拭《ふ》いて布団を干した。でも寒いは寒いからすぐ取り込むことにする。洗濯もやってしまおう。

寒いから温かい食べ物があった方がいいだろうと、白菜のくたくた煮を作ってみる。生姜《しょうが》とバラ肉を炒《いた》めたら白菜をてんこ盛りに詰めてほんの少しだけ水を入れ、コンソメと塩胡椒《しおこしょう》で味付けをしたら蓋《ふた》をして煮るだけだ。（醤油《しょうゆ》とみりんで作ってもおいしい）後で味をみて、薄かったら追加すればいいだろう。白菜ってすんごく水が出るんだよな。前に知らなくて、他の煮物を作る時みたいに水を入れたら鍋から溢《あふ》れてたいへんなことになった。それもまた勉強なんだろう。

だいぶ雪も固まってきたかんじだ。これを積み上げていったらかまくらとか作れないかな。

俺も大概諦《あきら》めが悪い。

倉庫からソリを出し（プラスチック製の簡単なものだ）、まだ残っている雪を積んで雪だるまの側《そば》に運んでいく。ユマは何をしているのかとコキャッと首を傾《かし》げた。

「ちょっと、雪で家でも作ろうかと思ってさ」

「ユキー？　イエー？」

ユマの首が傾げられたまま戻って来なくなった。

「まーちょっと見ててくれよ」

作り方とか調べてないけどどーにかなんだろと思い、雪を壁になるように積んでから間違いに気づいた。

両側と後ろに雪で壁を作ったはいいけど、屋根どーすんだ？

実際のところ、かまくらを作る際はドーム状に雪を積んで真ん中を掘るのが楽みたいだ。それをやろうとするとかなりの雪の量が必要になりそうで、積んだ雪は恥ずかしかったので改めて日向に積み上げた。

「ユマ、家はできなかった。ごめんなー」

「ゴメンー、ナイー」

ユマはよくわかっていなかったみたいだけど、俺にすりっと寄り添ってくれた。うちのユマさんマジ天使、である。

それから、ユマと畑の様子を見たりしているうちに陸奥さんたちが戻ってきた。証拠隠滅はできたと思いたい。

「いやー、さすがに寒いな～」

「凍えそうだね～」

陸奥さんと戸山さんがそう言いながら歩いてきたが、笑顔である。本当に動くのが好きなんだなと感心した。ポチとタマは相変わらず元気だ。雪まみれになっている。いったいどこにどう突っ込むとああなるんだろうか。相川さんも楽しそうだった。

「おかえりなさい、どうでしたか?」

「ああ、一、二本木が倒れてるぐらいで影響はねえよ。ただ……まぁとにかく歩きづれえな」

「ですよね」

さすがに山の中まで雪かきはしないし、ましてや陸奥さんたちが行っているのは裏の山だ。俺が足を踏み入れたのも一回きりというほぼ手付かずの山である。

「……ところで、なんでポチとタマはあんなに……」

「いやー、佐野君ちのニワトリは面白いね。いつも通りに走ろうとして何度もこけてあの通りだよ」

「……えええ」

もしかしてうちのニワトリは学習しない子たちなのか？　ちょっとそれは問題だぞ。

「ポチ、タマ……足とか痛くないか？」

もし無理がたたって足をくじいていたりしたらたいへんだ。でも足を引きずっている様子もないから大丈夫だろうか。

ポチとタマが何言ってんの？　というように揃《そろ》ってコキャッと首を傾げた。一応心配してるんだけどな。二羽はそのまま少しうちから離れたところまでタッタッタッと走っていったかと思うと、ステーンとこけた。

「ポ、ポチ～、タマあああ～～～～っっ!?」

「ぶはははははっっ!!」

「あはははははっっ!!」

「ぶっ……！」

慌てて駆け寄ったが、その時にはすでに二羽はむっくり起きていた。そして俺を睨《にら》む。

「ポチ、タマ、大丈夫か？」

二羽がフイッとそっぽを向いてトットットッと離れていった。

……うん、まぁ多分恥ずかしかったんだろうな。

「ポチー、タマー、昼飯用意しておくからなー！」

クァーッ！　と返事があったから大丈夫だろう。家の方に戻るとまだみんな笑っていた。気持ちはよくわかるけど、うちの大事なニワトリたちなんで。

「すっげえな……ニワトリおもしれー……」

「ステーンって、ステーンって……マンガじゃないんだからっ……」

「くっ、くくっ……！」

三者三様である。あれは笑ってもしょうがない。俺も人様のペットだったら超笑ってると思う。

「昼飯にしませんか」

「ああ、そうだな」

「そ、そうだねー」

「そう、ですね……」

ユマも促して家の中に入った。その後はいつも通りである。みそ汁と漬物の他にくたくた煮を足しただけだ。

「おー、佐野君。いつもありがとうなー」

「白菜おいしいねぇ」

「温かいものは嬉しいですね」

「白菜はまだあるので、よかったら食べていってください」

みんなにこにこである。おにぎりが冷たいのが気になったのでレンジでチンして渡した。ただレンジだと熱が均一に伝わらなかったりするので注意が必要ではある。そこらへんは伝えて、みんなでお昼にした。その頃にはポチとタマもこそっと戻ってきたので（でかいから全然こっそりになっ

ていない)、餌を出してあげたりした。

「今日も裏山まで行かれたんですか?」

「ああ、ほんの少しだけだがな。雪のおかげでかなり足を取られることが多い。まぁまたのんびり調査するさ」

「歩くのはたいへんだけど、雪の中ってのもまた風情があっていいよね〜」

「背景が白いですから、イノシシとか見つかるといいですよね」

「そりゃあもう少し奥まで行かないと無理だろ」

そんなことを言い合いながらもみな笑顔だ。ただ思った通りやはりあまり捗《はかど》らなかったようだ。晴れたは晴れたけど気温が低いからなかなか溶けないんだろうな。

午後もまた調査に行くらしい。元気だなと思った。もちろん少し見回ったら戻ってくるらしい。日が落ちたら今以上に寒くなるし。みんなを送り出してから布団でも取り込むかと踵《きびす》を返したところでLINEが入った。桂木さんだった。そういえば桂木さんの山はどうなっているだろうと今頃になって考えた。俺も大概薄情だよな。

桂木さんからのLINEには、N町でも雪が降ったということと、そのおかげで妹が教習を怖がってたいへんだと言っていた。確かに怖いだろうなと思う。この辺りだとタイヤにチェーンを巻く練習みたいなのもしてくれるんだろうか。

「雪の中で積極的に乗る必要はないだろうけど、せっかく先生が隣にいるわけだから雪道での運転のしかたを教えてもらえると思えばいいんじゃないかな」

そう返事をしたら、「そうですよね」と返ってきた。なんかまたえらそうなこと言っちゃったかな。でも俺は教習で雪道の運転のしかたを教えてもらう機会はなかったから、ある意味羨《うらや》ましいと思う。そういう運転しづらいところを教えてもらえるといいよな。教習がうまくいかなくて、結果的にお金は余分にかかってしまうかもしれないけど。

布団を取り込み、まだ冷たいかな～と思いながらも洗濯物を取り込んで俺の寝室に干した。ここだと寒すぎて外じゃなくてもカチンコチンになってしまうから、みんなが帰ったら改めて居間に干す予定である。

ユマは俺が家の中にいるから家の周りをパトロールしている。玄関を出たら、首をコキャッと傾げて雪だるまを見ていた。

「ユマ、どうした？」

「ヒト、チガウー？」

「ああ、雪だるまを人だと思ったのか？　人じゃあないなぁ」

雪でだるまを模したものを作ったのが雪だるまだよな。だるまといえば達磨大師《だるまだいし》の座禅姿を模したもので……って説明ができない。

「うーん、雪で作った人形みたいなものかな」

「ニンギョー？」

人形でもわからないかな。うちにも人形なんて置いてないしな。

「人の形をしたものだよ。でも人じゃない」

説明するのって難しいな。ユマの首はまだコキャッと傾げられていた。

こういうのを気にするって面白いなと思った。

畑を眺める。明日は雪をどけて収穫してみようかな。あんまり育ってないかもしれないけど。

あれ？　とふと思った。

今日はクリスマスじゃないか。降ってはいないけどホワイトクリスマスだなと思った。誰も指摘しなかったから特に興味もないいんだろうな。だいたいクリスマスなんて独り身には何も関係ないし。うん、今日はただの金曜日だ。恋人たちの本番は日本ではクリスマスイヴだからもう過ぎたし。自分に言い訳をしていてなんか寂しくなった。

去年の今頃はまだ彼女がいて……とか思い出したらだめだ。

ちょっとだけ落ち込んだ。

いいんだ、女子ならタマとユマが……って今度は目から汗がっ！

考えちゃだめだ。

というわけで日付を考えるのはやめることにした。考えない考えない考えない。自分に言い聞かせる。

ちょっと切ないので昼寝することにした。（不貞寝《ふてね》かもしれない）

みんなが帰ってくる前には起きることができた。

今日は相川さんも帰るらしい。二晩も泊まってもらえてありがたかったな。って何も持たせるものがない。お礼はまた改めてしよう。

今日は案の定何も獲《と》れなかったようだ。

「明日明後日《あさって》で何かまた狩れるといいんだがなぁ」

なんだかんだ言って山は広い。

「相川君ちの山は年明けだな」

とか言っている。

「うちはいつでもいいんで、陸奥さんに従いますよ」

相川さんはそう言って笑んだ。

そうか、年明けはみんな相川さんちの裏山にシフトするのか。寂しくなるなと思ったけど、よく考えなくても今の状態が普通ではないのだ。またいつも通りに戻るだけである。

「佐野さん、何か必要なものがあれば言っておいてください。明日買ってきますから」

「ああ、今日のところは大丈夫ですよ。こんなこともあろうかといろいろ買い込んでおいたので。でもお気遣いありがとうございます。なんのおもてなしもできませんで……」

「慣れない雪じゃないですか。困った時はお互いさまですよ。こちらこそありがとうございました」

相川さんと頭を下げ合い、陸奥さんたちにもありがとうございますと頭を下げる。朝は道が凍って危ないかもしれないが、一応麓《ふもと》までの雪はなくなったのだ。これで明日は様子を見て買物にも行けるだろう。本当にありがたいことである。

ニワトリたちが、不思議そうに俺たちを見ていた。うん、何をしているのかわからないかもしれないけど、これが人の習慣てものなんだ。ここまで頭を下げ合うのは日本人特有かもしれないけど。ニワトリたちを拭き、みんなを見送ってから夕飯をどうしようかと思っていたら電話がきた。また桂木さんだった。

今度はなんだろう？

「もしもし？」

「あ、おにーさん？　メリクリ～」

桂木妹からだった。

「ああ、うん。ええと……」

「おにーさんノリ悪いよ～。おねえに聞いたよっ。雪の中の練習も確かに貴重だよね。がんばってみる！」

「え？　ああ、うん。がんばってくれ……」

俺、なにか言ったっけ？

「あー！　おにーさん覚えてないんでしょー？　そーゆーとこだよー。免許取ったらおにーさんを一番最初に乗せてあげる！」

「……遠慮しとく」

「ひどーい！」

あはは っと笑って、

「おにーさん、またね！」

と言うだけ言って電話は切れた。まるで嵐のようだった。

「あ。メリークリスマスってだけ送っとくか……」

言い損ねた。

なんだったんだろう？

夕飯はどうしようか。考えてみる。ユマをちら、と見ていつも通りのメニューが浮かんだ。

タマとユマの卵を使った卵炒《たまごいた》めうまい。すっごい贅沢《ぜいたく》だと顔がほころんでしまう。これだけでどうにか生きていけます。ありがとうございます。

そんなふうにしてクリスマスの夜は過ぎた。

クリスマスが過ぎると気分は一気に年末モードになる。西洋圏だとクリスマスとニューイヤーはセットなんだよな。でも日本だとクリスマスは外から入ってきた習慣だから別々の行事になる。つか、クリスマスの朝にサンタさんからのプレゼントが置いてあって、終業式に出て、その日の夜はごちそうとケーキだったな。ごちそうのメインはチキンだった。でも本当は七面鳥だったっけ？誰がクリスマス＝チキンにしたんだろう。カー◯ル・サンダースか？

今頃になって門松とかしめ飾りとかどうしようかと考える。村の雑貨屋に行けば買えるだろうか。本当はもっと早く用意しておくべきなんだろうけど、毎年親が準備していたから忘れていた。毎年見ていたようで全然見ていなかったってことなんだろうな。親の背中を見て育つなんて言い方はあるけど、意外と親のことって見てないものだ。

今日も陸奥さん、戸山さん、相川さんが来た。川中さんと畑野さんは明日まで仕事で、二十八日の月曜日から休みに入るらしい。

「明日まで、なんですか」

「二十八日を休みにしたかったみたいなことを言ってたぞ。そうでもしないととても猟はできないだろう」

「川中さんは実家に帰られたりするんですかね？」

一人でこちらに移り住んだようなことは言っていたけど、親兄弟はどうしているのだろう。

「帰ってもうるさいだけだとは言ってたな。知命で独り身ならもう諦《あきら》めた方がいいと思うんだが、人んちのことだしな」

陸奥さんが言う。ああ、結婚相手はまだかってことか。出会いがないと言っていたから、結婚する気があるならそれこそお見合いサイトかなにかに登録した方がいいんじゃないかな。もちろん言う気もないけど。

「畑野さんのところは同居でしたっけ」

「さすがにまだ大掃除が残ってるらしいから、畑野はこられないと思った方がいいだろうな」

それは残念だけど家庭があるならそちらを優先した方がいいと思うのも確かだ。

「その点うちらは気楽でいいよね～。つってもさすがに三十日以降は無理かな～」

「二十九日でぎりぎりというところだろう」

戸山さんと陸奥さんはぎりぎりで調整しているようだ。奥さんたちに怒られなければいいんだけど。

今日もポチとタマは張り切って陸奥さんたちと出かけていった。一緒に向かう時はキリッとしているのがおかしい。門松としめ飾りについて聞いたら雑貨屋に置いてあるはずだと教えてもらえた。まだ早い時間だから後ほど買いに行くことにした。

「ユマ～、あとで買物に行くからな」

「ワカッター」

予定を伝えて畑の雪をどかし、青菜の収穫をした。意外としなびていないしだめになった感じもない。葉っぱを一枚ユマに食べてもらった。

「オイシー」

とても嬉《うれ》しそうだ。俺も摘《つ》まんでみたら、なんか甘味《あまみ》が増している気がする。そういえば雪下ニンジンとかすごく甘くなっているなんて聞いたことがあった。

「後で食べようなー」

籠《かご》いっぱいに収穫して、そろそろいいかなと雑貨屋に向かうことにした。

そういえばまだ雪が降ってから一度しか下りてないんだよな。それも麓の柵《さく》のところまでだし。

雪化粧は多少取れてるんだろうけど運転するのが怖い。桂木妹のことは絶対に笑えないなと思った。

「ガタゴトー」

「そうだな。雪が降った後だから道がどうしてもなー」

橋の向こう辺りまでは雪もそれほど気にならなかったが、村に入ったらところどころ雪が残っているようなかんじだった。どうしても日陰になるところが丸々残ってしまう。

そのせいか軽トラが何度か揺れた。ユマが嬉しそうに身体を揺らしたりするけど、ちょっと冷や冷やする。

「あ、そうだ。おっちゃんちに寄ってくか」

雑貨屋で煎餅《せんべい》でも買って訪ねればいいだろう。雪の時どうしていたかとか聞いてみたいなと思った。

雑貨屋に向かうと店は開いていた。

「こんにちは～」

「ご無沙汰《ぶさた》だねぇ。雪は大丈夫だったかい？」

雑貨屋のおばさんが声をかけてくれた。

「おかげさまで。ショベルカーで雪かきを手伝ってもらいましたよ」

「そうだよねぇ。あの雪だったもんねぇ」

オーソドックスな形の門松としめ飾りを売ってもらった。みかんを買って、また煎餅も買う。煎餅は多めに買った。

雑貨屋の前でおっちゃんちに電話をかけるとおばさんが出た。

「あらあら昇ちゃん、雪大丈夫だった？」

「ええ、相川さんたちに手伝ってもらえました。今から少しだけ顔を出してもいいですか？」

「もちろんよ！　お昼も食べていくんでしょう？」

それは事情を話して辞退させてもらった。さすがに昼には家に戻らなければならない。

「おっちゃんちに行くぞ」

ユマがわかったというようにコッと鳴いた。ちゃんと言葉と鳴き声を使い分けられるってすごいよな。うちのニワトリ、状況判断できすぎだ。

おっちゃんちまでは日向が多かったから思ったより雪は溶けていた。いつも車を停めているところに軽トラを停めたら、おっちゃんが気だるそうに家から出てきた。

「おー、昇平。久しぶりだな」

「この間会ったばっかじゃないですか」

思わず笑ってしまった。雪が間に降って、雪かきとかがたいへんだったから久しぶりに感じたのかもしれないと思った。

おばさんに煎餅を渡す。

「も〜、昇ちゃんったら気を遣わなくていいのに！」

おばさんにぶつぶつ言われてしまった。それに苦笑いで返す。訪ねるのに手ぶらってわけにはいかないだろう。ユマはおっちゃんに許可を取って、畑の方へ駆けて行った。

この間来たばかりなのに、確かに久しぶりな気がする。やっぱり雪がたいへんだったからだろう。

「はい、どうぞ」

「ありがとうございます」

お茶と漬物、お茶菓子が出てきた。

「山だと雪が深いでしょう」

「そうですね。あんなにいつまでも降るものだとは思いませんでした。雪で凍ってしまって玄関が開きませんでしたよ」

「まぁ、たいへんだったわねぇ」

「そちらはどうでした？」

「腰が痛《いて》え」

おっちゃんが腰を丸めてトントンと叩《たた》く。そうだよな。雪かきも難儀だよな。

「大丈夫ですか？　まだした方がいい場所があればやっていきますけど」

「昇ちゃんは優しいわねぇ。大丈夫よ、全部やらせたから」

にこにこしているおばさんとは裏腹に、おっちゃんがぶべーとした顔をしている。こちらも相当たいへんだったようだ。

「山はどうだ？」

「狩りのことですか？　昨日今日は調査みたいなことを言ってましたね」

「この雪の中ご苦労なことだ」

「ええ」

こんなに寒いし、道中とても歩きづらそうだと思うのにみんな嬉々《きき》として出かけていくんだよな。頭が下がる思いである。

「そういやもう年末だが、今年は帰るのか？」

「いえ、帰りません」

実家には帰らない。きっぱりと答えた。

「……そうか。そういや相川君と過ごすようなことを言ってたな」

「ええ。相川さんに誘われたので一、二泊はすると思います」

「じゃあその後うちに来れたら来い。どーせうちの息子たちは来ねえから」

「雪深いからね。各自お嫁さんの実家に行くんですって」

「そうなんですか」

おばさんが少し寂しそうに言った。いつ大雪が降ってもおかしくはない山間《やまあい》の村だから、年末年始に帰省しろとは言い難《にく》いだろう。

「お邪魔でなければ顔を出します」

「雪が降ったら泊まっていけ」

「そうですね……」

でも雪は早めに対処しないと道が凍っちゃうんだよな。できれば凍る前に掃いておきたい。早めに掃くだけでだいぶ違うということも学んだし。でもこうして一緒に過ごそうと言ってくれる人がいるっていいなと思う。

「相川さんとも調整します」

「なんだったら相川君も誘うといい」

「それもそうですね。聞いてみますよ」

「……こんな雪の中でも狩猟ってできるものなの？」

おばさんは疑問なようだ。

「イノシシとかシカは冬眠しねえからな」

「そうなのねぇ。シカも食べたいわね～」

それは催促なんだろうか。俺は狩猟免許持ってないけど。

「昇平の山にシカがいればもしかしたら、だな」

おっちゃんがニヤリとする。そう簡単に獲れるものでもないと思うんだけど、みんなうちのニワトリに期待してるからなぁ。もし見かけることがあれば獲ってきてもらいたいものだ。もちろん無理はしないでほしいけど。

「そういえばイノシシは獲ってきますけど、うちの山ではシカって見ないですね。山が比較的高いからかな……」

「シカっつーのはどちらかといえば森とか林にいるもんだからな」

「そうしたら桂木さんの土地の方にはいそうです」

「確か……あん時シカを見かけたよな」

あの時、というと。記憶を辿《たど》ってみる。

「ほら、あれだ。スズメバチん時の……」

「ああ！」

桂木さんの土地にスズメバチが巣を作っていたけど壊されてたっていうのを調査に行った時、そういえばシカを見かけた気がする。あの時はあの後の光景がとんでもなくてすっかり忘れていた。パニック映画のようだった様相なんて思い出したくなかった。あれは思い出すだに悪夢である。

「いやー、あん時は楽しかったな～」

「え、えええ……」

おっちゃんはさながらラ○ボーのように素手でスズメバチをバッシバッシと捕まえていたっけ。うちのニワトリたちも相当捕まえて食べてはいたけどすごい光景だったな。俺は遠い目をしたくなった。

「全く……昇ちゃんたちに散々迷惑かけたでしょーが！」

おばさんに軽くはたかれておっちゃんがガハハと笑う。なんともなかったからいいけど、そうでなかったら笑えないところだった。もう少し気をつけてほしいとは思う。

そんな話をしていると時間があっという間に過ぎてしまう。

「あら、もうこんな時間。昇ちゃん、本当にお昼はいいの？」

「すみません、長々とお邪魔してしまって。お昼はみなさんといただくので……」

「じゃあこれだけでも持っていきなさい！」

「ありがとうございます。いただきます」

漬物をいただいてしまった。おばさんの漬けた漬物、おいしいんだよな。海老《えび》で鯛《たい》を釣ってしまったかんじだ。

そういえば先日頼んでおいたお歳暮も届いていたらしい。おばさんに箱を一つ渡したら、「もう！　昇ちゃんったら気ぃ遣いすぎ！」と背中をばんばん叩かれてしまった。だってしっかりお世話になっているからこれぐらいは当たり前だ。届いた場所で渡すってのがどうも情けないが、こればっかりはしょうがない。

ユマを呼んでまた安全運転で山に戻った。下りも怖かったけど登りも怖い。やっぱり道にはちゃんとした柵がほしいなと思った。

どうにか家に辿り着いてほっとした。雪かきはかなりしっかりしていたとはいえ、山道を走らせるのは精神的に消耗する。それでも俺の家はここだから、やっと帰ってこれたという気分だった。やっぱり我が家が一番である。

まだみんな戻ってきていないみたいなので、急いでみそ汁を温め直すことにした。もう門松もしめ飾りも飾った方がいいのかな。スマホで調べたら十三日を過ぎたらもう飾ってもいいらしい。後でさっそく飾ってみることにした。

「あ、鏡餅《かがみもち》買ってない……」

雑貨屋にはそれなりの大きさの鏡餅が置いてあった気がする。

「あー、どうすっかなー……」

買ってもいいとは思うのだが食べきれる気がしない。餅ってけっこうカビが生えやすいから食べ切れる方がいいなと思ってしまう。カビが生えてもそこを削ればいいとは聞くんだけど、やっぱ気分的に嫌なんだよな。

漬物を用意して、みんなが戻ってくるのを待っているのだが、こういう時に限ってなかなか戻ってこない。スマホを確認したけどなんの連絡もない。裏山は電波が入らないだろうから、連絡ってできないよな。そういえば陸奥さんたちってトランシーバーとか持っていたりするんだろうか。俺はそういう免許も持ってないけど。

玄関を出て辺りを見回す。こんなに晴れているのに雪だるまは溶ける気配もない。けっこう寒いんだなと改めて思った。畑の向こうにいたユマがトットットッと戻ってきた。

「ユマー、みんなまだ帰ってきてないよなー?」

「コナイー」

「だよな。ありがと」

この寒いのにユマも元気なことだ。ニワトリって風邪ひかないんだろうかとか思ってしまう。

……たぶんひくとは思う。

やっぱり寒くて外で待っていることはできなかった。村とは気温が全然違う気がする。

スマホが振動した。慌てて確認すると相川さんからだった。

「そろそろ戻ります」

「よかった」と呟《つぶや》いた。

みそ汁の鍋《なべ》に触れて確認する。まだ冷めていないからこのまま待っていればいいだろう。あ、でも。できればあとどれぐらいで着くかぐらいわかるといいなとも。なんか、いつも俺の帰りを待っていた母さんの気持ちがわかったような気がした。全然連絡しなくて悪かったなと今更ながら思った。手元にスマホがあるのに、簡単に連絡する手段があるのにろくに連絡もしなかった。今から帰るよでも一言入れれば母さんも助かっただろうな。そんなことをつらつら考えているうちに表から声が聞こえてきた。

近くまできていたようだった。

コツン、コツンと玄関の戸を叩く音がした。開けるとユマがいた。戻ってきたよと知らせてくれたようだ。

「ユマ、ありがとうなー」

本当にうちのニワトリはかわいい。嬉《うれ》しくてついにまにましてしまう。

「おかえりなさい！」

玄関を出て声をかけると、ポチの後ろから陸奥さんが手を上げてくれた。

「シカが獲れたぞ！　一頭だがな！」

「えええ。すごいじゃないですか！」

おばさんの希望通りになったなと苦笑する。戸山さんと相川さんが木の棒にシカをくくりつけて戻ってきた。

「いやー、重いよなぁ……でも嬉しい重さだね」

「角も立派ですしねー。あ、山の下まで秋本さんが取りにきてくれるというので後で持って行きますね」

すでに秋本さんにも連絡済みらしい。

「うわあ、本当に立派ですね。どこで見つけたんですか？」

裏山の東側で見つけたそうだ。となると、もしかしたら桂木さんの土地の方から迷い込んできたのかな。角もけっこうな大きさのある立派な雄ジカだった。おかげで持ってくるのがたいへんだったようである。かなり重さがありそうだ。撃ってすぐに放血し、川でしっかり洗ってきたらしい。そのまま川に沈めてきてもよかったが、また雪が降ると取りにいけなくなってしまうので運んできたという。

「シカかぁ……そういえば湯本のおばさんが食べたいようなこと言ってましたね」

そう伝えると陸奥さんは考えるような顔をした。相川さんの軽トラに載せたシカを眺める。そして頷《うなず》いた。

「そうだな。今日明日はまだ、だが……明後日ならおいしく食べられるだろう。ゆもっちゃんには連絡しておこう」

俺はシカ肉がうまく調理できそうもないから宴会で食べられると嬉しい。ニワトリたちの為《ため》に内臓とかは少しもらうけどね。

「宴会で食ったとしても肉は残るからな。いい正月が迎えられそうだ」

みんなにこにこしている。年の瀬に獲物が獲れてよかった。調査だけで終わってしまったら楽しくないもんな。ポチとタマは相変わらず雪まみれなので家に入れる前に雪を丁寧に落としてざっと羽を整えた。二羽共ご機嫌でよかったなと思った。

「いつも通りですけど、みそ汁はありますよ」

「おー、佐野君。いつもありがとうな」

みんな身体が冷えていたのだろう。こたつに入ったら根が生えたように動かなくなった。そのままの恰好《かっこう》で荷物を引き寄せている姿に笑みが漏れた。みそ汁と漬物を出して、お祝いにとタマとユマの卵を炒《いた》めて出したらとても喜ばれた。今朝は使っていなかったのだ。

秋本さんから連絡がくるまでその後はみなのんびり過ごした。無理はしないのが一番である。


秋本さんから連絡が来てからみんなもそもそと動き出し、今日のところはそこでお開きになった。

明日以降のことを話した。

「獲れたからなぁ……今年はもうしまいにするか」

陸奥さんがため息混じりに呟く。

「それもいいかもしれないねぇ。来年は相川君ちから始めて、また佐野君の都合がよければ入らせてもらってもいいかもね」

「うちはいつでもかまいませんよ」

戸山さんの提案にそういうのもあるんだと思った。まだまだ冬は続くし、狩猟期間もまだあるから声をかけてくれると嬉しい。陸奥さんの土地はそれなりに広いんだけど、田畑が多いから狩猟には向かないって言ってたしな。他にも回れるところはあるみたいだけどやっぱり村から近い方がいいのだろう。

「……でも、確か川中さんが二十八日から休みにしたって言ってましたよね」

相川さんが思い出したように言う。

「二十八日の夜はゆもっちゃんちで宴会だろ？　まぁ……うるせえか。佐野君、二十八日は裏山に入ってもいいか？」

「ええ、かまいませんよ」

情けない顔をした陸奥さんに聞かれ、俺は笑顔で答えた。

「雪が降ったら、程度によっては無理だがなぁ」

「そこは朝連絡もらえればいいですよ。どうせ特に予定もありませんし」

「わかった」

そうは言ったけど二十八日に大雪が降ったら泣くなぁ。夜のシカ祭りーって。でもそれで引きこもったら俺がニワトリたちの餌になりそうだ。たとえ吹雪になったとしても死ぬ気でおっちゃんちには向かわないといけないだろう。ニワトリ殺人事件とか笑えない。

「雪が降ってもあまりひどくなければ麓《ふもと》までは迎えにきますよ？」

相川さんの気遣いがとても嬉しい。これはもう本格的にソリを用意しなければいけない気がする。倉庫をまた漁《あさ》ってみようと思った。

「その時はお願いします……」

降らないことを祈るばかりだ。

みんなが帰ってから俺は山頂に向かって手を合わせた。

「どうか年始まで雪が降りませんように。あ、少しならいいですけど、いっぱいは困ります。お願いします！」

都合のいいことを言っていたせいか、タマに何言ってんの？　という顔をされてしまった。だって雪深くなったら軽トラだって動かないだろ。シカ、食べにいけなくなるぞ。

そういえば、と倉庫を見に行く。まだニワトリたちの餌はあるがもらってこれる時にもらってきた方がいいかもしれない。

さっそく松山さんに連絡した。

「雪ぃどうだった？　大丈夫かい？　うちはいつでもいいから、来られる時においで」

「ありがとうございます。もし明日行けるようでしたら伺います」

松山さんのところも雪でたいへんだったみたいだ。特に養鶏場の雪下ろしが難儀したと言っていた。確かにしっかり下ろさないと潰《つぶ》れてしまうかもしれない。この辺りは雪国では全然ないんだけど、山だから降る時はいっぱい降ってくる。本当にどうにかならないものかと思う。

「あ」

そういえば元庄屋《しょうや》さんちは大丈夫だろうか。今頃思い出す辺りどうしようもないよな。内心落ち込みながら電話してみたら奥さんが出て、近所の人が手伝ってくれたと教えてくれた。

「佐野君、電話ありがとうね。ほら、うちの人腰やっちゃったでしょう？　ご近所さんが手伝ってくれてね。本当に助かったのよ。佐野君も、山はたいへんでしょう」

「いやまぁ……ははは」

たいへんでなかったとはとても言えない。結局相川さんにおんぶにだっこだったし。こんなんでやっていけるのかと少し不安になってしまったぐらいだ。

「春になったら主人が息子と行くって言ってるからよろしくね」

「はい。お身体には気をつけてください」

「本当にありがとうね。よいお年を」

そういえばもう年末なのだった。

「はい。よいお年を」

そう言って電話を切った。この言葉を言うと年末だなと実感する。もう門松もしめ飾りもつけたのにな。なかなか年を越すというのは実感がわかないものだ。

夕飯を用意して、また年賀状のことを思い出す。毎年出していたから出さないと決めても気になってしまうものだ。

「年賀状とかって……何書くんだよ。思うところあって山暮らししてますってか……ばかばかしい……」

その通りだけど本当にばかばかしい。今頃誰かがどこで何やってるのかなんて想像もできないしするつもりもない。

夕飯を食べ終えたらしいユマがトットットッと近づいてきた。

「どうした、ユマ。おかわりか?」

おかわりだったら白菜かな。

「サノー」

「ん?」

「サノー」

こたつから出て近づいたら、すりすりされた。かわいいなと思う。ついついにんまりして羽を撫《な》でた。

「そうか、俺か」

「サノー」

「ユマは優しいな」

「サノー」

でもさすがにちょっとイノシシ臭かったので口元は拭《ふ》いてあげた。ポチとタマがボウルから顔を上げて「オカワリー」と言う。

「はいはい、白菜で終わりな」

もちろんユマにもあげた。ニワトリたちに助けられているなとしみじみ思う。長生きしてもらわないとな。

今夜は少し風が強いようだ。ガラス戸が風でガタガタいっている。これだと俺の寝る部屋はもっとうるさいかもしれないと思った。

10 年末はなんだかんだいって忙しい

翌朝、母さんからＬＩＮＥが入っていた。年末年始は帰らないと送ったからだろう。

「まだだめなの？」

一言だけではあったがなんかイラッとした。心の傷は見えないものだ。

心配してくれているのもわかっているし、言葉では伝えきれない感情もあることはわかっている。

でも言われたくない言葉だった。

親の心子知らず。子の心親知らず。どっちもどっちだ。コミュニケーション不全と、ジェネレーションギャップもあるのかもしれない。

「雪が深くて無理。こっちに戻れなくなったら困る。ニワトリ飼ってるし」

そう書いて、どうにか不自然にならないように撮ったニワトリたちの写真を添付して送った。なにせでかいから背景だのなんだのに気を遣う。一応おっちゃんにも、うちの実家から連絡がきた時ニワトリのサイズは言わないでくれとは言ってある。

「わかってるって」

と笑いながら言ってくれたから大丈夫だろう。

この村の人たちはうちのニワトリたちの大きさを見て驚くけど、それが異常だとかなんとかかいって忌避したりはしないんだよな。お祭りの屋台で買ったカラーひよこだって言ったら、子どもたちは次のお祭りで買う！　とか言ってたぐらいだし。(相当広い敷地が必要だとは言っておいた)でも夏祭りの時、特に生き物の屋台は見なかったんだよな。金魚すくいはあったみたいだが。

なんとなくだけど、特定の誰かの前に現れる不思議な屋台だったのかもしれないなと思った。きっと俺の境遇を憐《あわ》れんでニワトリたちを遣わしてくれたのかもしれない。どこの神様か知らないけどありがたい話だ。どこに拝んだらいいのかわからないので、とりあえずお祭りのあった稲荷《いなり》神社の方に向かって「ありがとうございます」と頭を下げてみた。

「ウチジャナイ～」

「は？」

なんかやまびこみたいなかんじで声だけが届いた。不思議なこともあるもんだ。

でもなぁ、リンさんはある日突然上半身だけ人形《ひとがた》になったっていうし、テンさんもしゃべるし、ドラゴンさんだってコモドドラゴンよりでかいかんじで恐竜みたいだし、うちのニワトリはでかくて尾が爬虫類《はちゆうるい》系だし、これらの事実を考えると何があってもおかしくないような気がしてくるのだ。不思議も多すぎると日常になるようだ。

うちじゃないってことは稲荷神社ではないらしい。じゃあ屋台は別口ってことなのかな。

「はて、面妖《めんよう》な」

言いたかっただけだ。誰かの小説にあった科白《せりふ》だったかな。

今日はポチとユマが遊びに行った。俺と一緒に家の周りに残ったタマがまた雪だるまを睨《にら》んでいる。この寒さのせいか全然溶けない。もしかして春まで溶けないいんじゃなかろうか。

「壊すなよ～」

一応声はかけておいた。昼間誰もこないなんて久しぶりだと思った。

シカは熟成させた方がおいしいらしいから明日の夜なんだろう。そこはちゃんとニワトリたちに言っておいた。きちんと言っておかないと後が怖いし。

「墓参り、行けるかな」

そういえばお墓の方は全然雪かきをしなかった。チェーンは巻いてあるから登れるだろうか。

上の道を覗《のぞ》いてみた。

真っ白だった。

「うん、無理だな」

早々に諦《あきら》めた。積もったばかりの時ならともかくしっかり凍っていそうだ。スキーなら登れるか？ と思ったが残念ながら道具がない。スキーは行ったことがあるが全てレンタルで済ませたんだよな。来年に備えて一セット購入しておく必要はあるだろうか。とりあえずスマホにメモしておいた。

「ウエ、イクー？」

タマがコキャッと首を傾《かし》げた。

「行かない。多分転ぶ」

転ぶだけならまだいい。下手すると転落する。

「コロブー？　コロブー」

タマがなんか楽しそうだ。かわいいけどちょっと性格が悪そうだ。あんまり触らせてくれないのがちょっと寂しいところである。

お墓の方向に手を合わせた。

「雪が溶けたら必ず参ります」

ちゃんと雪かきしておけばよかった。後悔しきりである。

家の裏から下りて炭焼き小屋を見に行くのも一苦労だった。特に雪の重みでどうにかなったりはしていなかった。よかったよかった。

やれることを一通りしてから、そろそろ行くかと軽トラを出す。今日はこれから養鶏場だ。松山のおばさんが料理を作って待っていてくれるらしい。悪いですよと断ろうとしたのだが、この時期はお子さんたちも帰省しないので寂しいのだという。

「旦那《だんな》と鶏《とり》の世話しかしてないのよ。鶏の餌は決まってるし、旦那と二人じゃごちそうを作る気にもならないじゃない？　だから佐野君が食べていって！」

「はい、お言葉に甘えます」

玄関よーし（念の為鍵《ためかぎ》は閉めていない）、お歳暮よーし、エサをもらってくるバケツよーし、タマよーし。指さし確認していたらタマになによとばかりにつつかれた。ひどい。ニワトリを指さしてはいけないらしい。

ちなみにポチとユマは、出かけてもシカが食べられないと知ると山にいることを希望した。なかなかに現金である。

「さー、養鶏場に出かけるぞー。しゅっぱーつ」

「シュッパーツ！」

タマが付き合ってくれてとても嬉《うれ》しいです。これからもその調子でお願いします。

村の道を走るには、まだところどころ危ない。日陰が一番怖いからチェーンが外せない。きっと冬の間は外せないだろうなと思った。

村の東側に向かって軽トラを走らせ、少し北に向かい分かれ道を右に曲がってまっすぐ山道を登っていけば養鶏場が見えた。養鶏場の屋根に積もっただろう雪はしっかり下ろされているし、この山道もけっこうきっちりと雪かきをされていたので助かったと思った。餌を買いに来たのに辿《たど》り着《つ》けなかったじゃ困ってしまうし。何より話が違うとばかりにタマが不機嫌になるのは嫌だ。

駐車場に指定されている場所に軽トラを停める。さすがにそこは端の方に雪が積まれていた。

「こんにちはー！」

声をかけて家屋の方へ向かう。タマにはその辺で待っててもらい、呼び鈴を押した。

「はーい」

「こんにちは、佐野です」

「佐野君、いらっしゃい！」

おばさんがガラス戸を開けてくれた。

「すみません、ニワトリを一羽連れてきているんですが、山の中を散策させてもいいですか？」

「もちろんよ！　ついでにイノシシでも狩ってくれると助かるわ」

「ええと、一羽なんで……」

たとえ狩ったとしても引きずってこられないだろう。

連れてきたのがタマでよかったと思った。ポチだとすぐ本気にして狩りに行ってしまう危険性があるが、タマは意外と現実を見てくれるからな。

「タマ、太陽があの辺まで動く前に戻ってきてくれ」

コッと返事をしてタマが遊びに行った。

「佐野君ちのニワトリは本当に頭がいいわね～」

「そうなんです。自慢の子たちですよ」

多分タマは俺なんかよりずっと頭がいいと思う。それでもきちんとこちらを立ててくれているからありがたいと思うのだ。ニワトリたちにも感謝を忘れちゃいけないな。

「外に出ると寒いわね～。入って入って」

「すみません、お邪魔します」

お歳暮として紅茶のセットを渡したら背中をばんばん叩《たた》かれた。けっこう痛い。

「もー、佐野君ってば！　こんなに気を遣わなくてもいいのよぅ！」

「おお、佐野君来たのか。雪はたいへんだったろう」

「おじさん、こんにちは。お邪魔してます」

松山さんは養鶏場の方に行っていたらしい。おおさむさむ、と言いながら戻ってきた。

「久しぶりのお客様よねぇ。腕によりをかけて作るわね～」

「ありがとうございます」

「この間雪かきで村の人たちが来てくれただろーが」

「若い子の方が作りがいがあるに決まってるでしょう！」

苦笑するしかない。松山のおばさんの料理もとてもおいしいのだ。特に鶏料理は絶品である。

「雪かきはどなたか手伝ってくださる方がいたんですか？」

「この近くで鶏肉を買ってくれる家族が毎年手伝ってくれるんだ。今年はあの……北に住んでる陸奥さんもショベルカーを出してくれてな。いやー、助かったよ」

「陸奥さんがこちらまでいらしたんですか！　それならよかったです」

確かに陸奥さんちからの方がここには近いけど、本当に世間は狭いかんじだ。うちなんか相川さんが来てくれなかったら途方に暮れていたに違いない。そう考えると桂木さんが町に出ているというのは正しいのだろうとも思えた。

「はーい、できたわよー。いっぱい食べていってちょうだいね～」

漬物と棒棒鶏《バンバンジー》が出てきて、それから天ぷらが大量に出てきた。野菜天に鶏天、それから油淋鶏《ユーリンチー》、筑前煮《ちくぜんに》、宮爆鶏丁《ゴンバオジーディン》（鶏肉とピーナッツの甘辛炒《あまからいた》め）、鶏肉の入ったお吸い物と鶏、鶏、鶏である。

「おいおい……さすがに佐野君だけじゃこんなに食べられないだろう」

松山さんが呆《あき》れていた。それでもこんなごちそうはそうそう食べられるものじゃない。食べた。すっごく食べた。腹きつい。

「……すっごくおいしかったです……」

「まだあるわよ～」

「……すみません。さすがにもう無理です……」

相当食べたと思う。

「あらぁ～、作りすぎちゃったかしら。持って帰る？」

「いいんですか⁉」

お言葉に甘えてかなり包んでもらった。

「おばさんの料理おいしいから嬉しいです」

「あら～、うちの子どもたちに聞かせてあげたいわ～。いっぱい食べてくれてありがとうね」

「いえ、こちらこそ。おいしい料理を作っていただきありがとうございます！」

天ぷらと油林鶏を包んでいただいた。これで夕飯だけでなく明日の朝まで食べられるだろう。本当にありがたいと思った。

「佐野君は本当においしそうに食べるなぁ」

「おいしいですから！」

こんなおいしい料理が作れる嫁さんをいただいた松山さんは果報者だと思う。腹が落ち着いてから餌をでっかいポリバケツに二杯分いただきお金を払った。

「佐野君ちのニワトリはよく食べそうだな」

「ええ、かなり食べます。でも山の中を駆け回っているせいか全然太らないんですよね」

「それだけ運動量が多いんだろうな」

そんな話をしているうちにタマが戻ってきた。ところどころ葉っぱのようなものがついてはいたが、うちの山を駆けたわけではないので雪まみれにはなっていなかった。ほっとした。

「タマ、なんか見つけたか？」

タマがコキャッと首を傾げた。何も見つからなかったらしい。

「今日は本当にごちそうさまでした」

「佐野君。白菜でよかったらニワトリちゃんたちにあげてくれる？」

料理だけでなくでっかい白菜を一個いただいてしまった。

「本当にありがとうございます。次は来年ですね。よいお年を」

「そうだな。よいお年を」

頭を下げ合い養鶏場を辞した。いただいた白菜をさっそく何枚か取ってタマにあげたらおとなしくショリショリ食べてくれた。一路軽トラをうちの山に向かって走らせる。

「帰ったら昼飯用意するからそれで我慢してくれよ」

「ワカッター」

うん、やっぱりうちのニワトリたちは俺にはもったいないほど頭がいいなと再確認した。

冬の山道の運転は本当に気を遣う。うちに辿り着いた時には精神的にとても疲れていた。もうへとへとである。雪が少なくなってきてもこうなのだ。（ゼロにはならない）困ってしまう。

タマのごはんを用意しなくては……。

買ってきた餌は軽トラの荷台に置いたまま、家に入りどうにかタマに昼食を用意する。ボウルに松山さんブレンドの餌を入れ、白菜の葉を何枚も載せた。

「タマ、ごはんだぞー。肉は夜出すからこれで今は我慢してくれ」

「……ワカッター」

タマは不満そうだった。最近毎回のように肉の切れ端をつけているからな。夜はちゃんと忘れないでつけることにしよう。タマが食べている間に買ってきた餌を倉庫にしまい、いただいてきた料理は冷蔵庫に収める。

「疲れた……」

出かけたことが疲れたというより、雪が残っている道で軽トラを走らせたことで気疲れしたのだ。居間に転がり、こたつに潜り込む。

「タマ、ちょっと寝るわ。タマは遊んできていいからなー」

そう言ったところで側《そば》にいてくれることはわかっている。でも本当に疲れたのだ。休まないと夕飯の支度もしたくない。ここ数日のことだけど、思ったより疲れていたらしい。雪によるダメージが重かったようだ。

暗くなる前に目が覚めた。タマも珍しく土間で丸くなっていた。冬だから座ると羽がもふっとして丸くなってかわいいんだよな。……かなりでかいけど。

タマも連日陸奥さんたちに付き合っていたりしたから疲れたのかもしれないな。自分たちのペースで走ったりできるわけじゃなかっただろうし。

「……タマ、いつもありがとう」

こっそりと言ってみた。面と向かって言ってもいいのだが、何言ってんだコイツみたいな顔をされるんだよな。タマさんのツンが強くて泣きそうです。あ、思い出すだけで涙が出そう。

日が陰ってきたらタマの目がパチリと開いた。そして俺の方を見て。

この沈黙がなんか怖い。

基本ニワトリはそんなにしゃべらないけど、なんか今の沈黙はやヴぁい気がする。

タマがすっくと立ち上がったかと思うと、土間の斜め端までトットットッと歩いて行った。よかったとほっと息をついた途端、クルッと振り返りドドドドドッと走ってきて……。

ドガッ！

「いってえええええ〜〜〜〜〜っっっ‼」

見てんじゃないわよっ！　ってことだったんだろうけど、そのままゲシゲシと踏まれた。ひどい、ひどすぎる。タマの傍若無人が止まりません。

「DVだ！　ひどい！　タマ、いくら温厚な俺でも許せることと許せないことがあるぞ‼」

タマは俺から下りるとプイッとそっぽを向いて家から出て行ってしまった。

「こらー！　タマ、待てーーー‼」

追いつけないことぐらいわかっているが、さすがに今回はどうかと思った。家を出て立てかけてあった竹箒を持った。別にこれで叩こうとかそんなつもりはない。でも俺が怒っているんだというポーズは見せなければいけないと思った。タマはツッタカターといつも山を回る際の方向へ駆けていった。

さすがに夜になっても戻らないつもりはないよなと思ってしまう。

きっと俺なんかよりうちのニワトリたちの方が強いんだろうけど、俺はまだ色のついたひよこだった三羽を覚えているから。三月の終わりのまだ寒い夜、一緒の布団に入って眠ったあの時のことは絶対に忘れないだろう。

しばらくじっとそこで立っていた。ポチとユマとどこかで会えたらいいんだけどな。さすがに今回は厳しく叱らなければならないだろうが、それはしょうがないことだ。

「どうしたもんかな……」

さすがに寒いので上着を取りに戻った。俺ってばしまらないなと思った。

そのまま玄関でぼーっと立っているのもアレだったので雪だるまを見に行った。今日も全く溶ける気配がない。いつまでここに立っていられるか予想してみようか。

そんなことを考えていたら、ひょこっとポチとユマの顔が覗《のぞ》いた。

「あ」

おかえり、と言おうとしてぎょっとした。ポチとユマはどこに突っ込んだのかというぐらい汚れ、羽が乱れていた。

「ポ、ポチ、ユマ……？　どうしたんだ……？」

その理由は二羽の後ろから似たような姿で現れた。

「……タマ……」

三羽で何をしていたんだろうか。プロレス的なアレなのか？　俺は呆然《ぼうぜん》と三羽を眺めた。

「ユマ……」

「タマ、サノ、ヒドイ、シター」

ユマがトットットッと近づいてきて言った。

「……うん」

タマが言ったのか。

「ユマ、オコル。ポチ、オコル」

「そっか……」

俺の代わりに叱ってくれたのか。だからもう怒らないでってことなんだなと思った。

「タマ」

声をかけた。

タマがトットットッと近づいてきて、

「ゴメン」

とだけ言って通り過ぎていった。相変わらず武士が「御免」と言うようなイントネーションだった。そんな謝り方はどうかと思ったが、しょうがないんだよな。

「俺以外には絶対にするなよ。ポチ、ユマ、ありがとうなー」

照れ隠しにせよ、あれはさすがにひどいとは思うけど。

問題はその後だった。三羽を洗ったり羽を整えたりする作業の方が、ものすごくたいへんだったとだけ言っておこう。頼むから俺が原因だったとしても喧嘩《けんか》はしないでほしいと思った。湯をいくら沸かしても足りない。

そんなことをしてその日は過ぎた。

夜、明日の天気予報を見た。明日もいい天気みたいだった。

川中さんがどうしても回りたいと言っているらしいので、明日陸奥さんたちが昼間来ることになった。陸奥さんから電話がきた。

「佐野君、すまねえな」

「いえ、かまいませんよ」

人が来てくれるのは確かにたいへんだけど楽しい。

「ポチ、タマ、ユマ、明日陸奥さんたちがまた来るってさ」

「ワカッター」

「ワカッター」

「ワカッター」

うん、みんないい子だ。なんかそわそわしているのがわかる。

タマは先に嘴《くちばし》とか足が出るのがいただけないけど、うん、いい子だ……ってことにしておこう。

夜はちゃんと約束通りニワトリたちにシシ肉を切ってあげた。約束を守ることは大事だ。

せっかく養鶏場に行ったわけで、もちろんニワトリたちの餌だけでなく鶏肉もブロックで買ってきた。これで俺のたんぱく質は安泰だ。シシ肉もそれなりにあるしほくほくである。

翌日である。今日は夕方からおっちゃんちだ。シカ肉が食べられるはずである。自分ではうまく調理できそうもないから食べさせてもらえるのは嬉《うれ》しい。

その前に少し早い時間から陸奥さんたちが来た。戸山さん、川中さん、相川さんが続く。やっぱり畑野さんは来られなかったようだ。

「よお、佐野君。今日も世話になるよ」

「はい、よろしくお願いします」

ポチとタマが張り切っているのがわかる。足がタシタシしているからとてもわかりやすい。頼むから勝手に走っていったりしないでくれよといつもひやひやする。

「畑野さんは……」

「畑野さんは夜少しだけ顔を出すようなことは言ってました。やはりご家族の手前自分だけ宴会にというわけにはいかないようです」

相川さんが答えてくれた。

「ああ……そうですよね」

さすがに年末だから家のことでいろいろすることもあるのだろう。お子さんもまだそんなに大きくはないはずだから余計だろうな。

「その点わしらは気楽なもんだな！」

「そうだねぇ」

陸奥さんがワハハと笑う。戸山さんが同意した。子育てを終えてしまえばというやつなのかもしれない。

「……気楽もいいですけどねぇ……」

はあ、と川中さんがため息をついた。

「やっぱりこの時期になると、独り身は堪《こた》えるなぁ……。相川君は……こんなに留守にして彼女さんは怒らないんですかぁ？」

川中さんのイヤミともとれる言い方に、俺は彼女？　と首を傾げそうになった。

あ、リンさんが彼女っていう設定だった。首を傾げなくてよかった。

相川さんがにっこりした。

「うちの彼女は寒さが苦手で……あまり外に出たがらないんですよ。暖かくなれば出てくるようになると思います。それまではお互い好きなように過ごしていますから」

「あーもう、いいなぁ……佐野君は仲間だよね！　年末年始は寂しいよね！」

そんな寂しい仲間認定は嫌だ。

「いやー……うちはニワトリたちがいて忙しいですし……」

面倒くさいので相川さんちに行くことは言わなかった。ニワトリたちがいるとなんだかんだいって忙しいことは変わりないし。ま、それがまた楽しいんだけど。

「そうだよね。大きいニワトリが三羽もいるもんね……僕もペット飼おうかなぁ……」

「昼間は家にいないでしょ。寂しい思いをペットにさせるのかな？」

それにツッコミを入れたのは戸山さんだった。なんかペットに思い入れがあるのかもしれない。

ずずいっとすごく近づいて言われ、川中さんはたじたじしていた。

そうして陸奥さんたちはまた裏山巡りに向かった。昼には一旦《いったん》戻ってくるらしい。ポチとタマがうきうきと出かけていった。好きなように駆け回れはしないけど、案内するのが楽しいのかもしれない。

俺はユマと家の周りを見回ったり、畑を見に行ったりした。洗濯物を干して、今日持っていく荷物の確認をする。最悪おっちゃんから服を借りればいいのだろうが、できるだけ迷惑をかけたくはない。

みそ汁はそれなりの量を作ってある。わかめと小松菜のみそ汁だ。残ったら鍋《なべ》ごと冷蔵庫にしまえばいい。今日はみんなで出かけるからオイルヒーターも消していくので、台所に鍋をそのまま置いていっても大丈夫だろうとは思うが念の為だ。明日も予報では雪が降らないことになっているけど山の天気はどうなるかわからないからな。

相川さんはリンさんの為に家の鍵《かぎ》は開けておいているらしいが、リンさんは外で餌を獲《と》ってくるのが普通なので特に何も用意はしていないらしい。ストーブも消していくがそれはそれで問題ないそうだ。冬眠まではしないがそれに近い状態になるのでかまわないみたいだった。リンさんて、ホントどうなってるんだろうな？

「ドラゴンさんはどうしているのかな……」

ずっと家を空ける形になるらしいが、ドラゴンさんはほぼほぼ冬眠するような形で過ごすとは聞いている。桂木さんが何も言ってこないところをみると大丈夫なんだろう。

昼に一度みな戻ってきた。いつも通りみそ汁と漬物を出す。

「いやー、晴れてるけど寒いなぁ！　こたつに入ると出られなくなるんだよなぁ！」

陸奥さんがそう言いながらも嬉しそうだ。やっぱりこたつっていいよな。ついつい寝ちゃうけど。

「……獲物狩りたいなぁ……」

川中さんがぼやく。でも基本川中さんは罠師《わなし》ではなかったか。

「罠が主なんですよね？」

「うん、だから本当は罠を設置したいんだけどもう年末だしね。うちの周りには一応設置してるよ」

敷地はそれなりに広いと言っていた。昼食のおにぎりを食べてまたみんな出かけていった。今日で最後だなーなんて陸奥さんが言い、それにポチとタマが反応していた。俺も一応伝えてはいたんだけどな。

今日は三時過ぎには戻ってくると言っていたからすぐだろう。散策だけで終わるとわかっていても見回りをするなんて奇特だなと思った。

え、俺？　さすがに雪が残ってる中は遠慮したい。ヘタレだって？　ほっとけ。

ラストチャンスで何か狩ってくるかなと思ったけど、もちろんそんなことはなかった。物語やドラマのようにはいかないものである。

……狩られてもその後の処理とか考えたらたいへんだし。

「足跡は見つけたんだがなぁ……時間がなくてな……」

陸奥さんが残念そうに言う。

狩りは日中という制限もあるし、そうでなくとも今日はおっちゃんちに移動することになっている。

「足跡っていうと……」

「ありゃあイノシシだな」

「あと一日あれば見つかりそうでしたよね」

相川さんが笑んで言う。それでもあと一日はかかるのかと思った。

「今日は宴会だ。また来年だな。佐野君とこの畑は被害ねえんだろ？」

「そうですね。うちの畑は一度も被害ないですね……」

そんなに掘り返してまで食べたいものが植わってないだけかもしれないが。俺はニワトリたちを見た。

なにかふと浮かんできたが、俺は首を振った。実際畑が被害に遭いそうだったら、ニワトリたちが狩りそうである。うちの近くで狩りをしてきたことはあったが畑の側ではなかったみたいだし？

「案外ニワトリたちがいるのがわかってて来ないのかもしれないぞ」

陸奥さんがそんなことを言ってワハハと笑う。俺は頭を掻《か》いた。

「いや〜まさか〜」

「いえ、あるかもしれませんよ。うちの畑は佐野さんちより広いですが一度も被害にあったことはないですしね」

相川さんがにっこりして言った。

それって……と思ってしまう。

イノシシとかが怖がって近づいてこないとかじゃなくて、リンさんやテンさんが捕まえて食べてるんじゃ……。大蛇の捕食風景、想像しただけでホラーである。とても怖い。

「……そうなんですか。そうかもしれませんね……」

俺はそう答えることしかできなかった。ヘタレと言うなかれ。俺もそうだがペットは大事な家族なのである。そろそろ……という時間になったので各自軽トラに乗り込んでおっちゃんちへ移動する。俺も軽トラに三羽を乗せ、着替え等を入れたカバンを持って出かけた。実は鶏肉のブロックはおっちゃんちの分もと思って買ってきてある。いつもごちそうになるだけなのだからこれぐらい用意するのは当然だ。

おっちゃんちに着いたらもう秋本さんたちは来ていたようだった。縁側で煙草《たばこ》を吸う姿を見て声をかける。秋本さんと結城さんがぼーっとしていた。

「こんにちは～」

「佐野君、こんにちは。ニワトリ、相変わらずでっかいねえ……」

感心したように秋本さんが言う。

「あはは。縮んだらたいへんですよ」

「それもそうだ～」

玄関から中に声をかけるとおっちゃんが出てきた。

「おお、昇平か。シカは下ごしらえしてるぞ～」

「こんにちは。鶏肉をブロックで持ってきたんですけど……」

「おー、昇平はえらいな！」

「ニワトリたち、どこにいさせたらいいですか？」

「畑でもどこでもいいぞ。山さえ登らなきゃな！」

「はーい」

おっちゃんに冷凍の鶏肉のブロックを渡し、外から縁側に向かった。庭に面している縁側で男連中が並んでぼーっとしている図はむさいの一言だ。

「ポチ、タマ、ユマ、畑まではいいってさ。山はだめだぞ」

コッと返事をしてくれたので大丈夫だろう。勝手知ったる他人の家でビニールシートを庭に敷いたりする。今日はあまり風もないからこのままおいておいても大丈夫だろう。端だけ大きめの石を載せて留めた。

「おーい、昇平。手伝え！」

「はーい！」

相川さんと一緒に台所に入ってグラスを運んだり漬物とか運べるものは運んだりする。

「あ、僕も手伝いますよ」

「あ、僕も手伝いを……」

「いいからいいから、座ってて」

結城さんがバツが悪そうに申し出てくれたが、家の中を知っている人間がやった方がいい。今日はおばさん一人で調理するようだからたいへんそうだ。

「真知子《まちこ》さん、なんでしたら僕手伝いましょうか？」

相川さんが見るに見かねて声をかけた。

「大丈夫よ～。ありがとうね」

台所には男性を入れたくないようだ。それではお願いしますと相川さんはすぐに引き下がった。

「昇ちゃん、鶏肉ありがとうね～。明日さっそく使わせてもらうわ」

「いえいえ、いつもお世話になっていますから」

玄関横の大きな倉庫からビールだの酒だのを運んでいく。これはさすがに結城さんにも手伝ってもらった。まぁでもこの倉庫には昼間以外は入りたくない。なにせ一番上の棚にはマムシ酒とスズメバチ酒の入った瓶がところせましと並んでいるからだ。多分知らない人が入ったら悲鳴を上げそうである。これを三年ぐらい置くっていうんだもんなぁ。マムシなんか毎年増えていくだろうにどうするんだろう。あ、でもさすがに来年は減るかな？

野菜がざくざく切られ、調理の準備ができてからは早かった。揚げ物が終われば炒《いた》め物とおばさんの手際はとてもいい。煮物は先にできていたものを運び、シカ肉の唐揚げが山盛りに盛られた皿を受け取ったらお役御免になった。

相川さんにも手伝ってもらい、シカの内臓やら野菜をビニールシートに並べてニワトリたちを呼んだら宴会の始まりだ。畑でまったりしていたニワトリたちがすごいスピードで駆けてくる。まさにドドドドドッという効果音がついているみたいだった。突進だけは勘弁してほしい。

縁側から居間に上がる。

「食べていいぞー！」

律儀にまだ口をつけないニワトリたちに声をかけた。

よーし、俺も食うぞ～。

里芋の煮っころがしも、おでんもうまい。シカ肉の唐揚げがすごいスピードで消えていく。自分の皿に確保しておかないと切ないことになりそうだった。みんな各自自分たちの分を確保しつつ大皿から取っていく。子どもじゃないんだからと笑ってしまった。

「佐野さん、何がおかしいんですか？」

「いや……みんな自分の分を皿に取ってあるのに、大皿から取ったのを食べていくので……」

「……確かに。子どもと一緒ですね」

相川さんがふふっと笑った。そういう相川さんもシュババッと自分の分をしっかり確保している。とても子どもには見せられない光景だった。

それでいて陸奥さんやおっちゃんはしっかり酒を飲んでいるんだからそのスピードたるや、というかんじである。

もう辺りはすっかり暗くなった。冬は日が落ちるのが早くて困る。おかげで寒い時間も長いし。

「遅くなりまして」

「あ、畑野さん！　遅いよ～、こっちこっち！」

縁側からぬっと畑野さんが現れてびくっとした。一応縁側の窓は一か所だけ少し開けてある。寒いけどニワトリの様子を見る為だ。足りなさそうなら野菜を少し追加してあげないといけない。文句も言わず開けさせておいてくれるおばさんに感謝である。

川中さんが自分の隣を叩《たた》いて畑野さんを呼ぶ。なんだかんだいって仲いいんだよな。その間もおばさんがいろんな料理を運んでくる。天ぷらも刺身も出てきたし、最後はシカ肉のカレーが出てきた。いや、少しずつだってこんなには食べられないです。

「沢山食べてね！」

「はーい……」

お子さんたちも帰省しないから張り切って作ってくれたみたいだった。ごちそうのオンパレードですごいなーと感心する。料理の量がすごくてみなそれほど飲めなかったようだ。

でも川中さんにはまた絡まれた。

「佐野く～ん、桂木さんはあ～」

「町ですよ。冬の間はあちらにいるみたいです」

前にも言ったと思うのだが、前回の宴会に来ていたから今回もくるものだと思ったのだろうか。

さすがに雪が降ったからこちらにはこられないようだ。あとは雪解けまで戻ってこないだろう。山間《やまあい》の道は危ないしな。

「そんな〜」

「家が山の上なんだからしょうがないだろう」

畑野さんが呟《つぶや》いた。

「えー、だったら下りてくればいいじゃん。うちとか、来てくれればちゃんと面倒看《み》るし……いてえっ！」

ははははと乾いた笑いをしながら聞いていたが、案の定川中さんは畑野さんにチョップされた。

「ぼーりょくはんたーい！」

「セクハラは重罪だぞ」

「えー？　セクハラじゃないよ。コンカツだよ、コ・ン・カ・ツ！　出会いがほしい〜〜〜！」

「ここで出会いを求めるなっ！」

うん、桂木姉妹はだめだ。俺が兄みたいなもんだしな。ここに住んでいる間はやっぱ俺が見張っている必要があるらしい。うんうんと頷《うなず》いた。

「桂木さんたちに声をかけたいなら、佐野さんの許可を取らないとだめですよ〜」

相川さんも苦笑して言ってくれた。川中さんが驚いたような表情をする。なんだよ、それは。失礼だな。

「ええっ……もしかして姉妹共々……」

エロビデオじゃないんだからそんな想像は勘弁してほしい。

「いいかげんにしろっ！」

畑野さんが我慢ならんというように川中さんを蹴《け》る。

「いてえっ！　いつもいつも殴ったり蹴ったりしやがってっ！　もう今日という今日は勘弁なんね
えっ！　畑野っ、表へ出ろ！」

「望むところだ！」

「おー、いいぞー、やれやれー！」

「やっちまえー！」

おっちゃんと陸奥さんが赤い顔をして二人を煽《あお》る。

えええ、こういうのいいのか。大丈夫なのか？　と内心おろおろしてしまう。俺はこういうの全然慣れてないし……。ヘタレと言われればそれまでだけど。

おばさんは呆《あき》れた顔をしている。止めなくてもいいようだった。

二人は腕まくりをすると窓を開けた。途端に冷たい空気がザア……と更に入り込んでくる。さーむーいーぞー。

そして二人は庭に目を向けて、固まった。

「？」

なんだろう、と思って二人の視線の方向を見たら、ニワトリたちが頭を上げていた。その嘴《くちばし》は赤黒くなっており、目はこちらからの明かりを反射して炯々《けいけい》と光っているように見えた。

あいつらでかいから、こう暗くなった時に見るとホラーっぽいなと思っていたら、

「……すまん、ふざけすぎた」

「……わかったならいいんだ」

川中さんと畑野さんは冷静になったらしくおとなしく席に戻った。なんというか、すごすごという効果音が似合うかんじだった。

「なんだなんだやらねえのか？」

「情けねえな！」

おっちゃんと陸奥さんが煽るが、二人はひきつったような笑みを浮かべた。おっちゃんと陸奥さんは奥の方にいるので庭の様子が見えなかったようだった。

「おーい、まだちゃんとあるかー？」

せっかくなのでニワトリたちに声をかけると、ユマがトットットッと近寄ってきた。どうやら足りないらしい。羽を撫《な》でた。

「じゃあ野菜持ってくるから、待ってろよー」

そう声をかけて先ほどと同じように窓を閉める。

「……佐野君は大物だな……だからあの姉妹も……」

「いいかげんやめておけ……」

川中さんの想像はピンクなものから離れられないのだろうか。俺は内心ため息をつきながら台所へ野菜を取りにいったのだった。

畑野さんは一滴も飲まなかったらしく、落ち着いてから帰っていった。あの雰囲気に飲まれないってすごいなと感心してしまう。それだけ自制心が強い人なのだろう。俺や相川さんは暗くなったら動かないのがお約束だから普通に飲んでいたけど、結城さんも飲まないで秋本さんを連れて帰ったのだからすごいと思う。でも結城さん自身はあまり飲むのが好きではないんだっけ……。それならそれでいいのかな。なんにせよご苦労なことである。

ビニールシートから食べかすを処分し、ニワトリたちの嘴を拭《ふ》いたり、汚れを落としたりしてからおっちゃんちの中に誘導する。いつもうちのニワトリたちは土間で寝るのだ。それからビニールシートを洗う。これは相川さんが手伝ってくれた。

「佐野さんて、やること丁寧ですよね」

「ええ？　そんなこと言われたの初めてですよ！」

相川さんはふふ、と笑った。

「ニワトリの世話とか、すごく丁寧じゃないですか。三食きっちり用意されてますし」

「夏の間は基本朝だけですよ？」

夜は適当に野菜とかだし。

「いやいや、なかなかできることじゃないですよ。だからみんな佐野さんのことが好きなんですよね」

俺は首を傾げた。まぁ、ユマに好かれている自覚はあるけど、ポチとタマはどうなんだろうとは思う。最近はただのメシ係としか思われてないんじゃなかろうか。

そんなもやもやを抱えたまま居間の片付け等も手伝ってから寝た。

翌朝は相川さんに起こされた。陸奥さん、戸山さん、川中さんはまだ夢の中である。それにしても、よくこの地響きのようないびきの中で眠れたものだと毎回思う。ぐーがーごーといつだって音は凄《すさ》まじい。ちなみに、なんで相川さんが俺だけ起こすのかというと、先に起きたら起こしてほし

いと言ってあるからだ。いつもありがとうございます。(情けない)

布団を畳み、顔を洗って玄関横の居間に顔を出した。

「おはようございます」

「おー、昇平。起きたか。ニワトリたちはもう遊びに行ったぞ」

新聞を読んでいたおっちゃんが顔を上げて教えてくれた。元気なことだ。

「ありがとうございます」

「昇ちゃん、おはよう。朝ごはん、いつものにする？　それともカレーにする？」

心が揺れたがいつものにした。飲んだ翌朝の梅茶漬けは格別である。相川さんもおいしそうに梅茶漬けを食べていた。どうせ昼過ぎまでここにいるのだ。

「お昼にカレー、いただいていいですか？」

「それでもいいわよ～。余ったら持って帰っていいからね」

「いつもありがとうございます」

「もう、昇ちゃんたら……お礼なんていいのよ。どーせ年末年始は息子たちも帰省しないんだから。それで、三が日はどうするんだったかしら？」

おばさんに聞かれて相川さんと顔を見合わせた。

三十一日から一日にかけては相川さんちにお邪魔することが決まっているが、それ以降の予定は白紙である。

「えーと、いつからお邪魔してもいいですか？」

こういうことはへんに遠慮しないで聞くに限る。おばさんは笑った。

「いつでもいいのよ～。そうね、相川君もよかったら三日から泊まれるだけ泊まっていって。この人が調子に乗って餅《もち》をついちゃってね。かなりあるの」

「そういうことでしたら、三日から二泊ぐらいお邪魔してもいいですか？　佐野さんはどうされます？」

「あ、じゃあ俺も……でも雪とか降ったら……」

「そこらへんは臨機応変に考えましょう」

「はい」

雪が降ったら降った日に対処しないとあとがたいへんだし。でもおっちゃんちの雪下ろしも手伝わないとなと思う。今回は自分の山で手いっぱいだったが、みな困っていたに違いなかった。ごちそうになった分は消費しないとという打算もある。山で暮らすうちに生活に必要な筋肉がついたことがすごく嬉《うれ》しい。

それまでは全く興味がなかったけど、今は身体《からだ》が鍛えられていくのがわかってとても楽しい。ただ余計な仕事までやりたいわけではないから、そういうことは言わないけど。

昼近くになってから陸奥さんたちが起きてきた。

「いやー、よく寝た！　真知子ちゃん、茶漬けくんねえか！」

「はいはい。みなさんお茶漬けでいいかしら？」

「お願いします」

「お願いします」

やはり飲んだ翌朝はみんな梅茶漬けがいいらしい。なんかほっとするんだよな。

昼前に表へ出てニワトリたちの様子を窺《うかが》う。何も植わっていない畑をつついたり、まだ雪が残る山の斜面を見上げていたりした。ビニールハウスの方は行かないように言ってあるのでそちらには行っていない。ホント、俺にはもったいないぐらいよくできたニワトリたちだ。（なんか言っていることがおかしい気がする）

おばさんから野菜をもらって三羽に声をかけた。みな喜んで野菜を食べ、また畑の方へ戻って行った。この寒い時期でも虫なんかいるんだろうか。うちでは全然見ないけど。

お昼は頼んだ通りシカ肉のカレーライスをいただいた。さっぱりしててうまいんだよな。でもジビエは当たり外れがあるからなんともいえない。シカ肉はどうしても下処理が必要になるからニワトリたちの分だけいただいた。

「佐野さん、年越し蕎麦《そば》には天ぷらがつきものですよね」

「そうですね。あると嬉しいですね」

相川さんに言われてさらりと答えてから、ん？　と思った。

「あ。少しでも面倒だと思ったら天ぷらなくてもいいですから！」

「いえいえ。僕がしたいだけなので」

相川さんは上機嫌だ。こちらに来てから年末年始を共に過ごす人はいなかったというから、相手が俺なんかでも嬉しいのかもしれない。どうせ食べるならおいしく食べたいからとか言ってるけど、相川さんて料理も好きだよな。

いつも通り夕方近くまでお邪魔して、暗くなる前にニワトリたちを回収して山に戻った。

明日は一日家にいる。のんびりしていていいはずなんだけど、年末ということもあってかなんか落ち着かなかった。

何もない日は掃除・洗濯日和だ。寒いけど家中の窓を開けてぱたぱたとはたきをかける。なんかここにきてからいろいろやるようになったよなと思う。一人だと全て自分でやらざるをえなくなるから、自然とやるようになるんだろうか。料理はいつまで経《た》っても適当だけどな。ここらへんは得手不得手があると思う。

今日もいい天気だ。天気予報を見たら明日は曇りみたいな予報になっていた。どこにも何も降らなければいいいんだが、山の天気は読めないからな。

山専用の天気予報とかないものだろうか。そんなアプリあったっけ？　でもピンポイントでこの辺りの山の予報とかはなぁ……。リアルタイムで天気がわかるようなアプリはあるけど、明日とか明後日《あさって》までは正確にはわからない。そこまでの精度を求めるのは贅沢《ぜいたく》だろうか。（あくまで俺が知ってる範囲である）

今朝はいつも通りポチとタマが遊びに行った。

いつもは全く気にならないのだが、なんだか今日は気になって行先を聞いてみた。

「今日はどこへ行くんだ？　ここ？　それともあっち？」

ここと言った時は地面を指さし、あっちと言った時は裏山を指さした。ニワトリたちは当たり前のように首を巡らせた。

「アッチー」

「アッチー」

即答である。なんだか嫌な予感がした。一昨日《おととい》確か、あと少しでイノシシが捕まえられそうみたいなことを陸奥さんが言っていなかっただろうか？

もう行っていい？　というようにポチの足がタシタシしている。捕まえたって持って来られないだろ？　って思うんだがそんなことはうちのニワトリたちには通じない。

「イノシシ、は見つけても狩るなよ？　また今度陸奥さんたちが来てからにしてくれ」

「エー」

「エー」

やっぱり狩ってくるつもりだったらしい。

「あのなぁ……俺一人じゃ運べないだろ？　あと今の時期はみんな忙しいから来られないんだよ。諦《あきら》めろ」

「……ワカッター」

「……ワカッター」

「よろしくな。そのうちまた陸奥さんたちが来るはずだから、その時に狩ってくれよ？」

「ワカッター！」

「ワカッター！」

うんうん、うちのニワトリたちはイイ子だ。わかってくれてほっとした。俺も察しがよくなったものだ。それでも行く場所は予定通り裏山らしい。偵察に行ってくるのかもしれなかった。

「明日は相川さんちに行くからほどほどになー」

と、こんなかんじで二羽を送り出してから家事をしていたのだ。一通り家事を終えてからユマと川を見に行った。川の側にある濾過《ろか》装置には異常はない。その先にあるパイプも問題はなかった。今の時期はいつ水が凍ってもおかしくないから夕方になるとうちでは少しずつだが水を出しっぱなしにしている。水を動かしておかないとパイプの中が凍って水が出なくなってしまうのだ。

川の周りは何もしていないから雪が残っていて危ない。なので少し遠目で確認するぐらいしかできなかった。異常がないということを確認するのも大事だ。ユマは平気で固まった雪の上に乗ってつついたりしている。雪、っつーか氷になったのを食べてるのかな。それとも雪の下になにかいるんだろうか。

今日はうちの周りをゆっくり歩いて畑だの、廃屋跡だのを確認して戻った。今日はのんびりする日と決めたのだが、十二月三十日だと思ったらなんか落ち着かなくなった。門松も置いたし、しめ飾りも飾った。他にやることなんてないはずなのになんでなんだろう。

昼間からなんとなくTVをつけたけど、普段から昼間なんかTVをつける習慣がないからいつもとどう違うのかわからなかった。

「やること……やること……飯食うか……」

とりあえずユマの昼ごはんを用意する。炭焼き小屋は見に行かなくてもいいだろう。あれから雪が降ったわけでもないし。

あ、でも。枯れ枝は集めた方がいいかもしれないなと思った。ついつい忘れてしまう。木だの枝だのを切るのは落葉樹の休眠期に当たる十一月から二月がいいんだよな？　でも間伐だけだったらいつでもいいのか？　そこらへんも調べてわからなければ聞くべきだろう。

お昼ごはんは漬物とタマかユマが産んだ卵炒《たまごいた》めにした。ごはんはもりもり食べる。みそ汁はなめこ汁だ。なめこはおっちゃんちで栽培しているのでいただいてきたものである。なんだかんだいってきのこを自家栽培している家は多いようだ。山で直接きのこを採る人もいるが、おっちゃんはよくわからないので山では採取しないと言っていた気がする。きのこはおばさんが詳しいみたいだ。他の山菜は採るみたいだけどな。

「なめこ汁うまいなー……」

俺も栽培した方がいいんだろうか。

午後は炭焼き小屋の近くで枯れ枝を拾い集めた。

明日はとうとう大晦日《おおみそか》だ。

相川さんがごちそうを作って待っているようなことを言っていた。相川さんの料理もおいしいから楽しみだった。

ポチとタマは狩りはしてこなかった。イイ子たちだ。でもどこを走ってきたのかとんでもなく汚れていた。内心ため息をつきながらいつも通りだなと二羽を洗った。

夕飯にはシカの内臓を出したので、家の前にビニールシートを敷いて食べさせた。あまり暗くなる前に、と思ったけどこの時期なのですぐに暗くなってしまった。暗い中で嘴《くちばし》が赤黒くなっているニワトリってやっぱホラーだな。いや、ホラーというかパニック映画の様相だ。食べ終えてから洗えばよかったなと思った。これ、前にも思ったような気がする。俺、全然学んでないなー。

でもニワトリたちが満足そうだったからいいことにした。

11　大晦日は西の山へ。山で暮らす初めての年末年始です

大晦日の朝は少し曇っていた。これから雲が多くなるんだろうか。なにも降らなければいいと思う。とりあえず山頂に向かって祈っておいた。

今日は相川さんちに泊まることになっている。

お昼から来ていただいてもいいですよとは言われているが、昼食後に向かうことにした。誰かと年末年始は過ごしたいけど迷惑をかけたいわけではないのだ。ニワトリたちにも十分な運動は必要だし。

今日もポチとタマがツッタカターと遊びに出かけた。

ただし今日は太陽がよく確認できないので、呼んだら声が届く位置にいてくれとは伝えた。そうは言っても出かけるのは昼過ぎなので、考えたあげくポチの首に首輪を嵌《は》めさせてもらい、そこに腕時計をつけた。短い針がここをさしたら帰ってきてくれとタマに伝えた。

「ワカッター」

「ワカッター」

「今日は相川さんちに泊まるから頼むぞ～」

最悪ギリギリまで待って置いていくけどな。それぐらいの気持ちでないと送り出したりはできない。畑の作物はこの間収穫したばかりだ。まだそんなに生えてはきていない。虫はニワトリたちが

こまめに食べてくれるからいいけど、そうでなかったら虫食いだらけの作物ができるんだろうなと思う。（冬だからそこまでじゃないか。でも白菜とかとんでもなくなるよな）うちのニワトリさまさまである。

「もう年末かー……あんまり年末って気がしないけどな……」

外で働いていれば実感するのかもしれないが、今は山でまったり暮らしているだけだ。山暮らしって思ったより金がかかると知った貴重な日々だった。幸いマンションの賃貸による不労所得があるからどうにかなっているが、それがなかったらすぐに詰んでいただろう。

生きていくってきれいごとばかりじゃダメなんだ。余裕があって初めて他者にも優しくできるのだと思う。

出かける準備をしながらTVをつける。チャンネルを回すと丁度ニュースがやっていて、天気が昨日の予報と変わりがないことを伝えていた。

「何も降ってきませんように」

そう呟《つぶや》いて一瞬空から落ちてくる女の子を想起したが、実際落ちてきたら受け止めるどころではない。アニメ映画のようにはいかないのだ。

昼になってユマの昼食を用意するかと考えていたらポチとタマが帰ってきた。

「おー、おかえり。早かったな、どうしたんだ？」

「ゴハンー」

「ゴハンー」

「そうかそうか。ちゃんと昼がわかってえらいなー」

どうやら昼食をうちで食べる為《ため》に戻ってきたらしい。相変わらずどこを駆け回ってきたのか、それなりに汚れているので汚れをざっと落とし、三羽分の餌を準備したのだった。

「今日はもう出かけるなよ。もう少ししたら相川さんちに行くからなー」

と伝えていろいろ点検をする。水は出しっぱなしにしていくしかないだろう。ここの水道は素人仕事なので水抜きとかはうまくいかない。流しっぱなしにするのが冬の対策といえば対策だった。

戸締りやらなにやらを全て確認し、残り物は冷凍庫にしまい、と指さし確認をしてから家を出る。いつも通りユマは助手席、ポチとタマは幌《ほろ》を被《かぶ》せた荷台に乗ってもらい、俺は久しぶりに相川さんの山へと向かった。

「………」

相川さんの山は、なんというか、うちと違って雪がほとんど残っていなかった。

木々の葉っぱに積もっていた雪が溶けているのはわかるのだが、その足下にもあるはずの雪がほとんどないのである。

「リンさん、雪嫌いって言ってたな……」

その雪たちはどこへ移動したのだろう。それとも食べたのだろうか。食べたらまるでまんじゅうこわいだろうと自分にツッコんで、麓《ふもと》の柵《さく》を閉めてから山の上へ軽トラを走らせた。家を出た時にはすでにＬＩＮＥで連絡をしていたので、相川さんは畑で待っていた。

「佐野さん、こんにちは」

「相川さん、こんにちは。今日明日はお世話になります」

相川さんがはにかんだ。

「いえいえ、こちらが一緒に過ごしてもらうんですから、気にしなくていいですよ」

こういうことをさらりと言えるんだからかなわないよなと思う。俺は肩を竦《すく》めた。手土産はいつも通り煎餅《せんべい》である。泊まりの手土産が煎餅とは何事かと怒られそうだが、何を持っていったらいいのかわからないのだからしかたない。大体つい一昨日《おととい》までほぼ毎日のように顔を合わせていたのだ。山を回らせていただいているのはこちらなんですから、手土産なんかいりませんよと言われてしまったし。

リンさんは家の側《そば》にいた。

「リンさんお久しぶりです。うちのニワトリたちが虫などを食べたりしてもいいでしょうか？」

「サノ、ヒサシブリ。カマワナイ」

リンさんは心なしか色素が抜けているように見えた。冬は色素が薄くなるのだろうか。

俺は相川さんを見た。

「リンさん、どうされたんですか？」

「ああ」

相川さんが気づいたように答えてくれた。

「つい先ほど脱皮したんですよ」

「えええ」

こんな冬でも脱皮ってするものなのか。

「寒い時期なのに脱皮するんですか⁉」

「あんまり季節は関係ないみたいなんですよね。なんか……きつくなったら脱ぐみたいなかんじで……」

ということは、もしかしてリンさん……。

その先は睨《にら》まれた気がしたので考えないことにした。危ない危ない。俺の危機を察知したのかタマとユマが俺の前にきた。いや、大丈夫だから。

相川さんが苦笑している。

今日俺は無事に生き抜くことができるだろうか。少しだけ心配になった。

相川さんちのお風呂《ふろ》は外なので、早いうちにいただいた。屋根はあるので雨が降ってきても大丈夫だが、四阿《あずまや》っぽく四方は開いている。冬の露天風呂に毎日入るのはたいへんそうだなと思う。でも山の景色が見られるのはとても開放感があっていい。相川さんは本当に仕事が丁寧で、お風呂の周りの草などもしっかり刈られている。ユマもとても満足そうだ。

今回枯れ枝などを運んできた。相川さんは嬉《うれ》しそうに、

「ありがとうございます」

と薪《まき》をおいてある場所にしまった。炭焼き小屋の周りには竹は生えていなかったから、火にくべても爆《は》ぜるものはないはずだ。

「リンのおかげで枯れ枝集めも順調なんですけど、いただけると助かりますね」

この露天風呂はいわゆる薪で湯を温めるタイプのものなのだ。なので気が付いた時には薪を作っているらしい。薪を作るヒマがない時は枯れ枝を集めるのが一番だ。だが集めるだけでもそれなりに時間がかかる。なので今回の手土産は正解だったようだ。

「はー……ユマ、気持ちいいな」

「キモチイー」

ユマの羽に丁寧にお湯をかけてやる。相川さんちの風呂はけっこう広いのでユマと入るのにちょうどいい。うちのお風呂も今のところぎちぎちな状態で一緒に入っているが、これ以上大きくなったら無理だとはユマに伝えてある。ほっとくと自分より大きくなってしまいそうだ。そしたらどーすっかなというのが最近の悩みである。

出たら急いで身体《からだ》を拭いてユマを拭き、相川さんちに戻る。ここのお風呂は母屋から濡《ぬ》れないようにこられるものの（足下はすのこがある）、上はトタンだしすのこの両脇は薄い板で辛うじて覆ってるだけなのでヒートショックが心配だ。若いから大丈夫というものでもないだろう。

「お風呂お先にいただきました」

「寒かったでしょう」

相川さんが温かいお茶を淹《い》れてくれた。

「ありがとうございます」

お茶請けは白菜の漬物だった。浅漬けらしい。

「けっこう作れるものですよね」

そんなに大きくは育たないらしいが、山の上の畑でも白菜はけっこうできるようだ。

「おかげで最近ずっと白菜なんですよ。食べていってもらえると嬉しいです」

そう言って相川さんははにかんだ。そんなわけで、ニワトリたちの夕飯はシシ肉と大量の白菜になった。シシ肉はリンさんも食べるが一度に大量に食べて何日も食べないという生活である。今日は食べる日ではなかったようだった。内心ほっとしたのはないしょだ。リンさんの食事風景とかあまり想像ができない。だってあの恰好《かっこう》は擬態だというし。

夕飯はシシ鍋《なべ》だった。とても贅沢《ぜいたく》だなーとにまにましてしまう。漬物、小松菜の煮びたし、ほうれん草の胡麻和《ごまあ》え、レンコンのきんぴら等の副菜も素晴らしい。

「おいしいです〜」

「鍋は一人では食べづらかったので、佐野さんとつつけて嬉しいです」

「そうですよね。鍋を一人はな〜」

やっぱり鍋は人がいないとそこまでしたいとは思えない。今は一人用の鍋キューブなども売られてはいるが、それではなんだか寂しい気がする。ああでも、野菜を大量にくたくたに似ておかずにするって考えならありかな。ごはんを入れておじやみたいにしてもいいかもしれない。今度N町に買い出しに行った時買ってみようと思った。

「後で天ぷらを揚げますね。蕎麦《そば》を打ったので、年越《としこ》し蕎麦もありますから」

鍋の残り汁には明日の朝うどんを入れてくれるようだ。明日の朝も楽しみである。

「おおお……」

全くもって至れり尽くせりだ。それにしても、おっちゃんも蕎麦は手打ちするらしいけど、田舎って蕎麦を打ちたくなるなにかがあるんだろうか。陸奥さんも暇になると蕎麦を打つと言っていたし。（蕎麦打ちに必要なキレイな水があるというのもあるかもしれない）

リンさんは土間で早々に寝るようだ。冬の間は寝る時間がとても長いらしい。多少騒いでもちょっとやそっとでは起きないので気にしなくていいそうだ。俺はニワトリたちを眺めた。

「蕎麦は台所で食べましょう」

「はい」

その方がいいだろう。この部屋に夜中まで電気がついていたらニワトリたちが寝られないだろうから。でもちょっとだけ、電気がずっとついた部屋だとニワトリたちは寝ることができるのかどうかは気になる。そのまま朝まで鳴かれても困るのでやってみようとは思わないが。

片付けをしてニワトリたちにおやすみを言う。

わかっていないだろうけど、

「また来年もよろしくな」

と呟いた。

来年だけでなく、次の年も、その先もずっと共に暮らしていきたい。

「オヤスミー」

「オヤスミー」

「オヤスミー」

律儀に返事をしてくれるニワトリたちに笑む。

「ちゃんと寝るんだぞー」

枕が変わると寝られないなんていう繊細な子たちではないから、電気を消せばすぐに寝るだろう。

今日は年越しまで起きているつもりなのでアルコールはとらなかった。年が明けてからビールをあけるつもりである。

いつでも寝られるようにと、用意された部屋の布団を早々に敷いておく。どーせ寝る直前までぐだぐだ話しているのだ。今年あったこととか、その前にあったこととかもろもろを。別に反省って

ほどではないけど、お互いに話をすることでいろいろ考えがまとまればいいと思う。

来年は、どんな年になるだろうか。


日が変わる頃に年越し蕎麦と天ぷらが出てきた。サツマイモではなくジャガイモの天ぷらだった。タマネギとニンジン、枝豆が一緒になったかき揚げとか、鶏天《とりてん》も出てきた。ジャガイモの天ぷらが特に気に入った。けっこうな分厚さで、それなのにほくほくでおいしかった。思わず、

「また作ってください！」

と頼んでしまった。相川さんが嬉しそうに笑んでくれた。

蕎麦は如何《いか》にも自家製ですという太さだった。

「いやー、なかなか細く切れないんですよね」

相川さんが頭を掻《か》いた。ネギとミョウガのみじん切りとわさびを共に、蕎麦はざるでいただいた。年越し蕎麦ってこんなに贅沢なものだっただろうか。ついつい食べ過ぎてしまい、その間に年が明けた。

どれも、とてもおいしゅうございました。

ＴＶはなんとなくつけていたが、お互いに全然見ていなかった。

一息ついて、お互いに苦笑しながら挨拶《あいさつ》をする。

「おめでとうございます。今年もよろしくお願いします」

「おめでとうございます。こちらこそ、よろしくお願いします」

お互いにぺこぺこと頭を下げあって笑った。

「相川さんがこちらにいらしたのが……三年以上前でしたっけ？」

「はい。今年で四年になりますね。逃げるようにして、ここにきたんですよ……」

相川さんが遠くを眺めるような目をした。

実際に相川さんは逃げてきたのだ。桂木さんも、俺も逃げてきた。俺のことを追ってくる人は多分いないだろうけど、桂木妹がたいへんだ。今は教習所でがんばっているらしいけど。

と、噂《うわさ》をすればなんとやらなのか、桂木さんからＬＩＮＥが入った。

「あ、桂木さん」

相川さんに断ってＬＩＮＥを確認する。

「明けましておめでとうございます。今年も妹共々お世話になります。雪がどうにかなったら戻るかもしれません。その時はどうぞよろしく！」

春まで家を空けるってのも不安だろうしな。

「僕のところにも新年の挨拶が届いていましたよ。律儀ですよね」

相川さんが笑む。近くに寄ってこなければいいらしい。

「……そういえば、桂木さんたちの事情は聞いてますけど、僕は話してないですね」

「俺も自分の事情なんか話してないですよ。知っているのは、湯本さん夫妻と相川さんだけです」

「……じゃあ話さなくてもいいですかね……」

「いいと思います」

桂木姉妹は俺たちに何かあることは気づいているだろうが聞いてくるようなことはしない。頭が軽そうなしゃべり方はしているが（かなり失礼）、とても気遣いのあるいい娘たちだ。だからこそ、あの娘たちの平穏な生活を脅かそうとする奴《やつ》らからは守ってやらなければならないと思う。

「俺、桂木さんたちにはできるだけ便宜を図ってあげたいと思っています」

「女の子だから、ですか」

「そうです」

簡単に言ってしまえばそういうことだ。古い考えだと言われるかもしれないが、一般的に男の方が力が強いことは間違いないのだ。ただ甘えてくるだけの女子ならほうっておくが、あの二人はそうではない。自分で自分の未来を切り開こうとがんばっている女の子たちだ。その子たちを応援したいと、サポートしたいと思うのはおかしなことではないはずである。

「僕はあまり関わることはないですけど……声をかけてくれれば僕も手伝います。せっかくの山暮らし仲間なんですからね」

「そうですね」

山暮らし仲間かぁと、ちょっとほっこりした。

「妹の方は静観するしかないと思うんですけど、川中さんて本気じゃないですよね？」

とりあえず今のところの懸念事項を確認する。相川さんは考えるような顔をした。

「……あの人もずるいですからね……だからといってセクハラは容認できませんから、そこは陸奥さんたちと相談します」

「お願いします。……知命だって言ってましたけど……やっぱり若い子の方がいいんですかねー？」

「男は若い女を求めるものですから」

一般論ではあるだろうけど相川さんはさらりと言った。

「女子にも選ぶ権利がありますよね……」

お互いさまだとは思うが、五十代の男と本気で恋に落ちてしまう二十代女子はそんなにはいないだろう。（ただの偏見です）

新年早々はーっとため息をついてしまった。

「多分一月ぐらいはうちの山を回ると思うので顔を合わせることはないでしょうが、さすがに二月になれば妹さんの免許も取れているかもしれませんしね……」

「問題は二月以降ですか」

おおごと、というほどではないものの、ちょっとした問題ではある。

「あ、そうだ。全然話変わりますけど、一月中に炭を作ろうと思っているんです。佐野さんも来ませんか？」

「はい、参加させてください。お願いします」

炭焼きは複数人でやらないととても身体が持たない。火を入れたあとはずっと監視していないといけないからだ。まだ濾過《ろか》装置の炭を替える必要はなさそうだが炭があるといろいろ助かるだろう。

天ぷらも蕎麦もキレイになくなった。ビールも一缶空けてご機嫌で床についた。

「実はおせちを二人前で頼んだんです。明日は一緒に食べてくださいね～」

今までの、一人きりの年末年始は相川さんにとってどうだったのだろう。今年も至れり尽くせりのようだった。

実家のおせちも、いつの頃からか注文になった。あれもこれもと作るのはたいへんだったのだろう。元々おせちって、三が日何もしなくていいように作っておいたものではなかったっけ。これは俺の思い違いだろうか。

好きな時に起きてきてくれればいいですからね、という相川さんのお言葉に甘えて目が覚めてから布団に横たわったままぼーっとしていたら、トットットッと音がした。しまった、と思った時にはタマにのしっと乗られていた。

「タ〜〜マ〜〜〜……」

「オキロー」

「……お前が乗ってたら起きられないだろーがっ！　どけっ！」

タマが胸の上からバサバサと羽ばたいてどく。ああ苦しかった。パタパタと音がして相川さんの顔が覗《のぞ》いた。

「あ、タマさんが起こしてくださったんですね。相変わらず仲がいいですね〜」

相川さんは俺とタマの姿を見て笑顔になった。

「……おはようございます」

そんないいものじゃないです。最近見た目にはそれほど変化はないけどなんか重くなってるし。

「……起こしてくれるのはいいけど乗るなよ。重さで潰《つぶ》れるだろ？」

そう文句を言ったらつつかれた。なんでだ。

玄関兼土間なスタイリッシュ空間に顔を出すと、ニワトリたちが早々に餌をもらっていた。

テーブルの上には漬物と三段重ねの重箱が置かれている。

「朝食の前に祠《ほこら》にごはんをお供えしてくるんですけど、佐野さんはどうしますか？」

「あ、はい。行きます行きます」

この山の祠は家から近いところにあるのだ。この山に昔住んでいた人々のお墓の近くにある祠に、ごはんを入れた小さい皿を持って挨拶に行った。

今日はとてもいい天気だ。そういえば初日の出とか見なかったな。山の上だけどそこまで開けているわけではないから、初日の出を見ようと思ったらけっこう時間がかかったかもしれない。

「今年もどうぞよろしくお願いします」

二人で手を合わせて祈った。

相川さんちに戻って重箱を開けてもらった。確かに全て二人前という数である。黒豆とか田作りとかそういう定番の物は入っていたけど、それ以外はなんかちょっと違うというかんじだった。なんとなく、中華っぽい？

「試しに中華おせちっていうのを頼んでみたんですけど、どうですか？」

「……面白いですね」

相川さんは苦笑した。どうしてもおせちだと冷たいから、中華って言われてもなんか微妙な気がする。おいしいはおいしいけどいろいろ奇をてらわなくてもいいのではないかと思った。そう、おいしいはおいしいのだ。

ニワトリたちは順次食べ終えたらしく、こちらを見てコキャッと首を傾《かし》げた。遊んできていーい？　と聞いているようだった。おとなしくとぐろを巻いて休んでいるリンさんにお伺いを立てた。

「リンさん、すみません。うちのニワトリたちが山の中を回りたいようなんですが、虫などを食べてもいいですか？」

「カマワナイ」

「ありがとうございます」

礼を言ってニワトリたちを送り出した。ニワトリたちは喜んでツッタカターと駆けて行った。

「佐野さんて、リンにも丁寧ですよね」

「相川さんを見習っているだけですよ」

「僕、ですか？」

全然意識していないようだった。最初うちに来た時、相川さんはリンさんを見せてくれてニワトリたちに山を回る許可を求めてくれた。あれを見てとても感心したのだけど、相川さんはさっぱり覚えていなかったらしい。それぐらい自然にあの行動が身についてるってことなんだろうな。やはり見習わなければと気持ちを新たにした。

リンさんもゆっくりと家を出て、パトロールに出かけていった。

一通りおせちを食べたら雑煮が出てきた。

「餅《もち》、いっぱい切っちゃったんで食べてくださいね」

相川さん、張り切り過ぎである。

「そんなに食べられないですよ〜」

そう言いながら餅を二個入れてもらって食べた。とてもおいしい。

「佐野さんちのお雑煮って醤油《しょうゆ》ベースですか？」

「ええ、うちは醤油ベースでしたね」

「砂糖とか入れませんよね？」

「入れません」

こういうのも地域によって違うらしいということは聞いたことがある。

「うちの父が、お雑煮には砂糖をかけるんですよ。山盛りで」

「えええ」

「父だけがやっているのでいいんですけどね」

「その家によって違うんですかね」

「そうかもしれません」

餅はけっこう腹に溜《た》まる。食べ終わってからは腹を抱えてごろごろしていた。相川さんちは居心地がよくて困る。

「佐野さん、今夜どうされますか？　うちとしては泊まっていっていただいてもいいですけど」

「あー……ニワトリたちが戻ってきてからでいいですか？」

「はい。食べる物はいくらでもあるのでかまいませんよ～」

最近は昼に合わせて戻ってくることが多いのだが、今日に限ってなかなか戻ってこない。

「アイツら、腹減らないのか？」

ちなみにツッタカターと駆けて行ったのはポチとタマである。ユマは家の周りでうろうろしているようだ。二羽と一緒に遊びに行ってもいいんだけどな。まぁなんというか、ユマにはユマのこだわりのようなものがあるのだろう。わかんないけど。

そんなわけでユマは相川さんちでお昼に餌をいただいたが、二羽はどこをほっつき歩いているのか、昼には戻ってこなかった。ホント、どこまで行ったんだろう。

昼食は昨夜《ゆうべ》の残りの鍋《なべ》の汁にうどんを入れたものだった。だしがしっかり出ていてとてもおいしかった。

「やっぱ鍋いいですよね～」

「ですね。でも一人だとなかなか……」

相川さんが苦笑した。

「スーパーで鍋キューブとか売ってるの見ました？」

「ああ、一人暮らしにも対応しているってやつですかね。でも一人で鍋って食べるかなって思ってしまうんですけど」

鍋は複数人でつつきたい派のようだ。そこらへんはきっと人によるのだろう。一回ぐらいは試してみたいと思う。

「一度買ってみようかと思ってはいます」

「そうですか。感想を聞かせてくださいね」

鍋のだしのおかげで、うどんがとんでもなくおいしかったのでおかわりしてしまった。おかげでまた転がるはめになってしまった。

「夕飯はおせちの残りと……餅でいいですかね～」

ニワトリたちは久々の違う山ということでフィーバー（死語）してきたようだった。夕方に戻ってきてやりきった！　というようなふんす、という顔をしている。うん、これはこれでかわいい。

ニワトリバカだって？　ほっとけ。

ニワトリたちが夕方遅くに帰ってきたことで、強制的にまたお泊まりになってしまった。桂木さ

んからまたＬＩＮＥが来たので、今夜も相川さんちに泊まると連絡したら、

「えー、いいなー。ちょっと仲良すぎじゃありません？」

と返ってきた。なんなんだいったい。

俺がよほど微妙な顔をしていたのか、相川さんに「どうしたんですか？」と聞かれてしまった。

ＬＩＮＥの内容を話したらまた苦笑されてしまった。

「うーん……山暮らしなんてこんなかんじじゃないですかね？　とは言ってもリンの秘密を話したのは佐野さんだけなので、運命共同体みたいなことは勝手に思ってますけど」

そういえばリンさんのことを知っているのは俺だけなのだった。だからみんな相川さんは彼女と暮らしていると思っている。ってことは、俺って彼女持ちの家に居座るお邪魔虫か？　……そうかもしれない。

あ、でも相川さんの彼女は年末年始で帰省してることにしたんだっけ。相川さんなりの設定である。

「あー……どう返すかなー……」

「正直に返せばいいんじゃないですか？　ニワトリさんたち、実際戻ってこなかったんですから」

「そうですね」

ニワトリたちが山巡りに行って暗くなるまで戻ってこなかったんだ、と。

相川さんが風呂《ふろ》を沸かしてくれたのでユマと急いで入った。暗くなると途端に寒くなるから、冷え切る前に入らなくてはいけない。

「それにしても……見事に雪がないな……」

「ユキー、ナイー」

ちょっとだけユマは不満そうだ。

「だよなー……」

リンさんはパトロールというより雪を駆逐しに行っているのではなかろうか。

ちなみにポチとタマはすっごく汚れて戻ってきたのですでに湯でざっと洗ってある。（相川さんがお湯を沸かしてくれた。すみませんすみません）お風呂は嫌みたいだから、ごみなどを取ってからぬるま湯を何度もかけるという形だ。はっきり言って手間だが、ニワトリたちの満足そうな顔を見るとがんばるかって思ってしまう。その点ユマは洗い場で汚れを落としてお湯で洗った後一緒に入浴できるのがいい。もちろん出たら急いで拭《ふ》かないといけないが、もうこういう生活に慣れてしまっていた。

俺たちが出た後入れ違いに相川さんが入る。本当は先に入ってもらった方がいいと思うのだけど、お客様が先です、と言いがんとして譲らなかった。ユマは広いお風呂に二晩も入れてご機嫌だ。そんな期待に満ち満ちた目で見られても浴室の改造なんかしないぞ。

「オフロー？」

コキャッと首を傾げる様子がめちゃかわいい。じゃなくて。

「うちの風呂はあれ以上でかくならない。これ以上大きくなるなよ！」

そんなことを言っていたら相川さんに笑われた。いや、もううちのお風呂ではぎりぎりなのは間違いないのだ。

相川さんが出てからおせちの残りと餅を焼いてもらった。砂糖醤油につけた餅うまい、きなこのもうまい。わかっていても食べ過ぎてしまう。餅は危険だ。

「佐野さん、お餅持って帰りますか?」

「あー……でも三日にはおっちゃんちですよね。どうしようかな」

「そうですね。多分二泊はすることになりますかねー」

おばさんがとても嬉《うれ》しそうだったから二泊はした方がいいだろう。それ以上は要相談だ。

明日はうちに帰って、洗濯だのもろもろして、明後日《あさって》から今度はおっちゃんちだ。すでにすごく食べすぎているから家では節制しないとである。胃薬は……置き薬の中にあったような気がする。

「佐野さん、明日の朝は力うどんでいいですか? 野菜はしっかり入れますけど……」

「お任せします。ありがとうございます」

また餅か。おいしいんだけど、おいしいんだけど……ちょっと重いんだよな。それだけ腹持ちがいいってことなんだろうが、食べ続けているとなんか飽きるんだよな。ごはんだったら飽きないのに、なんでだろう。

「佐野さん、餅が飽きたなら飽きたって遠慮しないで言ってくださいね」

しっかりお見通しのようだ。俺は首を振った。

「飽きてないですよ~」

まだ、ね。

多分おっちゃんちに行っても沢山餅を食べさせられるんだろうなと思う。きっと餅の数を聞かれて、「一個で!」と言っても二個出てくるとかそんな想像をしてしまう。でもこれは想像だけでは済まないだろう。

……鏡餅、買わなくてよかった。


二日の朝、相川さんちで力うどんをいただいてから山に帰った。

少し溶けている餅もなかなかうまい。あのめんつゆ、絶対相川さんの自家製だよなって思った。自家製のめんつゆ、ってうちも俺が小さい頃は冷蔵庫に入っていた気がする。それがいつのまにか市販のめんつゆに変わってしまったけど、麦茶と間違えてめんつゆを飲んでしまったのはあまりいい思い出とはいえないだろう。今の子たちだと信じられない話なのかな。おっちゃんちのめんつゆも自家製なんだろうか。

そんなことをつらつらと考えながら家事をする。明日は夕方からおっちゃんちだ。

今日はポチとユマが遊びに行った。タマは庭で洗濯物を干す俺の側で何やらつついている。本当にこんな時期でも虫とかいるんだろうか。それとも何かつつかずにいられないだけなんだろうか。

二日分の洗濯物は多いとは言えないが、毎日洗濯するよりは多くなる。日々洗濯した方が干すのも楽ではあるんだよな。寒いは寒いんだが雪も大分なくなってきた。そうは言っても溶けていないところは全く溶けていないが。

ふと何か忘れている気がして考える。

「……あ、手土産……」

まだ午前中だと気づき、明日配送できる商品をネットで探すことにした。

「タマ！　ちょっと俺家に入ってるから！」

「ワカッター」

何も言わずに慌てだしたらタマも驚くだろうと、声だけかけて急いでPCの前にかけた。

正月だというのに意外と明日までに配送という商品はあるものである。多少高くても範囲だ。というわけでちょうど干物のセットを見つけたのでおっちゃんち宛に送ってみた。こういうのがあるから今はいろいろ便利だなと思う。

家の中を掃除し、昼ご飯の用意をした。畑の側でポテポテしているタマに声をかける。

「おーい、タマ〜。ごはんだぞ〜」

「ハーイ」

一人暮らし、のつもりがなんか一人暮らしっぽくないなと思うのはこんな時だ。だってうちのニワトリはしっかり返事してくれるし。

冷凍してあったシシ肉は早めに解凍してあったので、松山さんちから買ってきた餌と一緒に白菜の上に切って載せた。タマは嬉しそうに食べてくれた。今はちょうど首を下げた位置にボウルがあるから食べやすそうである。台に載せたのは正解だった。もうかなりでかいんだから地面の上にボウルはないわな。

俺はタマとユマの卵を使って小松菜と炒《いた》めて食べた。うまい。やっぱうちのニワトリたちの卵サイコー。

そんなかんじで特に今日は何ということもなかった。胃がやっぱり疲れているようなので夕飯は雑炊にした。確か七日に七草かゆを食べるんだよなと思い出した。あれって正月疲れの胃を休める為なんて聞いた気がするけど、確か御伽《おとぎ》草子にも七草草子という話があった。中国の孝行話っぽく書かれていたけど、あれって室町時代に編纂《へんさん》された話なんだよな。ということは日本人が想像で書いた物語だったのだろうか。改めて調べてみたけど典拠未詳だった。こんなかんじでわからないことは沢山あるのだろうなと思った。（連想が過ぎる）

今日はおっちゃんちに向かう。夕方からでいいのでニワトリたちには遊んできてもいいけど、太陽の位置があのへんになったら戻ってこいよと空を指さして伝えた。

ポチとタマがお出かけするそうだ。

「ワカッター」

「ワカッター」

「暗くなる前に帰ってこなかったから置いてくからなー」

「ヤダー」

「ダメー」

ツッタカターと駆けていきながらそんな返事をする二羽に微妙な顔をした。やだでもだめでもないだろ。いったいどこで覚えてくるんだろうか。やっぱTVなのかな。俺は頭を掻《か》いた。

今日もいい天気だ。そういえば雪が降ってから全然町に行ってないけど、道は大丈夫なんだろうか。ま、特にどこからも連絡がこないから大丈夫なんだろう。

一通り家事をしてからユマと適当にうちの周りを見て回った。雪だるまが少し小さくなっている気がする。気温は冷えているけど太陽の光で溶けているらしい。太陽の光って偉大だよな。こんなに寒くても洗濯物乾くし。重要なのはそこかよ、と突っ込まれそうだが大事な問題だ。乾かなかったら着る服がなくなるじゃないか。

ポチとタマが少し早めに戻ってきたのでさあ出かけようかと思った時電話が鳴った。おっちゃんちからだった。

「？　もしもし？」

「昇ちゃん！　もうもう、気を遣わなくてよかったのに！」

おばさんだった。

「あ、届きました？」

「こんな豪華な干物セット、もらえるようなことしてないわよ！」

「いつもしていただいてますよ～」

「もうもう！　御馳走《ごちそう》用意してるから覚悟しなさい！」

「ええええええ」

覚悟って、どんだけおいしいものを食べさせられるんだろう。ボストンバッグに胃薬を入れたかどうか確認して、俺はウキウキしながらニワトリたちと一緒に山を下りたのだった。

12　年始もおっちゃんちでは食べるしかない

着替えとニワトリ以外は持ってくるなと言われていたのでほぼほぼ手ぶらである。ほぼほぼ手ぶらって意味わからないよな。

「明けましておめでとうございます。今年もよろしくお願いします～」

玄関のガラス戸を開けて中に声をかけると、バタバタと音がしておばさんが出てきた。

「おめでとう！　今年もよろしくね～。ところで昇ちゃん、もうあんな豪華でおいしそうなの贈ってこないでちょうだい！」

「おいしそうならよかったです」

「次あんなの贈ってきたら出入り禁止にするわよ！」

「ええええええ」

世話になっているからとお礼を贈ったら出禁になるって意味がわからない。

「ええと、すみません。ニワトリたちは……」

「畑の方まで行っててもかまわないわ。山登りはさせないでね」

「わかりました」

ニワトリたちにはおばさんに言われた通りに声をかけた。三羽はコッ！　と返事をするとツッタカターと畑へ駆けていった。ああいう姿を見ていると元気でいいよなと思う。尾が横にぶんぶん振られているさまはなかなかに凶悪だけど。

庭に面した縁側におっちゃんがいたので挨拶《あいさつ》をした。

「おう、昇平か。餅《もち》食ってけよ」

「そんなにお餅あるんですか」

「気合入れてつきすぎちまってな」

「ああ……どこの家でも餅ついてますよね……」

「そういうこった」

これは多少持ち帰らなければならないかもしれない。その頃にはけっこう飽きてくるんだよな。どうしよう。

そんなことを話している間に相川さんの軽トラが入ってきた。おっちゃんは助手席にリンさんがいないのを確認してか、今気づいたというように呟《つぶや》いた。

「確か……相川君の彼女は帰省したんだっけか」

「そうみたいです」

「男二人じゃむさかったろう」

おっちゃんはガハハと笑った。

「それはそうですけど、しょうがないですから」

むさいって思うほどくっついているわけでもないのでそんなことはないが、逆らうのもアレなので話は合わせておくに限る。人間関係の基本だ。

「明けましておめでとうございます」

「おう、おめでとう」

相川さんが荷台から黄色いケースを降ろした。ビール瓶だった。

「お、こりゃあビール飲み放題だな」

「ははは……」

おっちゃんが機嫌良さそうに言う。俺は苦笑した。もしかしたら明日の朝は二日酔い確定かもしれない。相川さんが玄関からおばさんに声をかける。ビールは倉庫の方にと言われて運んでからこちらに来た。

「こんにちは。なんかいつも遅くなってすみません」

「別に遅くはねえだろう。今日明日泊まってくんだっけか」

「はい、お世話になります」

「彼女はいつ戻ってくるんだ」

「もう少し先ですね。山の上は寒いですし」

「よく付き合ってくれるよなぁ」

「そうですね」

確かにうちのニワトリたちもそうだが、リンさんもよく付き合ってくれていると思う。おっちゃんが言うのとはまた意味合いが違うが。

そうしているうちに日が陰ってきた。こうなると一気に暗くなる。冬至を過ぎるとだんだんと日が長くなってくるのだが、一月の頭なんてまだまだだ。

「そろそろごはんよ～」

「おう」

立ち上がって相川さんと共にニワトリたちを呼びに行く。平和だなとしみじみ思った。

「「はーい」」

その日の夕飯はおばさんが言った通りごちそうだった。漬物は当たり前として、筑前煮《ちくぜんに》、海老《えび》の姿焼き、黒豆やきんとん、昆布巻き、刺身に天ぷら、里芋とイカの煮物にぶり大根とおなかぽんぽこりんラインナップだった。

「うわ〜、おいしそう……」

「おいしそうですね〜……」

「食え食え〜」

この量はどう考えたって四人で食べる量ではないだろう。

「いっぱい召し上がれ〜。明日はお餅よ〜」

しっかり胃薬と友達になれそうである。そんな友達は嫌だ。だが正月なんていうのはこういうものである。

「本当はお煮しめも用意したかったんだけどさすがに時間がなくてね〜」

「それはしょうがないですよ〜」

お煮しめもおいしいんだよな。すっごく手間がかかるとは聞いているけど。

ニワトリたちは野菜だけでなくシカ肉とシシ肉ももらったらしくご機嫌だ。外にビニールシートを敷いてその上に出したけど、尾がびったんびったん揺れている。せっかくの正月だもんな。それこそ食え食えだ。

ビールも一缶は空けたけど飲むどころではない。黒豆ときんとん、昆布巻きも自家製らしくどれもおいしかった。市販のきんとんてどうしても保存の観点からか甘すぎるんだよな。どれも後をひく味なのに料理が多すぎて少しずつしか食べられない。

「おばさん、全部おいしい」

「それはよかったわ～。もっと食べてね！」

「さすがに無理です～」

なんかもったいなくてあと一口を食べてしまうんだけど、後悔先に立たずになるんだよな。そう思いながらも食べられるだけ食べた。だっておいしいのだ。

「ごはんも炊いたのよ～」

「さすがに死にます」

ごはんと聞いて白目を剥《む》きそうになった。残念ながら俺の胃はブラックホールではないのだ。相川さんもおなかを押さえる仕草をした。

「あら～、じゃあどうしようかしら」

「だから飯まではいらねえって言ったじゃねえか」

「足りなかったら困るじゃない」

「こんだけあって足りないわけがあるか！」

「まあまあ……」

どうもおばさんというのは作りすぎてしまう傾向にあるらしい。そういえばうちの母親もそうだったなと苦笑した。かき玉汁だけでもと言われたけどもう汁物すら入る余地はなかった。明日絶対食べますから！　と言って勘弁してもらった。

で、翌朝は重い胃を抱えて唸《うな》ることになった。さっそく胃腸薬というお友達と仲良くなれそうだ。困ったものである。

「……食べ過ぎはきつい、ですね……」

「はい……」

いつも元気な相川さんもさすがに顔色が悪い。相川さんの具合が悪いなんて、雪が降りそうだなと思った。

ふらふらしながら支度をして、食前に飲む胃腸薬をどうにか飲んだ。効いてくるのは三十分後ぐらいからだっけか。それまではなにも食べられそうもなかった。

「おはようございます……」

「おはよう。あらどうしたの？　元気ないわねぇ」

へろへろしている俺たちに対して、おばさんは元気だった。

「……食べ過ぎで……」

「あら～。みんなそんなに胃が弱かったのかしら？」

「そういう問題じゃねえだろ」

おっちゃんも胃の調子は悪そうだ。珍しくおなかを撫《な》でている。やっぱりおばさんは作りすぎたようである。

「昨日のごはん、おにぎりにしちゃったのよ。焼きおにぎりにしてお茶漬けにしたら食べられそう？」

それはとてもおいしそうだ。

「胃薬が効いてきたらいただきます」

「あらあら、困ったわねぇ」

焼きおにぎりの茶漬け、とてもおいしかったです。ごはんの代わりに香ばしい醤油《しょうゆ》の香りがした焼きおにぎりに、梅やのり、おかかをかけてお茶を注ぐ。それをスプーンでざっくり崩して食べるのだ。

「はぁ……なんて贅沢《ぜいたく》……」

相川さんとお互いうんうんと頷《うなず》きながら食べた。

「こんなもので大げさねぇ」

「こんなものじゃないです。こういうのがいいんです」

うまいうまいとさらさら食べた。

「はい、どうぞ」

「そういえば昇ちゃん、タマちゃんとユマちゃんの卵はいただいていいのよね？」

「ありがとうね〜」

「卵かけごはんにはしないでくださいね〜。衛生管理が全くできてないので」

おっちゃんとおばさんは悲しそうな顔をした。以前も言ったような気がするが改めて注意してよかったと思った。

「生はだめなのねぇ」

「養鶏場とか、しっかり衛生管理されたところで採れた卵ならいいですけどね。うちのは何食べてるかわかりませんから」

「残念だわ〜」

しきりにおっちゃんと残念だ残念だと言っている。

「……サルモネラ菌、怖いですよ」

「……そうなのよね」

「……そうだよな」

どうにか納得してもらった。危ない危ない。

ニワトリたちは今日も元気に畑にいるらしい。

「そういえばこの時期、イノシシの被害ってどうなんですか？」

ふと思い出して聞いてみた。おっちゃんは難しい顔をした。

「ゼロではねえな。西の家の方に被害があるようなことは聞いた」

「あっちに移動したわけではないんですよね？」

「より狙いやすい方に移動することはままある。イノシシってのは縄張り意識があんまねえからな。下手すると何組もに狙われるぞ」

「それは困りますね……」

西の家というと、畑の向こうの、そのまた向こうの土地だろう。隣といっても土地と土地がくっついているわけではないらしい。そこらへんは難しくてよくわからなかったりする。山と山の境界線みたいなのも曖昧《あいまい》だしな。うちは両隣と仲がいいからいいけど、そうでないとやっぱり諍《いさか》いみたいなことがあるのかもしれない。

「うちはなんかありゃあ陸奥さんたちに頼むこともできるが、西の家はそういう伝手《つて》はないらしくてな。おそらく猟友会に話は行くと思う」

「農家って本当にたいへんですよねぇ」

もっと作物が高く売れればいいのにと思う。作物を育てるのは決して楽ではない。病害もあるし、天候にも影響されるし、害獣被害もあるしとてもたいへんだと思う。

「ま、比べることじゃあねえよ。俺からしたら山で暮らす方がはるかにたいへんだと思うしな」

相川さんと顔を見合わせる。たいへんといえばたいへんだけど……。

「「？　うちは平和ですよ？」」

声がハモッてしまった。おっちゃんがガハハと笑った。

「そうかそうか。ならいいんだ」

少しばかり食休みをしてから相川さんと庭に出た。なんか空が曇ってきている。

「……これ、もしかして降りますかね？」

「降ってもおかしくなさそうですね……」

雨ならいいが雪は勘弁である。スマホで天気を調べてみた。降水確率三十パーセントってのはとても怪しい。畑の方に向かう。

ニワトリたちは畑と山のキワ辺りで思い思いに雑草をつついているようだった。虫でもいるのかな。

「おーい！　雨降ったら戻ってくるんだぞー！」

とりあえず声をかけておいた。そうしないと平気で雨の中でも駆けずり回っているからな。元気

でけっこうだが風邪でも引かれたらたまったものではない。（ニワトリも風邪をひくと聞いている）

ニワトリたちは頭を上げてココッ！　と鳴いた。今日は素直に言うことを聞いてくれるらしい。

「しっかりいうこと聞きますよねぇ」

「まー、ざっくりですけどね」

「佐野さんがちゃんと面倒をみられているからですよね……」

「いいかげんですって」

しばらくニワトリたちの動きを眺めてからおっちゃんちに戻った。ビニールハウスは避けてついていているんだからえらいよな。うちのニワトリたちはとてもいい子だ。……たまにタマから飛び蹴《とげ》りをくらったりもするが。あ、ダジャレじゃないからな。

のんびり戻っている間に、ふわりふわりと雪が降り始めた。

「うわ……嘘《うそ》だろ」

俺はげんなりする。

「積もりそうだったら手伝いますので、とりあえず知らせにいきましょうか」

「はい」

このまま雨に変わるとか、すぐに止《や》んでしまうならいいがそうでなかった時が厄介だ。相川さんとおっちゃんちに戻り、「雪が……」と伝えると「あらあら」とおばさんが言った。

「積もらないといいわね～」

うんうんとみんなで頷く。ある程度は降ってもいいけれどそれ以上はご遠慮願いたい。都合のいいことを言っているが、山暮らしをしている身からするとなかなかに切実だった。

雨降ったら戻ってこいとは言ってあったけど、雪降ったら戻ってこいとは言っていなかった。おかげでニワトリたちが戻ってきません。空から降ってきたら同じじゃないのかよ。

ま、雪ならすぐに濡《ぬ》れることもないからいいか。

庭に面した居間の方で転がる。障子を開けているから上半分の窓から外が見える。下半分は模様の入ったすりガラスだ。

「寝正月ですね……」

「食っちゃ寝が幸せですよね」

相川さんと笑う。こちらに来てから、なんだかんだいって穏やかな日々を過ごしていると思う。俺が元々住んでいた場所は都会ではない。それでもこんなに穏やかに時間は過ぎていかなかった。

「ある意味俗世を離れてると言ってもいいんでしょうか」

「僕は……佐野さんに会う前は本当に俗世から離れていたと思いますよ……でも今ぐらいがちょうどいいかな」

「そうですか……」

そうかもしれない。俺もひよこを買ったからやってこられたのだと思う。

雪がはらはら降ってくる。粒が大きく見えるからやっぱり積もるかもしれない。

「雪、どうしようかな……」

「二時ぐらいまで様子をみましょう。それでも降るようなら雪かき、手伝いますよ」

「ありがとうございます」

相川さんちはリンさんが重機の変わりだからなぁ。でもそれはそれでどうなんだ。

「相川さんは戻らなくて大丈夫なんですか？」

「……下手に戻ると危ないんですよね。雪が降っている時のリンは荒ぶり方がハンパないので……」

「…………」

相川さんが苦笑した。

どんな風に荒ぶるのだろう。見たいような見たくないような……。きっと見たらダメなヤツなんだろうな。うん、聞かなかったことにしよう。

雪が止まなかった時のことを考える。おっちゃんちの雪かきは戻ってからやるとして……うちに向かうまでの道にも積もるよな。そう考えると昼食後にはすぐに行って準備した方がいいかもしれない。その後で雨が降る分にはかまわない。

「昼飯をいただいたら一度山に戻ろうと思います」

「わかりました。伝えましょう」

おばさんにその旨話したら、「じゃあお昼は早い方がいいかしら？」と言われた。さすがにそれは悪いのでいつも通りでいいと伝えた。

止んでくれないかなと思っていたけどそううまくはいかなくて、昼飯の後ニワトリたちも連れて一度山に戻った。箒《ほうき》を持ってくればよかったと後悔した。いろいろやってみて最適を見つけていくしかないだろう。相川さんは自分の山を見に戻るという口実でついてきてくれた。まだ雪かきをしなければいけないような段階ではなかったが、うっすらと積もったところは箒でできるだけ掃いておくことにした。寝正月のつもりだったのにとんだ労働日和である。

「ユキカキー」

「ヤダー」

「ユキカキー」

ヤダーって言ったのはタマだな。雪かきが嫌なんじゃなくて雪が好きではないようだ。

三羽がぶるぶるっと身を震わせる。雪の欠片《かけら》が散ってたいへんだ。

「タマ、雪かき手伝ってくれないか？」

「イイヨー」

雪かきをするのはやっぱりかまわないらしい。

ニワトリたちの暴走のおかげで、うっすらとした雪程度はすぐに駆逐されてしまった。このまま降り続けなければいいなと思う。

「……やっぱりすごいですね」

「リンさんも雪かきを徹底的にするんでしょう？」

「あれは嫌いな物を目の前から消す作業なので……」

何がどう違うのかわからなかったが、いろいろあるようだ。相川さんは遠い目をしている。

「タノシーイ！」

「ヤダー」

「タノシーイ！」

楽しんでくれてよかったと思う。タマは楽しんでないんじゃないかって？　タマはツン成分多めだからいいんだよ。なんだかんだいって楽しんでたみたいだし。でも、何がやだったんだろうな？

雪がやだっていう自己主張なんだろうか。

あとはおっちゃんちだ、と思って頭だけの箒を載せて夕方前に戻ったら雪は雨に変わっていた。

うん、積もらなくてよかったなぁ。俺は相川さんと顔を見合わせて苦笑した。

「雪じゃなくてよかったですね」

「ですね」

こっちが雨だからってうちの山も雨とは限らないしな。明日帰ったら銀世界ってことはありうると思う。

ニワトリたちは雨に不機嫌そうだ。すぐに土間の方に入ってしまう。

「相川君、昇ちゃんおかえり。山はどうだったの？」

「うちの方はずっと雪でした」

「そう、やっぱり山の上の方とは違うのねえ」

おばさんが感心したように言った。本当に、橋を渡って少し走ったらみぞれみたいになって、ここに来たらもう雨なんだからな。ほんの微妙な気温の変化なんだろう。もちろん上空の空気も関係しているんだろうけど、そういう難しいことは俺にはわからない。

「おー、山はどうだった」

おっちゃんはのんびり新聞を読んでいた。

「うちの方は雪でした。雨に変わったかもしれませんが……」

「これぱっかりはわからねえよな」

おっちゃんが苦笑する。

「相川君、昇ちゃん、おなかすいたでしょう？　お餅《もち》いくつ食べるー？」

「えええええ」
おばさんに声をかけられて驚愕《きょうがく》した。昼ごはんもしっかり食べさせられたし（餅ではなかったが）、まだごちそうが胃から去った気がしないのだがおっちゃん、相川さんと思わず顔を見合わせて笑ってしまった。

一個で許してもらえたらいいなって思う。

餅を一個でと言って、一個で済ませてもらえたためしはない。一個はきなこで食べて、一個は砂糖醤油《じょうゆ》でいただいた。おいしいんだけど、やっぱり胃がつらい。腹持ちがよくてけっこうだが、飽食の時代には向いていないなとしみじみ思った。何度も言うけど餅はおいしい。

雨はそのまま寝るまで降り続けた。冷たい雨だから外に出る気には全くなれない。ニワトリたちも残念そうだが、夕飯をもらったらすぐに寝てしまった。雨の音ってなんか眠くなるよな。

「雪かきして疲れたのか？　早いな」

おっちゃんがニワトリたちを眺めて呟《つぶや》いた。ニワトリたちに雪かきを手伝ってもらったということは話してある。

今日は唐揚げがでん、と出てきた。確かに唐揚げはうまいんだけど、うまいんだけど……。（以下略）なかなか箸《はし》が出ない。

「雪かきで暴走していたってのもありますけど、多分雨だからじゃないですかね」

「そういうもんか」

あんまりおとなしい姿は見ていないから余計に気になるのかもしれなかった。

「相川君ちの方はどうだったんだ」

「佐野さんちとたいして変わりませんよ。山の方も雨だったらいいんですけどね」

相川さんが苦笑しながら言う。実際見には行っていないが似たようなものだろう。

「そうだなぁ」

ごはんはいただいたが、やっぱり唐揚げまで手が伸びない。野沢菜がうまい。一応胃薬は飲んだけど胃がとても疲れているのを感じた。

「唐揚げ、口に合わなかった？　カレーっぽい味にしてみたんだけど」

おばさんに言われて一個皿に取った。行儀が悪いがくんくんと嗅《か》いでみる。確かにカレーの匂いがする。一口食べたら止まらなかった。それはみんなそうで、おっちゃん、相川さんと奪い合うようにして食べた。

カレーは正義、だと思う。（前にも言ったような気がする）

ううう、食べ過ぎた……。でも男はカレーに逆らえないと決まっているのだ。（俺個人の意見です）

「まさかカレー味とは……」

おいしかったけど、おいしかったけど……。（以下略）

「やられましたね……」

「ばかやろう、食いすぎちまったじゃねえか！」

「そんなこと知らないわよ～」

おっちゃんがおばさんに文句を言っている。おばさんはしてやったりという顔をしていた。ほうれんそうのおひたしがとてもうまい。醤油とかつおぶしをかけて食べるのが至福だ。シンプルなのがいいんだよ。

「あら、よく食べたわね。納豆いる？」

「もう大丈夫です～」

「ごちそうさまでした～」

次から次へと食べ物を出してこようとするのは悪いクセだ。うちの親もそうだったけど、足りないよりはと思うんだろうな。俺も誰かが来た時はそう思うんだからみんなそうなんだろう。

ビールも一瓶を四人で空けただけだった。正月も四日を過ぎると正月気分が薄れてくる。明日はもう五日だ。早いところだと今日明日で仕事始めなんだろう。俺だって去年までは会社員だったのに今はそんな生活も遥《はる》か遠い。いざ会社員になろうと思った時、俺はまたなれるんだろうかとちょっと不安になった。

「今月は……陸奥さんたちは相川君ちの山か」

「はい、こちらにいらっしゃると言っていました。でも何かあれば声をかけてください。イノシシやシカはどうも増えすぎているようですから」

おっちゃんに聞かれて相川さんはよどみなく答えた。イノシシ、で思い出す。

「そういえば……年末にうちの山でイノシシの痕跡《こんせき》を見つけたようなこと言ってましたよね」

「そうですね。それがどうかしましたか？」

「なんかそれでうちのニワトリたちが探す気満々みたいなんですよ」

相川さんとおっちゃんが目を丸くした。

「……それは、とても頼もしいですね……」

「肉食だなぁ」

本当の意味で肉食な奴らである。

「そうですね……なら、また佐野さんちに行った方がいいですかね。獲物が一頭獲れれば満足され

そうですか？」

「多分満足すると思います」

「じゃあ陸奥さんに連絡してみます」

「お願いします」

そうしてもらえるととても助かる。なにせポチとタマはやる気なので。尾を勢いよくぶんぶん振っている姿を見ると、獲物を倒す為《ため》の準備運動かよと思う。

「みんなよく食べるものねぇ。肉をよく食べるからあんなに大きくなったのかしら？」

最初の頃与えていたのは普通の餌だったと思う。それでもすぐに大きくなってしまった。だから食べ物のせいではないと思う。

「……どうなんですかね」

これぱっかりはニワトリたち本人に聞いてもわかるものではない。

「山のもの、といってもイノシシだのシカだのってのは僕たちも食べているわけですしね。まぁでも、わからないままの方がいいのかもしれませんよ」

相川さんがそう言って笑む。

「ま、謎は謎のままでもいいことっつーのはあるもんだ」

おっちゃんがガハハと笑った。そのうちわかるかもしれないし、やっぱりわからないかもしれな

い。どちらであってもニワトリたちは俺の側《そば》にいる。定期的に獣医の先生に診てもらうようにしていれば大丈夫だろう。

「そうねぇ……」

おばさんは納得がいかないようだったがそれ以上は何も言わなかった。思うところはあるのだろうが、おばさんはそこらへんの線引きが比較的できている方だ。って俺がえらそうに言うことでもないな。

寝る頃になっても胃が重かった。明日の朝も胃薬のお世話になりそうだなとげんなりした。


五日の朝も梅茶漬けをいただいた。今朝は雨は止んでいた。

昨夜《ゆうべ》も四人で一瓶ではあったがビールを飲んでしまったので、帰るのは昼を過ぎてからにした。昼食の準備までさせてしまうことになるがしょうがない。おばさんにすみません、と頭を下げた。

「あら、全然かまわないわよ〜。なんだったら今夜も泊まってく?」

「いえ……お気持ちは嬉《うれ》しいですが今日は帰ります」

「そーお?　何もなくてもいつでもいらっしゃい。昇ちゃんも相川君ももう家族同然なんだからね」

「ありがとうございます」

寒い季節って人恋しくなるのかもしれないな。社交辞令でもなんでもそう言ってもらえるのは嬉しかった。

昼食はまた餅だった。焼いた餅に大根おろしと納豆を大量にかけ、醤油をたらしていただいた。

なんでこんなにうまいんだろう。ちなみに大根おろしは男連中でがんばった。これでもかとすりおろしたおかげでみな腕がぐだぐだである。

「はーい、大根餅もあるわよ～」

その餅はなんか違うと思う。そちらもみんなでもりもり食べた。うまい、うますぎる。この家にいつまでもいるのは危険だ。せっかくつけた筋肉が全て贅肉《ぜいにく》に変わってしまいそうである。贅肉とはよく言ったものだよな。漢字みただけでうわあって思うし。

「ううう……また食べ過ぎてしまった……」

「勝てない……おいしいものには、勝てません……」

居間で相川さんと屍《しかばね》になる。

「まさかあそこで大根餅が出てくるとは……」

「油断しましたね……」

さっぱりと魚でも食べる為なのかとばかり思っていたら、大根餅になるなんて誰が予想できただろう。またおっちゃんが怒っていたがおばさんは見事に聞き流していた。うん、でもおいしかった。大根餅なんて中華料理屋でしか食べられない物かと思っていたから嬉しかったのは確かである。

しばらく食休みをして縁側からつっかけを履いて庭へ。そのまま畑の方を眺めた。

ユマが俺の姿を見つけたらしくトットットッと近づいてきた。そしてコキャッと首を傾《かし》げた。

「ユマ、ポチとタマに声かけてきてくれるか。そろそろ山に帰るから」

ユマがコッ！　と返事をして、トットットッと畑の方へ戻っていった。前から見ればでっかいニワトリなんだけど後ろから見るとでかいトカゲの尻尾《しっぽ》……あれで勢いつけて叩《たた》かれたら骨とか折れそうだなと思う。その尾が左右に揺れている。なんかキレイだなと思った。あの尾の手入れもしっかりしないとな。

「佐野さん、嬉しそうですね」

「ああ……ええ、俺ニワトリバカみたいで」

「ペットっていうより家族ですもんね」

相川さんが楽しそうに笑う。相川さんにとってもそうなんだろうな。

「テンさん、冬眠してるんですよね？」

「ええ」

「寂しくないですか？」

「そうですね……寂しくないと言ったら嘘になりますけど……」

もちろん相川さんちにいるのはテンさんだけではないから、それほどではないかもしれない。

「ただ、うちはそれほどべったりしているわけではないですし、餌なども毎回用意しているわけではないですからどうかな」

「自分で食べてくれる方が多いんでしたっけ」

「あの体格ですからね。こちらで全て用意していたら破産しそうですよ」

「うーん、確かに……」

ペットを飼うには経済力が必要だとしみじみ思う。だってうちのニワトリだってかなり食べるし。うちのがでかいからじゃないかって？　そうじゃなくてもペットは病院に連れて行ったりとか、病気にならないように気をつけたりとかいろいろ金がかかることは間違いない。人間の子どもを育てるほどはかからないかもしれないけど、それでもかかる金額は考えておかなければいけないのだ。

「そろそろ帰りますねー」

おっちゃんとおばさんに声をかける。

「あらあ、本当にもう帰っちゃうの？」

おばさんは残念そうだ。

「お前が作りすぎるからだろう！」

おっちゃんがいつになく怒っている。でも食べる食べないはその人の問題だし。

「そんなわけないじゃないですか」

まぁここにずっといたらウエストがきつくなりそうではあるけど。そこは意志が弱い俺が悪い。

「とってもおいしかったです。お世話になりましたし、ごちそうさまでした。いつもありがとうございます」

「真知子さん、大根餅《だいこんもち》のレシピを教えていただいてもいいですか？」

「あらあら、昇ちゃん。そんなに気にすることないわよ～。相川君おいしかった？　嬉しいわ～」

おばさんがご機嫌でよかったよかった。帰りにまた野菜をいただいてしまった。でっかい白菜は
ニワトリたちも食べるからとても助かる。大根餅ではない餅も持たされた。どうしようと思った。

ニワトリたちを軽トラに乗せ、「また来ます」と声をかけて山へ帰る。山の道が白かったら困るでしょうと相川さんがうちの山の麓《ふもと》までついてきてくれた。あれからこちらでも雨が降ったらしく道に雪はなかった。

相川さんに頭を下げてそこで別れた。イノシシの件については陸奥さんに連絡してくれるらしい。

本当に頭が上がらない。

今年もいろいろな方に助けてもらいながら暮らすことになりそうだった。

これが当たり前と思わないように、きちんとお返しをしたり、甘えすぎないようにしようと気持ちを新たにした。

……帰宅した。家の中がとても寒い。

何日も空けるとこうなるんだよな。底冷えがするというか……。急いでオイルヒーターをつけ、ニワトリたちには遊びに行ってこいと追い出した。

「イッショ、イルー」

ユマはこちらにいてくれるらしい。コキャッと首を傾げて身体《からだ》を揺らす。優しいなぁと思う。

「ユマ、でも家の中は寒いからな？」

洗濯は必要ない。おっちゃんちでおばさんが毎日洗濯してくれていた。ただ、乾いていないものはあるので家の中に干すことにした。洗濯してもらえるってありがたいよな。ホント、一人暮らしを始めてから親のありがたみがわかる。あのまま順調に結婚していたらずっとわからないままだったかもしれない。だからって婚約を解消されたことがよかったなんて欠片も思ってはいないけど。

ユマは家の周りを散策するようだ。ああそうだ、畑も見に行かないとと慌てて畑を見に行った。

……収穫にはもう何日か待った方がいいかな。

「餅、どうすっかなー……」

それほど量をもらってきたわけではないが年末についた餅である。冷凍保存はできると聞いたけど明日から食べることにして、水餅にすることにした。タッパーに入れて水が被《かぶ》るほど入れて冷蔵さすがに今日明日の分ぐらいは持つ。毎日水を替える必要はあるがこれで大体一か月ぐらいは持つ。さすがにそれぐらいあれば食べ切れるだろう。いただいた野菜は新聞紙にくるんで倉庫だ。今日明日の分の餌も倉庫から取ってきた。これでとりあえず明日一日ごろごろできる。明日一日ぐらいはのんびりしたい。って、毎日のんびりしてたじゃないかって？　フォアグラにされるのもつらいんだって。俺は誰に言い訳をしているのか。おかしいなぁと首を傾げた。

風呂場《ふろば》を洗ったりとあれもこれもやってからやっと一息ついた。表に出て両腕をぐーっと伸ばす。ストレッチパワーって……子供の番組だったっけ。確か教育番組だよな。あの黄色いおじさん元気だろうか。

夕方暗くなる前にニワトリたちが戻ってきた。ところどころ汚れていたので、でかいタライにお湯を張ってできるだけ汚れを取った。ユマが私も私も、というようにうろうろする。

「……ユマは後で一緒に風呂に入ろうなー」

「オフロー！」

昨日一昨日《おととい》はおっちゃんちにいたからユマと風呂に入れなかった。さすがにおっちゃんちでユマもお風呂に～なんて言えやしないし。羽をバサバサさせて喜ぶユマにほっこりした。本当にうちのニワトリたちはかわいいよな。じーっとポチとタマを見る。タライに湯を張って洗ったりしてはいるが寒くないいんだろうか。

「サノー？」

ポチにコキャッと首を傾げられてしまった。

「いや……ただ洗っただけでいいのかなって。風呂、入りたくならないのか？」

ひよこの時はタライにお湯張って三羽共入れてやってたんだけどな。なにせちょっと目を離すと泥だらけになっていたから。

「オフロー？」

「うん」

「ヤダー」

「ヤダー」

「ハイルー」

「そっか……」

ポチとタマはお風呂は嫌なようだ。でも汚れればしっかり洗わせてくれるんだから面白いよな。

夜は冷凍ごはんを雑炊にして食べた。しばらくは雑炊でいいと思う。胃が疲れ切っているのを感じた。

ニワトリたちは変わらずがつがつ食べている。そんなにメニューが変わっているわけでもないのでそれは当たり前なんだが、ある意味いいなぁと思ってしまった。思っただけだけど。

ユマとまったり風呂に入り、よーくユマを乾かして寝る前にスマホをチェックしたら桂木さんからＬＩＮＥが入っていた。

「？」

「こちらＮ町です。雪がけっこう積もってるんですけど、そちらは大丈夫ですか？」

というメッセージと共に雪が積もっている写真が桂木妹のピース付きで添付されてきた。この寒いのに元気だなぁ。

「うわあ……あっちに降ったのか」

そういうこともあるのだ。こっちは昨日の夕方から雨に変わったけどそっちは雨降らなかった？と返して寝た。ただ食っちゃ寝してただけのはずなんだが、やっぱり他人の家では気疲れしたらしかった。

翌日からは何日かまったり過ごすことにした。

桂木さんからは、「雨に変わったんですか？　いいなー」と返信があった。まだ桂木妹も免許取得まではしばらくかかるみたいだ。教習を受けるとその都度金はかかるのだが、ゆっくり取った方がいいのではないかと思った。

雨が降って雪が溶けたので、これ幸いと翌日の午後は上の墓を見に行った。

「挨拶《あいさつ》が遅くなって申し訳ありません」

雨だけでなく風もけっこう吹いたのか、墓の周りはけっこうたいへんなことになっていた。木ぎれや草、葉っぱなどを全て片付けて線香と餅をそなえて手を合わせる。ここ数日のことを報告した。って、俺の近況を報告されても困るだろうな。

墓もやっぱりちょっと世話しないとたいへんなことになるようだった。ここにはユマと一緒に来た。ユマはいつも通り地面をつついている。こんな寒い時期にも虫っていたりするんだろうか。

「神様のところへはちょっとなぁ……」

さすがにこの時期、全く整備されていない山を登る気にはなれない。山頂に向かって手を合わせる。

「春になりましたらまた参ります」

ぴゅ――――っと風が吹いて、一瞬その風にくるりと巻かれたような気がした。
「？」
気のせい、なのか？　まぁここでは何が起きても不思議はないんだけどな。
ユマは一瞬だけこちらを向いたが、すぐにまた地面をつつき始めた。
その日は首を傾げつつ家に戻った。
新年明けてしばらくして、山はやっぱり平和だった。

書き下ろし「リンは雪を駆逐する」

ニシ山に住んでいる大蛇のリンは雪が大嫌いである。

雪はとても冷たい。雨と違い、払えば落ちるが沢山降ってくると身体《からだ》に積もって厄介である。

最初の年の冬、リンは雪が降る中テンの様子を見に向かった。テンが冬眠すると知って、相川が準備した小屋である。リンも雪は寒くて冷たくて嫌だったが、相川が気にしていたからがんばって行ったのだ。

そうしたら、何故《なぜ》かその日テンは小屋の中にいなかった。

リンは寒さで身体が思うように動かなかったが、小屋の周りを探した。まだ雪はうっすらとしか積もっていないがテンの進んだ跡がないことから、雪が降り出す前に出かけたに違いなかった。そうして、テンが動いたというならどこへ向かうかを考えた。

テンがわざわざ小屋を出る理由。それはきっとこの山と相川を守る為《ため》だ。

それならばとリンはだんだん重くなる身体をズリッズリッと動かしながら裏山へ向かった。

果たして、テンは裏山の中腹辺りで目を閉じ、とぐろを巻いていた。

テンはリンの気配を感じたのか、緩慢に目を開いて鎌首をもたげた。

これはいったいどういうことかとリンが問えば、サルが何匹も裏山の更に向こうからやってきたという。おそらく食べ物を求めてであろうが、テンはそれを撃退しに向かったらしい。そしてどうにか追い返し、小屋に戻ろうとしたら雪が降ってきたのだという。

冷たいし動くのもおっくうだからもういっそのこと春までここに……と眠たがっているテンを、リンは半ば引きずるようにして小屋へ連れて行った。

雪の中、擬態した腕まで使ってテンを動かすのはものすごく時間がかかり、気が付けば辺りは真っ暗になっていた。

これから相川の待つ家まで戻るのか。

相川のことだから、リンが一晩帰ってこなかったとしても探しに出るようなことはないだろう。そう判断し、リンはテンのいる小屋で一晩を明かした。

それにしても寒い小屋だった。

テンも寒い寒いと言いながら相川から与えられた布団に潜り込んでしまった。リンは端っこしか貸してもらえなかったが、テンの様子を見に来てよかったと満足した。

雪が止《や》んでからは更に寒く感じられ、リンはどういうことなのかと思った。

そうして、雪は時間が経《た》つと固まってしまうということも知った。

ゆっくりゆっくりと時間をかけて、リンは次の日の昼過ぎに相川の待つ家に辿《たど》り着《つ》いた。

「リン……寒かっただろう。早く中へ！」

呼び鈴を押せば弾《はじ》かれたように相川が出てきた。そしてリンが汚れているのにもかかわらず、リンを家の中へ入れた。濡《ぬ》れた鱗《うろこ》を丁寧にバスタオルで拭《ふ》かれ、温かい布団に包《くる》まれた。

「どこへ行っていたんだ？　心配したんだぞ」

その声にはリンを責めるような響きはなく、ただただ寂しそうであった。

「テン、ミテキタ」

「ああ、テンの様子を見に行ってくれたのか。ありがとう。だけど……リンのことも大事だからこんなことはもうしないでくれ」

相川を一晩一人にしてしまったことを、リンは嫌だと思った。

「ユキ、フル」

「今夜は多分もう降らないよ」

「フユ、ユキ、フル」

「ああ……ここは山だから、これからも雪は降るだろう」

雪は嫌いだとリンは思った。

「ユキ、キライ」

「ああ、確かに。こういうところに暮らしていると好きな人はあまりいないんじゃないかな」

相川は苦笑した。

「ユキ、タイヘン」

「たいへんだ。だから雪かきをするんだよ」

「ユキ、カキ?」

リンはゆうるりと首を傾《かし》げた。雪かきとはなんだろうと思ったのだ。

「雪をどかすんだ。それを雪かきって言うんだよ。明日一緒にやってみようか。家の周りはどうにかどかしたけど、道路の方がなかなかできなくて……」

「スル」

リンは即答した。

翌朝、雪は更に固く、氷のように固まった部分が多くなっていた。

「……これじゃ箒《ほうき》では難しいかな」

相川はスコップを持ってきて雪を掘るようにしてどかし始めた。リンの手ではスコップを持ってもそんなに力は入らない。

リンは考えてみた。

尾で叩《たた》いたりしてみたらどうだろう。

尾の部分で固くなった雪をバンバン！　と叩く。そして崩れた雪をバンッ！　と払った。払った雪は道路の向こうにバサバサと落ちていった。これならば雪をどかすことができるとリンは学んだ。バンバンと叩き、氷に近くなった雪を割る。とてもたいへんではあったが、相川が危険でなくなるのならばそれでよかった。

相川が目を丸くしている。

「リンは……すごいな……」

「ユキカキ、スル」

「うん、ありがとう……」

相川は心ここにあらずというように礼を言った。

雪は降り始めたばかりなら簡単に払えるということをリンは知った。それからは雪が降ってくる気配を感じるとリンは表に出て、雪を払うようになった。

「リンのおかげでとても助かるよ」

リンは雪が降り始めるとほぼ休みなく雪を払っていく。沢山降った際、相川がのん気にも雪だるまなるものを作ったが、それも雪には違いないので叩き壊した。相川は困ったような顔をした。

「リンは、雪が本当に嫌いなんだな」

「ユキ、キライ」

冬は身体が冷えてただでさえ動きが鈍くなるのだ。雪が降り、それをそのままにしておいたら相川が死んでしまうかもしれない。だからリンは雪を徹底的に払うし、目に見えるところにあってほしくないと思う。

「そうか。でも無理はしないでくれよ」

「ヘイキ」

リンは大丈夫だと、相川に伝える。

冬は半分眠ったように過ごしているリンだが、ひとたび雪が降ると別の生き物になったかのように雪を駆逐するのだった。

書き下ろし「サワ山にいる其れの話」

其れはとても長い間うつらうつらしていた。

其《そ》れはある山にあった。

正確には、山そのものと言っていいだろう。人が山を崇《あが》めて、そうして生まれた何かであった。

人は其れを〝山の神〟と呼んだ。

山には人が住み、人は山を祀《まつ》った。

其れは人の営みをずっと見守っていた。

やがて人は少しずついなくなり、山の上の祠《ほこら》にも来なくなった。祠は壊れてゆっくりと朽ちていき、其れはぼんやりとする時間が多くなった。

人が忘れれば其れも希薄になっていく。やがて其れはそのまま山に溶けていくだろうと思われた。

ある春の日、若い青年がやってきた。

なんだろうと其れは思った。

青年はたった一人で山にやってきて、かつて人が住んでいた家に住むことにしたらしい。けれど寒い寒いと言っていたから、もしかしたらすぐに出ていってしまうかもしれなかった。

其れはぼんやりと青年を見ていた。

しばらくもしないうちに青年は何かを連れて帰ってきた。

その何かからは、どこかの神の気配がした。違うところの神の眷属《けんぞく》なのかと思ったが、そうでもなさそうである。何かのことを青年はひよこと言い、名前をつけた。ひよこたちはとても喜んで、その形を確固たるものとした。

悪いものではないと、其れも確認した。

ひよこたちはひと月もたたぬうちにニワトリのような姿に成長した。ような、というのは其れの知っているニワトリとは形が些《いささ》か違っていたからである。

「ニワトリ？　なんだよな。でもニワトリにはこんな立派な尾はないはずなんだよなー」

青年はのん気に首を傾《かし》げ、「ま、いっか」と気にしないことにした。

其れは面白いと思った。ニワトリのような生き物たちのことは仮にニワトリとしよう。ニワトリからはどこかの神の気配は残るものの、日に日に薄まっているようだった。

ニワトリたちはよく青年を守っている。

其れもまた彼らの姿を見て嬉《うれ》しくなった。

いろいろなことがあったが、青年が怪我《けが》をした時其れは狼狽《ろうばい》した。

其れはただ見守ることしかできない。山の範囲に悪《あ》しきものが入らないようほんの少しだけ手を加えることはできるが、あとは風を吹かせるとか、その程度のことしかできないのだ。

隣山の者が来て、青年の世話を焼いたのでほっとした。

其れは青年のことも、ニワトリたちのことも好きになっていた。

青年が山の手入れをしたり、ニワトリたちが山を駆け巡っている間に、其れは少しずつ周囲のことが見えるようになってきた。

そうして、ようやく両隣の山の神の声が届くようになった。

「まもなく神無月」

「出雲《いずも》へは行かぬかえ？」

行かぬ、と答えた。青年はどうも危なっかしい。ニワトリたちは青年をよく助けているが、怪我をしたらどうにもならないのである。

もちろん、其れが見守っていたからといってどうにかなることでもないのだが。

其れはある日、以前その山に住んでいたおじいさんの姿を山の麓《ふもと》の村で見かけた。なんだかとても難儀しているようなその姿に、どうにかできないかと考えた。

青年がたまたま、かつてこの山に住んでいた者たちが眠る墓の手入れを始めた際、風を吹かせて山の上に注意を向かせることができた。

青年は山頂に興味を示した。

山頂の祠は朽ちているが、何かは残っていた。青年はすぐに気づいた。

青年は信心深く、その辺に転がっていた器を洗い、かつて祠があった場所に器に水を入れて置き、手を合わせた。

そうされたことで、其れは更にいろんなものが見えるようになった。

青年はおじいさんの家に電話をかけた。朽ちた祠のことが気になったのだろう。

電話をしても出ないことを、青年は不思議に思った。それからはどこかへ電話をかけたりし、青年は難儀しているおじいさんを助けてくれた。

其れはますます青年と、それを助けているニワトリたちが好きになった。

日に日に寒くなってきた頃、少し離れたところから誘いの声がかかった。

どうやら隣村の山の上で、其れのような神や化生に対し料理を振舞っている化生がいるらしい。

(かつて化生だったのか、神が化生と呼ばれているのか其れは知らない)料理というものに興味はあったが、まだまだ青年は危なっかしいと其れは思っているので今しばらくは見守っていると断った。

やがて時期がくれば顔を出すこともあるだろう。

青年が山頂に向かって手を合わせる。

「春になったらまた参ります」

春でなくてもいつでもいい。青年たちの都合のいい時に思い出してくれればいいのだ。

風を吹かせて青年に知らせる。

ニワトリは頭を上げ、一瞬だけ其れを見る。ニワトリには最初から其れの姿が見えているらしい。

そのことが嬉しくて楽しくて、其れは更に彼らのことが好きになるのだった。

書き下ろし「ひよこたちのかわいい生活」

ひよこたちはまた少し成長した。

首が伸び、少しずつ大きくなっているが佐野にとってはまだまだかわいいひよこである。

そんなひよこたちも、飼い主である佐野に対して思うところはあった。

タマは佐野の過保護さが不満だった。

タマはいち早く己の尾の有用性に気付いたひよこである。

最初の頃は尾のせいでうまくバランスが取れなかった。ポチやユマも尾の扱いに困っているらしい。尾の存在に気づいたものの、これはどう扱ったものかとタマは考えた。

まずはぶんぶんと振ってみた。

どれぐらい振れるものなのか試してみようと思ったのだ。そうしたら、ピィイッ⁉　とポチが驚愕《きょうがく》の声を上げた。どうやらポチに当たってしまったらしい。

「タマ、ポチに尾っぽを当てたらだめだろー？　ポチも痛かったなー」

佐野が気づいてタマを撫《な》で、佐野の手から逃げていこうとするポチを捕まえた。タマは己を撫でた佐野の手をつついた。

「いてっ、こーらタマ、つついちゃだめだろー？」

いちいち撫でられるのがタマは好きではない。佐野はタマが撫でてほしい時にタマを撫でればいいのであり、何かある毎《ごと》にタマを撫でなくてもいいのだ。

ポチが佐野の隙をついて佐野の手から逃げ出した。

「おっと……ポチは元気だなー」

タマは面倒なので佐野から離れたところでまた尾をぶんぶん振り回し始めた。

大分バランスがうまく取れるようになったと思った時、尾に何かが当たったようだった。

それは大きな虫であった。タマが勢いよく振ったことで、虫に当たったらしい。虫はお陀仏《だぶつ》になっていた。

どうやらこの尾には虫を倒す威力があるらしいとタマは学んだ。それからタマは尾を振る速度によって尾の威力が上がることに気づいた。

尾の動きだけでも虫を倒すことができる。タマは己が強くなっているのを感じた。これならば佐野も安心するだろうとタマは思った。

佐野の過保護からの脱却の為《ため》である。

しかし尾を振りすぎて、タマは疲れてしまった。ちょうどいい日差しで、眠くなってくる。ちょっと一休み、とうつらうつらしていたら掬《すく》い上《あ》げられた。

「あんなに尾を振ってたんじゃ疲れたよなぁ。かわいいな」

佐野だった。佐野は嬉しそうにタマを連れて家に戻った。その後ろから、ちょこちょことユマが続いた。ポチもまた畑の側《そば》で力尽きて倒れていたので、佐野がにこにこしながら回収していった。

いつも動いていたいポチもまた、佐野に少しばかり不満であった。

ポチはとにかくよく動く。動いていないとなんか落ち着かないのだ。

けれど佐野はそれをわかっていないらしく、ポチがツッタカターと駆けていくとよく追いかけてくる。

「ポチー、川の方はダメだぞー！　あっ、ユマ」

佐野がポチを追いかけるとユマもちょこちょこと佐野に付いていく。ユマは佐野と一緒にいたいらしく、佐野が動けば佐野の後を付いていくのだ。だからポチになんか構わずに、佐野はユマに構っていればいいとポチは思っている。

「ユマ、大丈夫かー？」

ユマがコケたらしい。それを佐野が大事そうに掬い上げるのを確認して、またポチはツッタカターと走っていく。

「あっ、ポチ。川の方はダメだっつってんだろーがー！」

佐野はユマを抱えながらポチを追いかけた。

ピィッ、ピピィッ！　と珍しくユマが鳴く。そっちはダメだとユマに怒られて、ポチはしぶしぶ方向転換することにした。

「お、おお？」

どこに向かっても怒られるなら戻るしかない。ポチは佐野に向かって駆けていった。佐野がそっとユマを下ろし、ポチを捕まえようとする。ポチは捕まってなるものかと佐野の手前ギリギリのところで避《よ》けようとして——コケた。

「ポ、ポチぃいいいいい～～～⁉」

おかげでポチは佐野に捕まってしまった。本来ならば佐野の手前で華麗なステップを決め、佐野の後ろを走っていくつもりだったのだが目測を誤った。それもこれもなんか己の後ろについている尾のせいである。

この尾はそれなりの重さがあるらしく、しっかりしていないとポチでもバランスを崩したりするのだ。ポチは最近になってようやく己の尾の存在に気づいた。

タマとユマの後ろで動いていて、不思議に思いかじったことがある。それはタマの物だったらしく、ポチはタマにさんざんつつかれた。

佐野が止めてくれなかったらポチは怪我《けが》をしていたかもしれないと思うぐらい、タマはポチをつつきまくったのだ。タマはもう少し落ち着いた方がいいとポチは思う。しかしそんなことを言おうものならまたつつかれてしまうということがわかっている為、ポチは言わない。

さて、また佐野に捕まってしまった。

ピイピイと降ろすよう訴える。

「ポチ、コケたってことはもう疲れてるんじゃないか？　今日はよく動いたし、後は家に入ろうな～」

ポチはショックを受けた。

また家のあるところからあまり離れられなかった。

ポチは冒険がしたいのである。草をかき分け、虫を捕まえ、時には虫以外の小さな生き物も捕まえたい。ごはんは自分で獲《と》りたい、自立した男子である。

ピイピイとポチは佐野に抗議した。

「そうかそうかー。今日はよく動いたなー」

佐野はにこにこしながら足下にいるユマの動きも見ている。

佐野は全然ポチの話を聞いてくれない。ポチは佐野をつついたが、

「ポチー、つついちゃダメだろー」

と言われて家の中に連れていかれてしまった。ユマは佐野の後ろを付いていったし、タマは「タマ、ごはんにしよう」と言われて佐野の後に付いて戻った。さすがのタマもごはんには勝てなかったようである。

ポチはその後家の中を駆け回った。しかし家の中は思ったより滑りやすかったので、廊下で二回ぐらいコケ、また佐野を心配させたのだった。


ユマは佐野にそれほど不満はない。

佐野は屋台で売られていたユマたちを見て、ユマを一番最初に選んでくれたのだ。

ユマは佐野の手の中に包まれた時から、佐野のことが大好きである。

ユマにとって不満があるとすれば、ポチとタマが佐野の言うことを聞かなすぎるということだ。

ユマも佐野が過保護だということはわかっている。けれどそれはユマたちが小さいからだということもなんとなく理解していた。

佐野はたまにＴＶを付ける。その時、大きな鳥が何かを捕まえた映像が流れた。

「うわ、怖いな……そういえばこの辺もこういう鳥がたまに飛んでるんだよなー」

佐野はそう呟《つぶや》いてユマたちを見た。ポチとタマは気づいていなかったようだが、佐野は明らかにユマたちを心配していた。

ユマたちが大きな鳥に捕まってしまうのではないか。大きな鳥でなくても他の生き物に捕まってしまうのではないかと。

だから佐野はユマたちを家から出しても、あまりユマたちから目を離さないようにしているのだろう。

その気持ちがとても嬉《うれ》しくて、ユマは佐野をちょこちょこと追いかけてしまう。

「ユマ、そんなに近くに来たら危ないぞー。あーもー、ユマはかわいいなー」

佐野はにこにこしてユマを掬い上げる。そしてユマに優しくすりすりするのだ。

ピイピイとユマは鳴く。

佐野に大好きだと伝えたかった。

「はー、ユマかわいい。つーか、みんなかわいいけどなー」

ポチもタマもかわいいという佐野が、ユマは大好きだ。

「……なんか、昨日より大きくなってないか……？」

成長すれば佐野に心配をかけないで済むだろうと、ひよこたちは考えた。もちろんそう簡単に大きくはならないが、ひよこたちは佐野の為に日々がんばるのだった。


おしまい。

あとがき

こんにちは、浅葱《あさぎ》です。

いつも読んでいただきありがとうございます。読者さんたちには本当に感謝しています。

とうとう五巻が出ました！　五巻ですよ、とっても嬉《うれ》しいです。ひゃっほーい！（落ち着け）

今回は年末年始の過ごし方を書かせていただきました。書き下ろしが本文内を含めて二十ページ以上あり、今回はサワ山の神様の話も入れました。ニワトリたちとの雪合戦（?）も楽しげです。

ウェブとは話の展開が違う部分もあります。楽しんでいただけると幸いです。

表紙からとってもかわいいユマを描いてくださったイラストレーターのしのさん、雪と戯れるニワトリのシーンを増やしましょう！　と言ってくださった編集のWさん、校正、装丁、印刷等この本に関わってくださった全ての方に、今回もお礼を言わせてください。

「五巻早《は》よっ！」と楽しみにしてくれる家族にも感謝しています。

そしてコミカライズの方では、二月二十二日に早くも二巻が発売されました！

濱田《はまだ》みふみさん、本当にありがとうございます！

これからもどうぞ、佐野《さの》君とニワトリたちをよろしくお願いします。

浅葱

カドカワBOOKS

前略《ぜんりゃく》、山暮《やまぐ》らしを始《はじ》めました。 5

2024年 3 月10日　初版発行

著者／浅葱《あさぎ》

発行者／山下直久

発行／株式会社KADOKAWA

〒102-8177
東京都千代田区富士見2-13-3
電話／0570-002-301（ナビダイヤル）

編集／カドカワBOOKS編集部

印刷所／大日本印刷

製本所／大日本印刷

ISBN 978-4-04-075359-1 C0093